프린세스
바리

"내가 그곳으로 인도해줄게…"

프린세스 바리

박정윤 장편소설

차례

1. 굴뚝 - 007

2. 내가 죽어 누워 있을 때 - 008

3. 마지막 아이는 내가 데려간다 - 019

4. 처음 영혼을 인도한 날 - 043

5. 아기를 낳아줄래? - 065

6. 산파와 토끼 - 080

7. 모두가 행복할 뿐이다 - 101

8. 묘약 할머니와 유리 - 130

9. 바리공주를 위하여 - 156

10. 아직 고백이 끝나지 않았는데 - 179

11. 바리는 어디에 있었나 - 201

12. 왈츠 풍으로 흔들리는 레이스 커튼 - 227

13. 내가 인도해줄게 - 248

14. 헝클어놓다 - 276

15. 사라진 것은 지금 어디에 있을까 - 288

16. 모든 죄는 사라지리 - 307

17. 다시 굴뚝으로 - 315

심사평 - 334
작가의 말 - 344

1. 굴뚝

걸음을 멈춘다. 굴뚝을 본다. 걸어간다. 굴뚝이다. 걸어간다. 굴뚝을 올려다본다. 이 공단지역에 자리 잡은 공장은 수십 개가 넘는다. 티타늄공장, 알루미늄공장, 스티로폼공장, 유리공장, 화학약품공장, 비료공장, 파이프공장, 공업용전선공장, 고무공장, 제철공장, 스티커공장, 비닐공장, 제빙공장, 커피공장, 밀가루공장, 화장품공장, 과자공장, 아이스크림공장, 설탕공장. 알려진 공장, 알려지지 않은 공장, 이름이 있는 공장, 이름이 없는 공장, 문이 닫힌 공장, 굴뚝에 연기가 나며 돌아가는 공장. 공장에는 굴뚝이 있다. 굴뚝이 없는 곳은 수상하다. 조사해봐야 한다. 굴뚝이 있는 공장도 수상하다. 모든 굴뚝을 조사해봐야 한다. 걸어간다, 공장이다, 굴뚝이다. 나는 굴뚝을 바라본다.

2. 내가 죽어 누워 있을 때

　영감의 얼굴에는 검버섯이나 기미 하나 찾아볼 수 없었다. 백지처럼 하앴다. 얼굴이 크고 코와 눈과 눈썹이 굵직했다. 정직해 보였다. 큰 얼굴에 비해 몸피는 가느다랬다. 세월에 깎여 나가 작아진 몸피가 아니었다. 애초부터 얼굴에 비해 작은 몸이었을 거였다.

　맥을 짚어보았다. 창백한 표정과 쇠락한 몸에 비해 맥이 활발했다. 가방에서 조목초액이 든 병을 꺼내 가제 손수건에 묻혀 영감의 손목과 팔을 닦았다. 내 몸에 배어 있던 참기름 냄새가 희미해지고 조목초액에서 불에 탄내가 났다. 손의 주름과 결로 봐선 고생하지 않은 손이었다. 셔츠의 단추를 끄르고 어깨와 가슴 근육을 눌러보았다. 팔과 배, 허벅지 근육을 얕게 그리고 깊게 눌렀다. 근육이 뭉친 곳은 없었지만 팽팽하게 긴장하고 있었다. 영감의 짧은 목에는 유난히 주름이 많이 잡혀 있었다. 목뼈를 눌러보고 입을 벌리려 했을 때, 영감은 거부의 뜻으로 눈을 감았다가 부릅떴다.

틀니를 뺀 입에 양 검지를 넣고 벌렸다. 고무빨판 같던 입이 벌어졌다. 입 근육이 떨렸다. 입에서는 불소냄새가 났다. 혓바닥은 관리를 잘해주었는지 백태 없이 선홍색이었다. 예상대로 기도가 길지는 않았다. 혀의 길이도 보통 수준이었다. 목구멍 끝까지 내 손가락을 집어넣어도 영감은 시선을 옆에 놓인 책에 고정시키고 있었다. 검지를 빼고 턱을 밀어 입을 닫았다.

발바닥을 살폈다. 주기적으로 마사지를 받았는지 부기 없이 매끈했다. 뇌, 폐, 기관지, 위, 심장, 신장, 비장, 췌장, 방광, 항문, 생식기까지 어디가 나쁜지 상태를 알아볼 수 없을 정도로 관리가 잘 되었다. 발바닥을 부위별로 세게 눌렀다. 영감의 표정이 변하지 않았다. 어쩌면 오장육부가 깨끗한 것인지도 몰랐다. 영감의 턱과 뺨을 정면으로 돌려놓았다. 영감의 목이 저절로 왼쪽으로 돌아갔다. 영감의 시선이 책에 가 있었다. 내가 죽어 누워 있을 때. 책제목을 읽고 나는 깜짝 놀랐다. 영감의 눈을 들여다보았다. 영감은 내 시선을 피해 눈을 감아버렸다. 나는 갈비뼈 사이에 손끝을 깊숙하게 찔러넣고 폐를 눌렀다. 숨이 흐트러지지 않았다. 다시 한 번 폐를 눌렀다. 영감의 눈동자가 커졌고 두려워하는 눈빛이었다. 두려워한다는 것은 살고 싶다는 강렬한 의지였다.

 녹쇠, 라 불리는 남자가 복도 끝 방문을 열었을 때, 컴컴한 방에서 웃음소리가 쏟아져 나왔다. 방 앞쪽 벽면에 영상이 비쳐졌다. 녹쇠가 어둠 속에서 방 가운데로 걸어가는 동안 나는 입구에 서서 벽에 비치는 영상을 보았다. 하얀 원피스를 입은 여자가 나뭇가지 사이를 뚫고 나온 강렬한 햇살을 받으며 숲 속을 뛰어다녔다. 여자의 손에는 붉은 리본이 달린 밀짚모자가 들려 있었다. 여자는 뒤따라오는 여자아이를 기다리며 모자로 부채질을 했다.
 팟. 남자가 의자를 돌렸고 조명등이 켜졌다. 남자 옆에 앉아 있던 개도 몸을 돌려 고쳐 앉았다. 개는 코를 킁킁거리며 나를 향해 머리를 내밀었다. 검은 바지에 검은 셔츠를 입은 남자와 윤이 나는 검은 털을 가진 개는 한 덩어리로 보였다. 남자가 리모컨으로 방안의 조명을 켰다. 개는 순서를 미리 알고 있는지 켜지는 조명등을 쳐다보며 목을 까닥거렸다. 남자는 방안을 대낮의 운동장처럼 환하게 만든 후 나를 보았다.
 "일은 내일부터 합니까?"

"어, 가실 마음이 없으셨어요."

"마음이 없다? 무슨 뜻이지?"

나는 말없이 영상이 사라진 벽을 바라보았다. 녹쇠가 내 팔꿈치를 쳤다.

"저는 가실 마음이 꽉 찬 사람만 인도해줘요. 영감님은 아직 마음이 준비 안 되셨어요. 지금 상태를 만족해 하셨어요."

"만족? 만족이라고?"

남자가 갑자기 웃었다. 웃기로 작정하고 처음 웃음을 끝까지 끌고 가는 소리였다. 어깨를 들썩이며 웃던 남자는 나가라는 표시로 손을 허공에 휘저었다. 조명등이 빠르게 꺼졌다. 문을 열고 있던 녹쇠가 내 어깨를 휘어잡듯이 끌어 밖으로 내보냈다. 그는 다시 안으로 들어가 문을 닫았다. 나는 어쩔 줄 몰라 긴 복도를 걸어나갔다. 현관 옆 복도에서 간병인이 쟁반을 들고 나왔다. 그녀는 나를 보곤 기다렸다. 쟁반에는 갓 구운 빵과 오렌지, 초콜릿 덩어리가 섞인 과자, 우유가 놓여 있었다. 내 시선을 의식한 그녀가 웃으며 말했다.

"영감님 드실 거 아녜요. 내가 먹는 모습을 보여주는 거예요. 맛있게 먹는 것을 보면 좋아하시거든요. 그런데 한의사분이 젊으시네요?"

그들은 나를 한의사로 만들었다. 나는 말없이 서 있었다. 여자는 입을 삐죽 내밀고 나를 지나쳐 계단으로 올라갔다.

"저기, 책."

"네?"

여자가 반색을 하며 계단을 다시 내려왔다.

"머리맡에 있는 책, 어떤 거예요?"

"아, 그거? 영감님이 마지막까지 번역하시던 거였어요. 결국, 끝내지 못했거든요. 그래서 이미 번역되어 나온 것을 읽어주고 있어요. 여행을 가시는 것 같아요."

"여행에 관한 책인가요?"

"네?"

여자는 잔에서 우유가 흘러넘칠 정도로 웃었다. 억지로 웃는 것이 아닌, 정말 웃겨서 웃는 웃음이었다. 복도 끝 방문이 열리고 녹쇠가 보폭이 큰 걸음으로 걸어 나왔다.

"소설이에요. 아, 여행하는 것은 맞네요. 죽은 엄마를 관에 넣고 가족이 장례여행을 해요."

여자는 계단을 올라가며 말했다. 녹쇠는 나를 지나쳐 현관에서 신발을 신었다. 나는 그의 뒤를 따랐다. 계단을 내려가다 보니 저절로 바다가 보였다. 원유운반선, 컨테이너선, 크레인이 달린 화물선적선과 바지선들이 보였다. 바닷물은 바지선 바닥이 보일 정도로 빠져 있었다. 배의 뾰족한 바닥이 모래 위에 세워져 있는 모습이 불안해 보였다.

정원에 앉아 있던 운전기사가 일어났다. 녹쇠의 손짓에 운전기사가 시동을 걸었다. 차는 절벽 같은 내리막길을 따라 내려갔다. 그럴 때마다 나는 조수석 머리받침에 손을 짚었고 조수석에 앉은 녹쇠는 뒤를 돌아 나를 보았다.

수인곡물시장 건너편에 세워달라는 내 말에 운전기사가 방향지시등을 켰다. 녹쇠는 어차피 유턴해야 하지 않냐며 그냥 가라는 손짓을 했다. 유턴 지점까지 신호를 세 번 기다릴 동안 조수석에 앉은 녹쇠는 노골적으로 뒤돌아 나를 살폈다. 내 얼굴, 몸, 혈관까지 읽어내려는 눈빛이었다.

수인곡물시장 앞에 차가 서자 녹쇠도 따라 내렸다. 그는 철길이 아닌, 수인곡물시장 골목으로 들어섰다. 골목에는 삼십여 개의 곡물상점이 다닥다닥 붙어 있다. 묘향쌀집을 지나며 안을 들여다보았다. 토끼 할머니는 내가 나올 때와 똑같이 텔레비전 앞에서 고개를 끄덕이며 졸고 있었다. 붉은 고추를 다듬던 경인상회 노인이 손을 멈추고 낮게 말했다.

"바리가 녹쇠를 따라가네."

녹쇠는 왼손으로 허공을 후려쳤다. 쇠줄이 펼쳐졌다가 순식간에 손목에 되감겼다. 왼손에 감긴 쇠줄 때문인지 이 골목 사람들은 그를 녹쇠, 라고 불렀다.

개장국 끓이는 냄새와 깻잎 냄새가 뒤섞여 났다. 골목 끝에 있는 보신탕집 모퉁이를 돌면 철길이었다. 잡풀이 자라 자세히 봐야 선로가 보였지만 하루에도 수차례 스무 량이 넘는 화물열차가 지나다녔다.

나보다 먼저 집에 도착한 그가 주위를 두리번거렸다. 내가 다가가자 그는 항에서 좀 떨어진 곳 하늘을 손짓했다.

"저기 보이지? 붉은 굴뚝이 솟은 공장. 저기 삼백 명도 넘는 가장이 있어. 딸린 가족까지 합치면 천 명이 넘어. 니가 빨리 일하지 않으면 모두 길바닥에 나앉아야 해."

"영감님은……."

녹쇠가 거칠게 내 팔을 잡고 문에 기대 세웠다.

"내 눈 똑바로 보고 말해."

중키에 호리호리한 몸인 녹쇠는 얼굴이 하얗고 쌍꺼풀진 눈이 커다랬다. 오른쪽 눈 끝에서 관자놀이까지 날카로운 상처 자국이 있었다. 머리카락을 길러 가릴 수도 있을 텐데 녹쇠는 머리카락을 짧게 잘라 상처가 도드라져 보이게 두었다.

"가고 싶어 하지 않으셨어요. 아직 때가 아닌 것 같아요."

"그래서? 계속해봐."

"저는."

"사람 마음을 읽고 골라 죽여준다고? 그래서 내일 못 하겠다?"

"어, 지금으로서는."

"니가 한 짓을 경찰에 신고해볼까? 죽고 싶어 하는 사람만 골라 죽여줬다고? 그래, 편안히 저승길로 안내해줬구나. 잘했어. 그럴 것 같아? 어?"

그는 바지 뒷주머니에 손을 넣었다가 뺐다. 봉투를 내 가방의 틈새에 넣었다.

"이건 오늘 수고비야. 끝나면 열 배를 주지. 죽을 사, 나흘 후에 해. 도망가지 마라. 가봐야 이 줄 안이야."

그는 왼손을 움직였다. 녹슨 쇠줄이 알루미늄새시의 손잡이를 휘감았다. 그는 내 뺨을 톡톡 두드리고 나서야 손을 움직여 쇠줄을 되감았다. 쇠줄에서 녹내가 났다. 녹쇠는 몸을 돌려 어두워지는 철로를 보폭의 흔들림 없이 성큼성큼 걸어나갔다. 팔이 떨어져나가는 듯했다. 나는 그가 시야에서 사라질 때까지 서 있다가 문을 열고 안으로 들어갔다.

빨래판 크기의 현관에는 운동화 뒤축이 접힌 나나진의 빨간 운동화가 놓여 있었다. 직사각형 방의 반을 차지하고 있는 진분홍 침대에 나나진이 웅크려 누워 있었다. 나나진의 방은 여기서 다섯 걸음만 움직이면 되는 옆 옆방이었지만, 나나진은 대부분 잠을 여기서 잤다. 옷을 만들어 파는 나나진의 방 허공에는 빨랫줄이 엉켜 있었다. 줄에 널어놓은 천이 펄럭거리는 소리에 잠을 잘 수가 없다는 것이 이유였다.

골방에 들어가 가방을 내려놓고 준비해갔던 병과 광목주머니들을 나무궤짝과 자루 안에 넣어두었다. 가방 안의 봉투를 꺼냈다. 만원짜리 지폐가 있었다. 돈을 세지 않고 녹색 광목자루 안에 넣어두었다. 영감 방에서 본 책의 제목을 수첩에 적었다.

가족이 죽은 엄마를 관에 집어넣고 장례여행을 하는 책. 내가 죽어 누워 있을 때.

"역겨워, 참깨 냄새."

나나진이 머리를 들었다가 나를 확인하곤 다시 잠들었다. 나나진은 기가 막히게 참깨 냄새를 잘 맡았고 싫어했다.

나나진은 중국인이다. 아홉 살 때, 중국에서 이리로 건너왔다. 양아버지가 참깨가 든 포대 속에 나나진을 집어넣었다. 나나진은 그 속에 웅크려 5일을 견뎠다. 오줌은 그냥 싸고 목이 마르면 빨대가 담긴 1리터짜리 플라스틱병에서 물을 한 모금 마셨다. 참기 어려울 땐 주먹 쥔 손에서 녹아드는 수면제를 한 알씩 먹었다고 했다. 자다가 깨도 참깨 속에 있었고, 기절했다가 깨도 참깨 속이었다고 했다. 십 년이 지난 지금도 나나진은 참깨 냄새라면 자다가도 기겁했다.

기찻길 반대편 문을 열었다. 일곱 가구가 공동으로 쓰는 수돗가로 갔다. 바로 앞에 닿아 있는 산에서 흘러내려온 흙이 쌓여 수돗가는 진흙투성이였다. 슬리퍼를 신은 발에 흙탕물이 묻었다. 물을 받아 수돗가 주위의 흙을 씻어내고 난 뒤 세수를 했다. 며칠 전, 장마가 끝났을 때 흙더미가 밀려 내려와 문을 열 수 없었다. 삽으로 흙을 흩뿌리며 문을 열었을 때 수돗가가 흙에 파묻혀 있었다.

산파가 살아 있을 때만 해도 동산은 이렇게까지 무너지지는 않았다. 산파는 동산의 흙을 퍼내고 퍼내 편평한 골을 만들어 약초를 심어 키웠다. 산파가 죽자 동산은 점점 빠르게 무너져 내렸다. 흙은 일곱 가구가 사는 집의 벽을 향해 끊임없이 흘러내렸다. 그래서 집은 조금씩 철길에 더 가까워지는 것 같았다. 처음에는 문을 열고 서너 걸음을 걸어야 닿았던 철길이 이제는 두 걸음만 걸으면 닿았다. 다리가 길어졌기 때문이기도 하지만 산에서 흘러내리는 흙이 집을 통째로 조금씩 밀고 있었다. 집이 선로까지 밀려나 더 이상 갈 곳이 없을 때, 집은 흙에 파묻히거나 선로와 뒤엉켜 허물어질지도 몰랐다.

벽을 향해 흘러내린 흙을 삽으로 퍼 양동이에 담았다. 방으로 들어와 반대편 문을 열고 철길 위에 부었다. 흙을 퍼낸 자리에 다시 흙이 흘러내렸다. 수돗가에서 발에 물을 끼얹고 질척질척한 흙을 조심스럽게 디뎌 방으로 들어왔다. 조심했어도 발목에 흙탕물이 튀었다. 발목에 묻은 흙을 수건으로 닦고 나나진의 옆에 누웠다. 나나진에게서 술 냄새가 났다. 나는 나나진에게서 나는 술 냄새가 좋았다. 나나진의 입에 코를 대고 숨을 쉬었다. 차들이 수인곡물시장과 항 사이에 난 도로를 뒤흔들며 지나갔다. 트럭이 숱하게 지나다녀 도로는 곳곳이 파였다. 묵직한 트럭이 파인 곳을 지날 때마다 이곳까지 덜컥 흔들렸다. 건너편 항구에서 뱃고동 소리가 연이어 들렸다. 뱃고동 소리가 나를 낯선 곳으로, 아니, 동해 바다로 끌고 갔다.

3. 마지막 아이는 내가 데려간다

산파는 부지런히 발을 놀렸다. 심부름을 온 계집아이는 앞질러 가다 발을 동동 구르며 산파를 기다리고 있었다.

"빨리요. 좀 빨리 걸어요."

제가 타고 온 택시 문을 열어놓고 기다리던 계집아이는 산파가 굼뜨게 택시에 올라타자 택시기사에게 서두르라고 말했다. 택시가 10분도 달리지 못했을 때, 담쟁이가 붉은 벽돌 담장을 휘감고 있는 집 앞에 섰다. 집 마당에 미로처럼 여러 겹 쌓아놓은 연탄 사이를 지나 계단을 오를 때 앙칼진 아기 울음소리가 났다.

"계집 소리네."

산파가 혼잣말을 하자 계단을 오르던 아이가 계단에 주저앉아 훌쩍거렸다.

산모는 풀어헤쳐놓은 하체를 정돈하지도 않은 채 악을 썼다. 계집애를 낳은 것이 늦게 온 산파 탓인 양 산파에게 거칠게 퍼부었다.

"당신 미쳤어? 나 죽는 거 구경하러 왔나?"

산파는 방에 들어서자마자 환하게 켜진 불을 끄고 마당에서부터 빼들고 간 초에 불을 켰다.

"그 초 따위 치워. 당신 얼굴 보이는 것도 싫어."

산파는 산모 말은 듣지 않고 아기에게 다가갔다.

"제대로 한 건지 모르겠어요. 자꾸 미끄러져서."

첫째 딸아이는 아기 배에 매달린 탯줄을 잡고 울 것 같은 얼굴로 서 있었다. 아이는 이제 겨우 열 살이었다. 산모의 가랑이에서 터져 나온 양수를 보면서부터 겁을 집어먹어 가위를 든 손이 덜덜 떨렸다. 산파는 노란 고무줄로 아기의 탯줄을 묶고, 아기의 입안에 가제로 감싼 손가락을 집어넣고 입안을 훑어냈다. 산파는 입을 코에 대고 아기 코 안에 든 이물질을 빨아 내뱉었다. 숨이 트인 아기가 울음을 멈추고 눈을 깜박거렸다. 아기를 산모의 가슴 위에 엎드려 놓았다. 넋을 빼고 서 있는 첫째 딸아이에게 미지근한 물을 떠오라고 시켰다. 아이는 곧바로 대야를 들고 왔다. 여전히 떨리는지 대야 밖으로 물이 흘러넘쳤다. 산파는 미지근한 물로 아기를 씻기고 난 뒤, 기저귀를 펼쳐 아기를 감쌌다. 아기는 눈을 뜨고 주위를 두리번거렸다.

산파는 산모의 가랑이를 벌려 태반을 쑤욱 잡아 뽑았다. 그제야 기운이 빠진 듯 산모는 축 처졌다. 산파는 산모의 배를 꾹꾹 누르며 시계 방향으로 배를 돌려 안에 고인 핏물을 빼냈다. 정신을 놓았던 산모가 벌떡 일어나 감싸놓은 기저귀를 헤쳐 아기의 하체를 살폈다. 기저귀를 간추리지도 않은 채 거칠게 아기를 밀쳤다. 겨우 잠잠해진 아기가 또 울었다. 산파는 산모의 가슴을 풀어 젖이 꽉 차 붙은 가슴을 주물렀다. 곧바로 젖이 돌아 말간 초유가 흘렀다. 산파의 손을 밀친 산모는 몸을 일으키고 소리를 질렀다.

"도대체 어젯밤부터 전화도 안 받고 뭐했어요?"

"어제는 산에 다녀왔어."

"산에는 왜? 내가 저깟 딸 계집 낳다가 죽어버리길 빌러 갔어요?"

"뭔 말을 그렇게 해. 약초를 구하러 다녔어."

"약초라고? 엉터리 나무뿌리 달여주곤 돈 받아먹는 주제에."

산모는 퉁퉁 붙은 젖을 거칠게 문지르곤 밀쳐두었던 아기를 끌어당겨 젖을 물렸다. 젖꼭지가 커 아기는 입을 한껏 벌려 물고 힘차게 빨지도 못하고 오물거렸다.

"이럴 바에는 병원에서 낳지. 지금이 어느 시대인데 산파 따위한테 애를 받아. 혹시, 수고비 바라는 것은 아니지요?"

"내가 안 왔으면 저애가 자네 자궁에서 태반을 뽑아낼 생각이나 했겠나?"

"뻔뻔스럽긴. 능력도 없는 주제에 돈만 밝히기는."

산모는 아기에게 젖을 물린 채 손을 뻗어 머리맡 화장대 서랍을 거칠게 열었다. 지갑에서 돈을 꺼내 산파를 향해 거칠게 던졌다. 산파의 얼굴에 천원짜리 지폐가 닿았다가 바닥에 흩어졌다.

"허긴 아기도 안 낳아봤으니 내 고통을 알 리가 없지."

"자네 심정은 백 번 이해하겠네만, 말은 뱉어내는 대로 자네 발밑에 달라붙네."

"이제 당신 따원 필요 없어. 시어머니도 돌아가셨으니 앞으로 내 집에 발 들여놓지 마. 뭐가 아들만 받아내는 손이야. 그걸 믿은 내가 미친년이지. 당신 손길 징글징글해."

산파는 떨어진 지폐를 꾸역꾸역 집어들고 방을 나왔다. 거실에는 네 명의 계집아이들이 쪼르륵 몰려 입을 다물고 서 있었다. 네 명 모두 산파가 받아낸 아이들이었다. 산파는 첫째 딸에게 미역국을 먹이라고 일러줬다. 가지고 간 약초를 아버지에게 전해주라고 건넸다. 첫째 딸아이는 말끝마다 네네, 하며 죄지은 표정을 지었다.

산파는 마당에 틈 없이 쌓아놓은 연탄 기둥에 기대 산모가 퍼부었던 욕설을 되새겼다. 능력도 없는 주제에 돈만 밝히기는. 계집 낳다가 죽어버리길 빌러 갔어요? 엉터리 나무뿌리 달여주곤 돈 받아먹는 주제에. 아기도 안 낳아봤으니 내 고통을 알 리가 없지. 당신 손길 징글징글해.

산파의 이마에 눈송이가 두세 점 떨어졌다. 산파는 고개를 들었다. 얼어붙은 눈을 숟가락으로 긁어내듯 천천히 떨어지던 눈발이 굵어질 때까지 하늘을 올려다보았다. 산파는 연탄 위로 촘촘히 눈이 쌓이는 것을 보았다. 삼월에 내리는 눈을 맞으면 죽은 자의 소원도 들어준다는 말이 떠올랐다. 깡마른 산파의 몸이 떨리기 시작했다. 산파는 저주의 말을 내뱉었다.

쌓인 연탄만큼 흔하게 계집만 낳아라, 마지막 아이는 내가 데려간다.

다섯 명의 계집아이를 낳은 연탄공장 사장 부인이 다시 임신했다는 소문이 떠돌았다. 산파는 연탄공장 사장 부인이 자신을 부를 것이라 생각했지만, 다섯 번 계절이 바뀌어도 소식이 없었다. 산파는 시내에 있는 신앙촌이라는 가게에 갔다. 연탄공장 사장 부인의 친구가 하는 가게였다. 산파는 신앙촌에서 필요도 없는 속옷을 사며 연탄공장 사장 부인이 여섯 번째도 딸을 낳았고 일곱 번째 아이를 잉태했다는 말도 들었다. 산파는 흡족하게 웃으며 신앙촌을 나왔다.

산파는 연탄공장으로 직접 찾아갔다. 마을마다 있던 연탄 가게가 사라지기 시작하던 때였다. 산파의 마을에도 기름 보일러로 바꾼 집들이 꽤 되었다. 주문을 하려고 공장 한편에 있는 사무실로 가는데 때마침 공장에서 나오던 사장을 만났다. 사장은 산파를 사무실로 데려가 모과차를 내주었다. 산파가 연탄 백 장을 주문하고 값을 지불하려 하자 사장은 두 손을 저었다.

"연탄, 필요한 만큼 그냥 가져가세요. 공장 문 닫아야 할지도 몰라요."

그는 아내가 일곱 번째 아이를 잉태할 수 있던 것은 그동안 산파가 아내 몸을 잘 다스려줬고, 좋은 약초를 구해줘서라며 고맙다는 인사를 했다. 여섯째를 병원에서 낳았는데 간호사들이 여섯 번째라니깐 거들떠보지도 않았고 분만 대기실에 내버려 두었다고 했다.

"제가 담배 피우러 간 사이, 아기가 혼자 가랑이로 빠져나왔대요. 초산에 쌍둥이를 낳는 사람이 있어 간호사가 모두 그쪽에 가 있었거든요. 쌍둥이 엄마가 소릴 질러 애들 엄마의 비명이 묻혔나봐요. 아기 몸이 다 빠져나올 때까지 혼자 애를 썼나 봐요."

하루 입원 후 곧바로 퇴원해야 했으며 한약 두 재를 먹어도 몸이 가라앉고 부기도 빠지지 않았다고 했다.

"일곱째 낳을 때는 반드시 도와주셔야 해요."

산파는 고개를 끄덕였고 연탄을 실은 트럭을 얻어 타고 집으로 돌아왔다.

며칠 후, 연탄공장 사장의 첫째 딸아이가 산파의 집으로 찾아왔다. 산기가 있냐는 산파의 질문에 아이는 아직 한두 달은 남은 것 같다는 제법 경험이 묻은 답을 했다. 산파는 첫째에게 임산부의 상태를 물었다. 아이는 엄마가 우울해했다가 아버지가 돌아오기 직전인 저녁나절에 갑자기 짙은 화장을 한다고 대답했다. 이불과 속싸개와 포대기 등을 죄다 파란색으로 미리 장만했다고 했다. 그러다가 속싸개를 쥐어 뜯어버렸다고 했다.

"불안한 거예요. 엄마가 애 낳는 것 저도 지긋지긋해요."

"욕심을 놓아버리기가 쉽진 않지."

"이번에는 정말 사내아이였으면 좋겠어요. 참, 태몽이 사내아이랬어요."

"누가 그래?"

"여러 무당에게 물어봤나봐요. 저번엔 굿도 하고 음력 초하룻날에 기도도 갔어요."

"꿈에 뭐가 보였는데?"

"하늘에서 무지개가 마당까지 내려왔더래요. 세 명의 선녀가 학을 타고 무지개다리를 내려오드래요. 머리에는 꽃이 몸에는 진주와 보석이 주렁주렁 매달린 선녀가 아기를 엄마 무릎에 살짝 내려놓았대요."

"그 아기한테 불알이 달렸다더냐?"

"그랬다는 것 같았어요."

"흐음, 욕심이 꿈도 만들어내는구나."

"네?"

"아니다. 니 엄마에게는 나한테 말했다 하지 마라. 니만 혼난다."

담에 달라붙은 담쟁이에 단풍이 들어 붉은 담과 뒤엉켜 있는 집에 도착했다. 산파는 마당으로 들어서자마자 곳곳에 쌓아둔 연탄 기둥들을 바라보았다. 산파가 등이 꺼메지도록 기대 있었던 연탄들은 이미 하얀 재로 변했을지라도 그때 연탄공장 사장 부인에게 퍼부었던 저주는 산파의 목구멍에 살아 꿈틀거렸다.

연탄공장 사장 부인은 산파를 반갑게 맞이했다. 단정하게 머리칼을 빗어 올렸고, 화장도 하고 황금색 두툼한 방석 위에 앉아 책을 읽고 있었다. 둘째 딸아이가 과일과 떡, 수정과를 내왔다. 연탄공장 사장 부인은 포크로 배를 찍어 산파에게 내밀고 자신은 검은콩과 호두, 대추가 박힌 찰떡을 집어들었다.

"딸 여섯을 뱄을 때는 김치는 물론이고 쌀과 물에서도 비릿한 내가 나 삼킬 수 없더니만, 이번에는 남다르게 아무 것이나 잘 넘어가요. 무엇이든지 입에 달라붙고 뱃속의 아기에게 양분이 쏙쏙 빨려 들어가는 것 같아요."

부인은 길게 잘라놓은 떡을 반 접어 야무지게 입에 넣고는 발딱 일어섰다. 화장대 거울에 제 몸을 비춰보았고 산파 앞에서 몸을 한 바퀴 빙그르 돌았다.

"배도 뭉치지 않고 몸이 가뿐해요. 뒤태 좀 봐줘요. 뒤태도 여태랑 다르죠? 참 태몽 들어보실래요?"

부인은 다시 황금색 방석 위에 가부좌를 틀고 앉아 꿈 얘기를 했다. 마당에 앉아 있었는데 무지개가 마당까지 내려졌다. 승복을 입은 노승이 양쪽에서 목탁을 두드리는 젊은 스님을 거느리고 마당으로 들어섰다. 노승이 아랫도리를 홀랑 벗은 사내아이를 부인의 무릎에 내려놓았다고 말했다. 첫째 딸아이가 말한 꿈 내용과 달랐다.

"불알 달린 사내아이 꿈 맞지요?"

산파는 묘한 주름을 만들며 웃기만 했다.

"말해봐요. 나도 듣는 귀는 있으니깐. 돌아가신 시어머니께서 당신이 신의 목소리를 듣는 신기가 있다던데."

연탄공장 사장 부인은 산파 쪽으로 바짝 다가와 징글징글하다던 산파의 손을 덥석 붙잡아 자기 배 위에 손을 얹어놓았다.

"이 뱃속에 뭐가 들었어요?"

산파는 서둘러 손을 거둬들이며 말했다.

"내 아기가 태어나는 날, 그애의 운명을 말해주리다. 한겨울일 텐데. 해가 바뀌기 전에 태어날 거요. 이슬이 비치면 아이를 보내시오."

연탄공장 사장 부인은 손가락으로 셈을 하더니 해는 바뀌고 태어날 것 같다고 대답했다. 산파가 몸을 일으키려는데 부인이 산파의 치마춤을 잡았다.

"이번에도 불알 달린 사내애가 태어나지 않으면 전 죽어버릴 거예요. 애 아버지도 벌써 꿈 턱을 온 사방에 냈거든요."

갑자기 흐느껴 울던 부인이 화장대로 다가가 서랍을 열었다. 4년 전 약초 값이라며 봉투를 내밀었다. 산파는 희망과 불안에 휩싸여 찰떡을 마구 집어먹는 연탄공장 사장 부인에게 배를 먹으라며 내밀었다. 배를 받아들고 산파를 쳐다보는 부인은 사내아이를 얻기 위해선 지옥에라도 따라갈 태세였다. 산파는 봉투를 가방에 넣고 방을 나왔다.

연탄공장 사장 부인의 일곱째 아이 산달이 되었다. 달력은 마지막 장이었고 하늘은 젖은 목화솜을 잔뜩 움켜쥔 채 묵직하게 주저앉았다. 연탄공장이 가장 바쁠 시기였지만 연탄공장의 인부들은 하나둘씩 빠져나갔다. 도시에는 연탄 대신 석유와 가스로 방을 데우고 밥을 해먹는다고 했고, 탄광촌이 폐광된다는 소문도 돌았다. 마지막 남은 달력에서 날이 반 정도 지났을 때, 산파는 목공소에 가서 질 좋은 참나무로 궤짝 세 개를 주문했다. 산파는 참나무궤짝에 말린 약초를 담은 광목 자루와 석회 가루를 담은 사기 항아리를 담았다.

연탄공장 사장 첫째 딸이 산파의 집에 온 날은 한 해의 막바지였다. 사흘만 지나면 해가 바뀌는 거였다. 하필 목화솜이 뭉치째 떨어지듯 눈이 퍼부었다. 앞을 분간할 수 없었다. 우산도 없이 모자도 안 쓰고 첫째 딸은 산파의 마당으로 들어섰다. 산파는 점심으로 떡국을 먹으려던 참이었다.

"전화도 안 되고 해서. 빨리요, 빨리."

"니는 지긋지긋하다더니 매번 그래 서두르나."

"아버지는 태백 탄광이 폐광된다고 해서 태백에 가셨고 엄마는 날카로워 우릴 잡아먹을 기세예요."

"그래 가보자."

산파는 그 와중에도 태연히 떡국을 후룩 마시고 이쑤시개로 이를 후벼파며 미리 달여놓은 약을 챙겼다. 고무 털신에 노끈을 한번 둘러 묶고는 길을 나섰다.

연탄공장 사장 집에 도착했다. 담쟁이 잎이 죄 떨어져 말라비튼 줄기만 붉은 담에 겨우 달라붙어 있었다. 텅 빈 마당에 미로처럼 쌓여 있던 연탄 대신 흰 눈만 폭폭 쌓이고 있었다.

"연탄을 다 치웠네."

"이 동네도 다 기름보일러로 바꿨어요."

연탄이 사라지자 마당은 훨씬 더 넓어 보였다. 산파가 안방 문을 열었을 때, 두 명의 아이가 산모 옆에 앉아 얼굴의 땀을 닦아주고 배를 문지르고 있었다.

"아이고 어머니 나 이번에 진짜 죽겠어요. 이래 아픈 적이 없었는데. 불알이라 이런가. 까다롭네요. 나 좀 살려줘요."

산파는 첫째 딸에게 뜨거운 물 한 대야 들여놓고 때 되면 부를 테니 동생들과 건너가 있으라고 일렀다. 딸아이들이 나가자 산파는 산모의 하체를 헤치고 손가락으로 열린 자궁문의 크기를 가늠했다. 손가락 세 개가 쑥 들어갔다.

산파는 낮은 목소리로 노래를 흥얼거리며 기저귀 하나를 펼쳐 가운데를 가르고 천천히 새끼를 꼬았다. 산모의 산통 간격이 점점 좁혀졌을 때, 산모 뒤로 가 산모를 일으켰다. 기저귀로 만든 새끼 끈을 산파의 허리에 감고 양 끝을 산모 손에 쥐어주었다. 산모와 산파는 산통이 시작되면 함께 끈을 잡아당겼다. 산파의 나무판자 같은 허리에 끈이 꽉 조여졌다. 산모는 자신의 등 뒤에서 함께 힘을 주는 산파에게 어머니, 어머니, 하며 매달렸다. 산모는 예전처럼 악을 쓰지도 않았고 힘을 내지도 못했다. 산모는 사십대 중반이 넘은 나이였다.

"자네 정말 마지막이네. 몸이 예전 같지 않아."

산통이 잦아들었을 때, 산파는 끈을 놓고 산모 앞으로 가 자궁문을 벌려보았다. 주먹이 쑤욱 들어갔다. 손을 깊숙이 넣자 축축한 아기의 머리채가 잡혔다. 양수가 터졌다. 동시에 산모의 항문에서 똥이 나왔다. 산파는 휴지로 산모의 항문을 닦아내고 재빨리 산모의 뒤로 가 허리로 끈을 잡아당겼다. 산모도 저절로 끈의 양 끝을 잡아당겼다.

"아악. 뭔가 뜯겨지는 것 같아요."

미끄러져 나올 때가 되었는데 산모는 악만 써댔다.

"내 살점을 뜯어내는 것 같아요. 어떻게 좀 해봐요."

산파는 허리에 힘을 주며 발로 산모의 어깨를 밀었다. 산모가 저절로 끈을 확 잡아당겼다. 산모의 악다구니가 가라앉자 미끈거리며 아이의 머리가 쑥 나왔다. 산파는 산모의 허리를 높은 베개에 받쳐놓고 가랑이를 벌리게 하고 아기의 머리를 잡고 살살 돌리며 뺐다. 머리가 나오자 이어 어깨와 팔, 다리까지 후룩 빠져나왔다.

아기 하체를 살핀 산파의 입가에 웃음이 번졌다. 탯줄을 자르고 아기 콧속의 이물질을 산파는 입으로 훑어 뺐다. 검지에 가제 손수건을 말아 입에 넣으려는데 아기는 입을 벌리지 않았다. 산파는 아기를 알맞게 식은 물에 담그며 입을 벌렸다. 입안에는 물컹한 덩어리가 물려 있었다. 산파가 새끼손가락을 넣어 덩어리를 빼냈다. 그제야 아기는 낮게 숨소리를 내뱉기만 했을 뿐 울지 않았다. 산파는 아기의 엉덩이를 세차게 때렸다. 아기는 잠깐 울다가 금세 그쳤다. 아기가 빠져나왔는지도 몰랐던 산모는 아기가 칭얼거리는 소리에 몸을 일으키려 했지만 몸이 움직여지질 않았다. 산파는 아기에게 기저귀를 채우고 다른 기저귀를 펼쳐 몸을 말아 눕혔다.

"계집이야. 볼 것도 없어. 사장한테 불알 씨는 애초에 없었어."

산모는 아기의 아랫도리를 풀어헤칠 악도 없는지 눈물만 흘렸다. 산파는 산모의 자궁에서 태반을 뽑아내고 배를 이리저리 눌러 여분의 피를 쏟아내게 했다. 산모의 배가 쿨럭이며 가랑이 사이로 피가 흘러나왔다. 산파는 핏물을 닦아내고 비단풀과 약초를 찢어진 질 부위에 발랐다. 매번 아기가 나올 때마다 찢어진 질은 산파의 약초로 또 금세 아물었다. 생리대를 채울 때까지도 산모는 말이 없었다. 산파가 핏물 가득한 대야를 들고 문을 열었을 때, 여섯 명의 계집아이들이 모여 서 있었다. 첫째 딸이 대야를 받아들었다.

"아기가 울지 않네요."

"벙어리는 아니니깐 걱정 마. 지도 눈치 챘나보지. 반가워하지 않는다는 걸."

딸아이들은 아기의 성별을 알아버리자 손으로 입을 틀어막았다. 산파는 둘째가 내민 쟁반을 들고 방으로 들어갔다. 팔꿈치를 괴고 아기의 아랫도리를 헤쳐보고 있던 산모는 갑자기 아기의 하체를 때렸다.

"자지 하나 달고 나오지, 그걸 못했니? 응? 내가 뭔 죄를 지었다고."

산파는 쟁반을 내려놓고 찬물에 아카시아 벌꿀을 탄 물을 산모에게 건넸다. 산모는 대접을 받아들고 단숨에 들이켰다.

"여섯째 낳았을 때, 꿀물 마시는 것을 잊어버려 오줌소태가 나 고생했어요."

"소변 시원하게 볼 때까지 마시게."

아기가 낑낑거리자 산모가 미워 죽겠다는 듯 아기를 밀쳤다. 아기가 자지러지게 놀라 울었다.

"뭐가 불알 꿈이야. 다 사기꾼들이구만. 헛돈만 바쳤어. 내가 죽어버려야지."

산모는 새끼를 꼬아놓았던 기저귀를 제 목에 팽팽 감았다. 산파는 아기 입에서 꺼냈던 뭉클거리는 덩어리를 산모에게 보여줬다.

"이거 보게, 이게 아기 입에서 나왔네."

산파는 산모의 목에서 기저귀를 빼 윗목에 던졌다.

"저애가 나오면서 자네 몸에 있던 혹을 떼어내 혀에 말아 물고 있었던 거야. 그래서 아까 살점이 뜯긴 듯이 아팠던 거야. 자넨 저애에게 빚을 졌네."

"뭐예요? 설마 이게 암덩어리 같은 거라는 말이에요?"

"확신할 순 없지만 나쁜 혹은 맞는 것 같아."

산모는 힘없이 쓰러져 팔을 베고 누웠다.

"아빠는 더 괴로울 거야. 엄마 욕심에서 나온 말을 함부로 내뱉어 아빠는 철썩같이 아들이라고 믿었지. 온 사방에 미리 아들 턱도 냈잖아. 엄마 입이 아빠 이마에 똥칠을 했어."

갑자기 산파의 목소리가 앙칼지게 변하더니 여자아이 목소리로 변했다. 몸속에 아기동자가 들어서 신기가 씌어진 목소리처럼 들렸다.

"저도 알아요."

산모는 산파의 목소리가 변하자 겁먹은 표정으로 대답했다.

"일곱째는 신탁을 받은 아이야. 엄마 숨을 거머쥐고 태어났어. 이생에 연이 없는데 엄마 욕심에 애를 끌어당긴 거야."

아기의 목소리는 재빠르게 말을 쏟아냈다. 산파는 아기 목소리를 흉내 내며 자신도 감당하기 힘든 척 제 가슴을 치며 헉헉거렸다.

"신탁을 받은 아이는 위험해. 엄마는 아기에게 진 빚을 호되게 갚으며 살게 될 거야. 호적에 올리지 말고 내다버려. 한 달만 끼고 있어도 집안이 기울 거야. 아빠가 앓아눕고 연탄공장이 망하거나 끝장을 보던가. 엄마가 나자빠지던가. 불쌍한 우리 엄마."

산파는 속으로 자신의 연기력에 흡족해하며 마지막에는 우는 시늉까지 했다.

"이 돌팔이 꺼져. 그걸 말이라고 해."

"아빠가 태백서 오기 전에 결정을 하는 것이 좋아."

"악담하지 마. 당신, 나 죽을 때까지 안 볼 거야."

산모는 보란 듯이 앞섶을 풀어헤치고 아기를 당겨 젖을 물렸지만 아기는 젖을 물지 않고 고개를 돌렸다. 산모가 강제로 입에 밀어붙였지만 아기는 울지도 않고 젖을 피하기만 했다. 산파가 아기를 안아 눕혔다. 미역국을 내밀자 산모는 힘없이 쓰러졌다. 산파는 산모를 일으켜 미역국을 몇 순가락 떠먹이고 한약을 마시게 한 후 눕혀주었다.

"아기를 나한테 던지든지. 다른 이에게 던지든지. 내던져버려. 정해진 뜻이야."

산파는 목을 가다듬고 평소의 목소리로 말했다. 연탄공장 사장 부인은 아기를 자기에게 던지라는 말에 고개를 쳐들고 산파를 바라보았다.

"어떻게 그런 말을."

"내일 모레까지 기다릴게. 나는 해가 끝나는 날 새벽 이곳을 뜰 예정이야. 내가 이애의 어미를 찾아줄게. 내 죽을 때까지 자넬 못 볼 거야. 사장한테는 불알이었는데 죽었다고 말하게. 그게 마음이 편할 테니. 그리고 자네도 이제 그만 불알 욕심을 버리게. 내 말 명심하게."

연탄공장 사장 부인은 산파가 두려웠지만, 신기가 있다고 소문 난 산파가 내뱉은 말을 무시할 순 없었다.

산파는 연탄공장 사장 집을 나와 곧장 이삿짐센터에 가서 트럭 하나를 예약했다. 집에 가자마자 연탄불을 구멍에 맞춰 갈아놓고 물을 끓였다. 김이 나는 물을 양은 대야에 담아 방안에 들여놔 훈김이 방안에 차도록 해놓았다. 말린 비단풀을 씹으며 아사 면을 길게 끊어온 것에 시침질을 해 기저귀를 만들었다. 비단풀은 젖과 소변이 잘 나오게 해주는 효능이 있었다. 산파는 젖을 만들어본 적도 없는 제 젖을 주무르며 비단풀을 꼭꼭 씹었다. 기저귀를 팔팔 끓는 물에 담갔다 빨아 방안에 길게 널어놓았다. 산파는 연탄공장 사장 부인의 셋째 아이를 받을 때부터 아기를 훔쳐오고 싶은 충동을 느꼈다. 계집아이건 사내아이건 아기를 품고 있는 자궁에 손을 집어넣을 때면 가슴이 뛰었다. 자궁에 손을 집어넣었을 때, 머리칼이 만져지면 산모의 건강한 자궁이 부러웠다. 연탄공장 사장 부인은 햇아기의 하체만 살피고 윗목에 밀쳐두었다. 그럴 때마다 산파는 햇아기를 안고 그 방을 뛰쳐나가는 상상을 했다.

다음날 아침 일어나보니 눈이 무릎까지 쌓여 있었다. 아무도 마당에 들어서질 않았다. 산파는 마당에서 차도까지 사람이 지나다니도록 눈을 치웠다. 눈길 위에 연탄재를 깨서 뿌려놓았다. 빠닥빠닥 마른 기저귀를 걷어 개켜놓았다. 연탄불이 꺼지지 않도록 수시로 살폈다. 찹쌀 한주먹으로 묽게 미음을 끓여놓았고 미역을 담가놓았다. 미역이 풀어지도록 마당에는 아무런 기척이 없었다. 말린 홍합을 넣어 미역국을 끓였다. 남아 있던 쌀을 톡톡 털었다. 한 대접 되는 쌀을 씻어 냄비에 안쳤다. 흰쌀밥을 퍼 미역국에 말아 한 대접 먹고 난 뒤 문 앞에 머리를 대고 잠을 잤다. 자신의 코고는 소리에 놀라 깬 산파는 문을 열고 마당을 내다보았다.

뿌려놓은 연탄재 위로 또 눈이 쌓이고 있었다. 이번엔 싸리눈이었다. 산파는 연탄불을 확인하고 미역국을 데워 부엌에 쪼그리고 앉아 마당을 내다보며 먹었다. 천천히 어둠 속에서 내리던 눈 사이로 흰빛이 늘어나다가 날이 환해질 무렵 눈이 멈췄다.

약초가 담긴 나무궤짝 세 개와 옷 보따리를 챙겨 마루에 내놓았다. 밥이 남은 냄비에 미역국을 퍼 넣고 팔팔 끓여 먹었다. 남은 연탄 세 장을 모두 부엌에 가져다놓고 한 장을 다시 갈았다. 끓여놓은 물에 찬물을 섞어 걸레를 빨아 방으로 들어갔다. 반닫이, 양쪽으로 여닫는 문이 달린 텔레비전, 화장대, 거울을 닦고 방바닥도 닦았다.

저녁 무렵 기와에서 눈 한 뭉치가 저절로 떨어졌다. 날이 풀려 고드름에서 물이 뚝뚝 떨어졌다. 빗자루로 마당의 싸리눈을 쓸고 있을 때, 쇠가 바닥을 긁고 지나는 소리가 들렸다. 바퀴에 체인을 감은 택시가 집 아랫길에 섰다. 산파는 방으로 들어가 이불을 깔아놓은 바닥에 손을 대보았다. 바닥이 쩔쩔 끓었다.

잠시 후, 연탄공장 사장 첫째 딸아이가 이불 포대기를 감싸쥐고 마당에 들어섰다. 첫째 딸아이의 어깨가 들썩거렸고 커다란 가방도 덩달아 들썩였다. 산파는 마당으로 나가 이불에 둘둘 싸여 있는 아기를 받았다. 얼굴이 빠져나온 아기의 이마와 볼에 제 맏언니의 눈물이 떨어져 번들거렸다.

첫째 딸아이를 방으로 데려갔다. 아이는 어깨에 멨던 가방을 내려 산파 쪽으로 밀었다.

"내일 아버지가 오시거든요. 엄마는 사내아이를 낳았는데 곧바로 죽었다고 말할 거래요. 어쩌면 아버지가 내일 이리로 오실지도 몰라요."

"걱정 마라. 난 새벽에 떠날 거니깐."

"사내아기가 죽자 엄마가 할머니를 몰아붙여 산파 할머니가 다른 곳으로 떠난 것 같다고 할 거랬어요."

아이는 콧물이 범벅이 되어 이불 속에 싸여 있는 제 막내동생의 머리와 볼을 하염없이 쓰다듬었다. 길가에 세워둔 택시에서 경적이 울렸다. 아이는 다시 제 막내동생의 얼굴을 찬찬히 들여다보았다. 아기는 제 언니를 알아보는 듯 울지도 않고 입을 오므렸다가 펼치며 배냇짓을 했다. 볼이 얼어서 발갛게 텄지만 건강해 보였다. 경적 소리가 다시 들리자 산파가 첫째 딸아이를 일으켜 세웠다. 산파는 연탄공장 사장의 첫째 딸아이가 허리까지 쌓인 눈 사이에 뿌려놓은 연탄재 길을 내려가는 것을 바라보았다. 잠시 후, 바퀴에 감긴 체인이 달그락거리는 소리가 멀어져갔다. 그제야 마음이 놓인 산파는 방 안으로 들어가 문을 걸어 잠갔다.

아기는 눈을 뜬 채 입을 오물거리며 방안을 두리번거렸다. 산파는 아기의 이불을 풀어헤쳤다. 솜을 누벼 지은 겉저고리 가슴팍에 바리라고 수놓아져 있었다. 산파는 제 윗옷의 단추를 끄르고 가제 손수건에 물을 묻혀 젖 근처를 문질렀다. 천장을 두리번거리는 아기를 안아 흐물흐물한 자기 젖을 물렸다. 아기는 빈 젖을 물었다. 곧 빈 젖인 것을 알았는지 아기가 젖에서 입을 뺐다. 산파는 미음에 끓인 미역국물을 넣고 휘저어 찻숟가락으로 아기 입에 흘려넣어주었다. 아기는 홀짝홀짝 받아먹다 고개를 돌리고 잠들었다.

산파는 가방을 풀었다. 가방 안에는 아기를 좋은 곳에 보내달라는 연탄공장 사장부인의 편지와 돈이 든 봉투, 미리 만들어놓은 파란색 배냇저고리, 기저귀, 분유, 우윳병, 소화제, 면봉 등이 있었다. 산파는 편지를 연탄아궁이에 던져버렸다. 종이는 불에 닿자마자 확, 오그라들었다.

두 시간 자다가 깬 아기는 새벽까지 칭얼거렸다. 크게 울지도 못하고 눈에서 눈물이 주르륵 흘러내렸다. 산파는 빈 젖을 물렸다가 미역국물을 먹였고, 미음을 먹였지만 아기는 계속 울어댔다. 산파는 가방 안에서 분유를 미지근한 물에 타서 우윳병에 넣고 먹였다. 아기는 우윳병에서 공기소리가 날 때까지 빨았다. 우유를 다 먹고 나서도 칭얼거렸다. 밑을 헤쳐보니 설사를 해놓았다. 산파는 기저귀를 갈아주고 연탄 위에서 채 끓지도 못한 물로 기저귀를 빨아 방에 널었다. 아기가 또 칭얼거렸다. 산파는 아기를 세워 안고 등판을 쳤다. 크게 트림을 한 아기가 산파의 어깨에 분유를 흘리고 잠들었을 때, 트럭이 도착했다.

산파는 트럭 운전기사에게 마루에 내놓은 나무궤짝과 옷 보퉁이, 안방에 있던 가방을 옮기라고 지시했다. 덜 마른 기저귀를 트럭 조수석 등받이에 펼쳐놓았다. 이불 포대기에 돌돌 감싼 아기를 안고 트럭 조수석에 오르자 운전기사는 신기한 듯 아기와 산파를 번갈아 보았다. 산파는 운전기사에게 아기 엄마는 산욕열이 나 며칠 후에 올 것이라고 묻지도 않은 말을 했다. 아기는 트럭의 흔들림에 기분 좋은지 입가에 웃음을 지으며 깊게 잠들었다. 트럭이 대관령 굽은 길을 돌고 돌며 올라갈 때, 라디오에서 치직거리는 잡음이 들리자 운전기사는 주파수가 잘 잡히는 방송으로 맞췄다. 때마침 부모님의 열 가지 크신 은혜, 〈부모은중경〉이 흘러나왔다. 영인 스님의 독경이었다.

자비로우신 어머니, 그대를 낳던 날 오장육부가 모두 터져 나간다. 몸과 마음이 모두가 까무러쳤고, 피를 흘려놓은 자리는 짐승을 잡은 듯 하였어도 갓난아기 충실하다 칭찬을 들으면 그 기쁨이 평소의 갑절이나 들렸네. 기쁨이 가라앉아 슬픔이 되살아나 아픔이 심장까지 사무쳐오네. 무겁고 기쁜 것은 부모님 은혜여.

한 해가 끝나고 있었다. 산파는 동쪽 끝 바닷가 마을에서 갓 태어난 햇아기, 바리를 데리고 서쪽 끝 바다로 향해 갔다. 사흘간 내린 눈으로 도로는 수천 개의 솜이불을 헤쳐놓은듯 했고, 대관령에 첩첩으로 쌓인 설산은 새파랗게 눈을 찔렀다. 히터를 틀어놓은 낡은 트럭 유리창엔 뿌옇게 성에가 끼었다. 목도 가누지 못하는 바리는 산파의 빈 젖을 쪽쪽 빨며 산파에게 매달렸다.

4. 처음 영혼을 인도한 날

 항에서 빠져나온 화물열차가 머리맡을 지나갔다. 열차 한 량씩 지나갈 때마다 골이 튀어나와 허공에서 꿈틀거리는 것 같았다. 달궈진 쇳내 섞인 바람과 후텁지근한 열기가 허술한 벽을 뚫고 들어왔다. 기차가 지나간 뒤에도 머리통은 기차 바퀴를 따라 굴러가는 듯 덜그럭거렸다. 누군가 알루미늄새시 문을 따는 소리가 들렸다. 청하였다. 나는 침대에 누워 옷핀으로 익숙하게 문을 따고 들어오는 청하를 태연히 쳐다보았다. 청하는 나와 눈이 마주치자 새벽에 일이 끝났는데 푹 자고 싶어 왔다며 나나진을 보고 인상을 찌푸렸다.
 "얘는 자기 방 놔두고 왜 맨날 여기서 자는데?"
 청하는 공장에 있는 굴뚝을 청소했다. 청하, 라는 이름이 있어도 나나진은 청하가 아닌 굴뚝이라 불렀다. 밤 내내 굴뚝에서 청소한 사람치고는 얼굴이 백지장처럼 하얗다. 나는 몸을 일으키고 내 자리에 누우라는 손짓을 했다. 청하는 목둘레가 헐렁해진 윗옷을 벗고 내가 누웠던 자리에 누웠다. 후줄근해진 러닝셔츠 사이로 앙상한 갈비뼈가 드러났다. 나는 청하가 벗어놓은 셔츠를 털어 개켰다.

공고를 나온 청하는 우리 중 학벌이 가장 좋았다. 학벌이 좋다는 것은 나나진의 말이었다. 나는 학벌이 무엇인지 정확히 알 순 없었다.

"학벌이 뭐야?"

"굴뚝이 학벌이 좋기 때문에 굴뚝 청소에 필요한 전문자격증을 땄고, 굴뚝청소부라는 고정적인 직업도 있고 돈을 버는 거야."

"나나진, 나도 고정적으로 돈을 벌어. 그럼 나도 학벌이 좋아?"

나나진은 내 머리를 쓰다듬으며 말했다.

"바리는 학교 문턱에도 가본 적이 없잖아. 바리는 무학이야."

나나진은 여객선 터미널 앞에 있는 여자상업고등학교를 휴학 중이었다. 휴학이라는 것은 한동안 학교에 가지 않고 쉬는 것이라고 했다. 나나진은 삼 년 동안 쉬었고 학교로 돌아갈 마음도 없는 것 같았다.

  나나진은 이곳으로 오기 전에 이모 집에 살면서 한글을 깨우쳤고, 한국 만화와 드라마를 보았다고 했다. 이곳에 와서는 차이나타운에 있는 화교학교에 다녔고 나보다 한국어를 잘 다뤘다. 나는 나나진에게 많은 것을 배웠다. 나나진은 나에게 뭔가를 가르쳐주는 대신 자신이 모르는 화얌에 대해 말해주기를 원했다. 화얌은 나나진의 엄마였다. 나나진이 오기 전까지 화얌은 나를 나나진으로 대했다. 일부러 나에게 나나진이라 부르며 자신의 외로움을 달래기도 했다. 화얌은 나나진과 한 계절도 함께 지내지 못하고 죽었다.

  나나진의 양아버지는 여객선 터미널 건너편에 몰려 있는 그렇고 그런 작은 무역회사를 운영했다. 일주일에 이틀 정도 가게 문을 열었다. 중국으로 물건을 보낼 사람들은 기가 막히게 그가 문을 연 것을 알고 찾아왔다. 물건이 쌓이면 배를 타고 직접 중국으로 물건을 가져갔고 중국에서 물건을 가져왔다. 이쪽에서 귀걸이, 팔찌, 목걸이, 옷, 부엌용품, 스팽클 등등 샘플을 가져가면 얼마 지나지 않아, 똑같은 물건을 여러 보따리 만들어 가지고 왔다. 초코바와 젤리, 얼려 먹는 아이스바, 어른들 화장품처럼 만들어진 완구용품 같은 것을 가져와 이 지역 문구사 혹은 작은 상점에 뿌렸다. 나나진은 뿌렸다는 표현을 썼다. 흙에 씨를 뿌리는 것처럼 뿌린 것은 어떻게든 자라나 결과가 나타난다고 덧붙였다. 원료를 알 수 없는 화학약품에 화려한 색소와 달콤한 향을 잔뜩 첨가한 불량식품을 먹은 아이들은 언젠가 나쁜 씨를 삼킨 결과가 나타날 것이라고 했다. 그러나 불량식품을 먹은 아이들은 탈 없이 무럭무럭 잘 자랐고, 불량식품은 여전히 잘 팔렸다. 이따금 신문이나 뉴스에 불량식품과 유해독성 성분이 있는 완구용품에 대해 다뤘지만 크게 문제 되지 않았고 나나진의 양아버지는 꾸준히 그런 물건을 날라 왔다.

교자상에서 김밥을 쌌다. 따로 부엌이 있지 않고 싱크대와 소형 냉장고만 있는 이곳에서 할 수 있는 요리였다. 청하는 내가 싼 김밥을 좋아했다. 우리는 한 블록에 한두 개씩 있는 김밥천국에서 파는 김밥의 비밀을 알고 있었다. 쌀, 단무지, 햄, 계란지단까지 중국에서 건너왔다. 중국에서 건너온 것이 무조건 나쁜 것은 아니지만 이미 해놓은 계란지단이 변하지 않게 하기 위해 첨가물을 넣을 것이라고 청하는 말했다.

전기밥솥에 밥을 하고 휴대용 가스버너로 계란을 부쳤다. 햄과 썰어놓은 당근을 익혔다. 단무지와 우엉, 오이, 맛살 등과 함께 쟁반에 담아놓고 밥솥에서 밥을 푸는데 나나진이 뒤척거렸다. 나나진은 옆에 누운 청하를 확인하곤 청하의 앙상한 가슴

속으로 파고 들어갔다. 청하가 잠결에 몸을 뒤챘다.

"나나진 장난치지 말고 일어나."

나나진은 내 말을 못 들은 척하고, 청하의 코에 손가락을 넣었다가 빼곤 청하의 뺨을 찰싹 때렸다. 청하는 정신 못 차리고 천장을 향해 눕고 이내 코를 골았다.

"이 시멘트 굴뚝, A급 몸이 옆에 누웠는데 참 잘도 자네."

나나진은 내가 썰어놓은 계란을 한 줄 집어 입에 물었다.

"조금만 기다려, 썰어줄게."

나는 김밥을 썰어 물과 함께 나나진 앞에 놓았다. 나나진은 속이 쓰리다며 물만 들이켰다. 나는 칡즙을 한 컵 따라 나나진에게 주었다. 나나진은 칡즙을 마시곤 동산 쪽문을 열고 나갔다.

"수돗가에서 하지 말고 화장실로 가."

문이 닫히자마자 오줌이 떨어지는 소리와 수도에서 물이 흐르는 소리가 동시에 들려왔다. 나나진은 공동 화장실을 사용하지 않고 수돗가에서 소변을 눴다. 화장실을 가려면 철길과 맞닿은 앞쪽으로 나가야 했다. 수돗가에서 소변을 보다가 옆집에 사는 필리핀 여자에게 걸려서 되게 야단을 맞고는 했지만 그때뿐이었다.

방으로 들어온 나나진이 교자상 앞에 앉았다. 나나진이 참기름을 싫어해 우리는 뻑뻑한 김밥을 먹었다. 우리가 옷을 갈아입고 정리하는 동안에도 청하는 코를 골며 잠에 취해 있었다. 잠이 든 청하는 어린애 같은 얼굴이었다. 청하가 누워 있는 진분홍색 레자 가죽 침대는 이 방과 어울리지 않았다. 머리맡에는 거울이 달렸고, 가장자리에는 레이스와 진주가 장식된 침대는 연슬 언니의 것이었다. 나는 침대를 볼 때마다 연슬 언니의 마지막을 떠올렸다. 이 방을 떠나지 않는 한 나는 침대에 누울 때마다 연슬 언니와 함께였다.

"나 먼저 가?"

나나진이 하품을 하며 신발을 신고 문을 열었다가 도로 닫았다. 화물열차가 온다는 호각 소리와 동시에 화물 열차가 지나갔다. 스무 량 정도 되는 화물열차가 속력을 내지 않고 지나가는 데는 5분 정도의 시간이 걸렸다. 나는 참기름을 바른 김밥 세 줄을 썰어 접시에 담고 광목 보자기로 덮어놓았다. 알람시계를 열두시에 맞춰놓고 방문을 열었다. 화물열차 꼬리가 바로 코앞을 지나갔다. 바람에서 석탄 냄새와 쇠 냄새가 났다. 나나진은 인상을 쓰며 열차 뒤를 노려보다 사우나에 간다며 만원만 달라고 말했다. 순간, 골방에 돈 봉투를 그냥 두고 나온 것이 생각났지만 그냥 지갑에서 만원을 꺼내주었다. 나나진과 함께 철길을 건너, 나는 수인곡물시장 골목으로 들어가고 나나진은 보신탕집들을 지나 옐로우하우스 쪽으로 갔다.

토끼 할머니는 곡물이 든 자줏빛 함지를 하나씩 꺼내놓고 있었다. 나는 할머니의 손에서 차조가 든 함지를 받아 차조 자리에 놓아두었다. 국내산 강원도 철암이라 적힌 팻말이 차조 속에 푹 박혔다. 팻말을 똑바로 세우고 다른 곡물이 든 함지를 모두 자리에 내놓았다. 옆에 서서 함지의 위치를 보던 할머니는 모든 곡물이 제자리를 잡자, 텔레비전 앞에 앉았다. 나는 전날 담아놓은 참기름 병목에 원산지를 알리는 종이를 끼운 줄을 둘렀다. 내 글씨가 삐뚤빼뚤해 읽는 사람들은 모두 할머니가 쓴 것으로 여겼다. 그래서 더 원산지를 믿을 수 있다고 말하는 손님도 있었지만, 실제로 토끼 할머니의 글씨체는 책의 글씨처럼 반듯했다. 토끼 할머니는 중국산 참깨와 파주산 참깨를 냄새만으로 알아챘다. 내가 실수로 파주산 참깨로 짠 기름에 중국산이라 적은 종이를 두르면 호랑이처럼 화를 내며 병뚜껑을 열어 병 입구를 내 코에 들이댔다.

"니 그래 매번 맡아도 여태 모르겠나. 이게 왜서 중국산이나, 어?"

그렇게 화를 낼 때면 저절로 억센 사투리가 터졌는데 화를 내는 모습이나 사용하는 사투리가 산파와 똑같았다. 할머니는 산파와 처녀 적 친구라고 했다. 이름은 묘향이었다. 토끼는 시집을 가 헤어지기 전까지 산파가 부르던 별명이었다. 할머니는 손님이 없으면 온종일 텔레비전 앞에 앉아 까닥까닥 졸다 깨다 하며 시간을 흘려버렸다. 예전에 할머니는 책을 무척 많이 읽었다. 나에게 검정고시를 보라고 했지만 내가 시험을 포기하자 더 이상 책을 읽지 않았다. 아니, 토끼 할머니는 산파가 죽은 후부터 책을 읽지 않았다.

  나는 손님이 없는 가게에 앉아 심심하면 좁쌀 속에 손을 넣기도 했고, 팥을 손바닥에 한 움큼 올렸다가 한 알씩 내려놓기도 했다. 손님이 없으니 곡물을 받을 일도, 말린 고추를 주문할 일도 없었다. 일한 것이 없기에 어느 때부터 나는 할머니에게 돈을 받지 않았다. 나는 양키시장 상인들에게 약초를 팔며 고정적으로 돈을 벌었다.
  녹쇠가 주고 간 돈은 어떻게 해야 할지 몰랐다. 산파가 살아 있다면 물어볼 텐데. 나나진이 나에게 많은 것을 알려주었지만 이런 것을 의논할 수는 없었다. 청하도 마찬가지였다. 청하는 청하사 할머니가 자살한 것으로 알고 있었다. 청하는 할머니의 죽음을 오랫동안 슬퍼했다. 청하의 할머니는 청하에게 남기는 편지를 썼고 마지막까지 평온한 표정으로 저세상으로 갔다. 말을 할 수 있을 때 나에게 고맙다, 라고 말했다. 모든 근육과 혈관이 죽음을 받아들였고 죽음을 간절히 원하고 있어 어렵지 않게 인도해주었다.

토끼 할머니는 끼니 때가 되면 정신이 또록또록해졌다. 아끼바리 쌀에 차좁쌀 한 주먹을 집어넣고 감자 두 알을 쌀과 함께 안쳐 감자밥을 했다. 할머니를 따라 나도 감자를 퍽퍽 깨 열무김치를 넣고 고추장에 비볐다. 한 술 뜨려는 순간에 신흥쌀집 할머니가 참외 한 알을 손에 들고 들어왔다.

"감자밥 생각에 목젖이 빠지는 줄 알았네."

신흥 쌀집 할머니는 숟가락을 들고 양푼 앞에 바짝 다가앉았다. 둘이 마주보고 앉아 양푼을 한 손씩 붙잡고 밥을 퍼먹는 모습은 달나라에서 절구를 빻고 있는 토끼들처럼 사이좋아 보였다. 할머니들은 숟가락으로 양푼을 득득 긁어 밥알 한 톨 남기지 않고 먹어치웠다. 신흥쌀집 할머니는 싱크대에서 칼을 가져와 참외를 깎아 세 등분했다. 가운데를 나에게 주고 윗부분은 토끼 할머니에게 주고 나머지를 제 입에 물며 고춧가루를 빻아야 한다며 가게를 나섰다.

토끼 할머니는 참외를 조금씩 깨물며 그릇들을 싱크대로 날랐다. 그러고는 텔레비전 앞에 앉아 채널을 돌리는가 싶더니 리모컨을 든 채로 졸기 시작했다. 할머니는 운동 부족 때문인지 몸 가운데로 살이 둥글게 몰렸다. 나는 설거지를 마치고 좌판 앞에 놓인 의자에 앉아 보리쌀을 한 주먹 손바닥에 올려놓고 가운데 줄이 간 부분을 살피곤 한 알씩 내려놓았다.

 검자주색 팥을 한 움큼 움켜들었을 때, 청하가 골목을 걸어오는 것이 보였다. 나는 눈으로는 청하의 걸음을 헤아리며 팥 속에 손을 파묻었다. 청하는 내 옆에 다가와 몸을 구부렸다. 씨익 웃고는 팥 속에 제 손을 집어넣었다. 팥 속에 파묻힌 내 손을 잡았다. 청하의 손과 내 손 사이에 팥이 끼었다. 청하는 팥을 비벼대며, 자신의 손가락을 하나씩하나씩 내 손가락에 깍지 꼈다. 청하의 손은 험한 일에 단련되지 않은 듯 얄팍했다. 우리는 햇살이 바글거리는 골목을 쳐다보며 팥 속에서 깍지를 끼고 있었다. 청하에게서 내가 쓰는 비누냄새가 났다.

"너 칫솔로 양치했어."
"어, 그래."
"칫솔 바꿀 때가 된 것 같아서 새로 하나 사놨어. 그걸로 써."
"어, 그래."
"나 오늘도 밤 작업이야. 화력 발전소 연돌 내부 공사야."
"얼마나 돼?"
"210미터야. 일 가기 전에 들를게. 불청객 끌어들이지 마."

"어, 그래."

"어, 그래."

청하는 내 말투를 흉내 냈다. 청하가 손가락을 하나씩 빼자 내 손 가득 팥이 모여들었다. 청하는 두세 걸음 걸어가다 뒤를 돌아보았다. 목이 늘어진 녹색 반팔 셔츠 아래로 보이는 팔이 앙상했다. 그가 밤에 210미터 굴뚝 속으로 들어가는 것을 떠올렸다. 굴뚝에 들어갔다가 나올 때마다 청하의 몸이 깎여나가는 것 같았다.

청하의 손과 내 손 사이에 있었던 팥을 한 주먹 쥐고 한 알씩 살피며 내려놓았다. 골라내고 골라낸 팥은 껍질이 벗겨진 것 하나 없이 모두 파닥파닥 윤이 났다.

양산을 받쳐 들고 골목을 들어오던 할머니가 나를 쳐다보곤 걸음을 멈췄다. 손수건을 꺼내 땀을 훔치고 있을 때 옆집 미진상회 여자가 양산이 멋지다고 호들갑을 떨며 붙잡았다. 양산을 든 할머니는 예전에 길 건너에서 식당을 했다며 이 골목이 번창했던 시절을 얘기했다.

"말해 뭐해요? 눈코 뜰 새 없이 바쁘던 그 시절 다니던 은행에 사표를 냈던 사람이 바로 저예요."

이 골목이 번창했던 때라면 나도 어렴풋이 기억이 난다. 산파는 집에 거의 없었다. 토끼 할머니를 도와 쌀부대 수를 세고, 거래 장부를 작성했고, 그날 들었다 빠져나가는 물량을 맞춰보곤 했다. 할머니들은 해가 바다 쪽으로 기울기 시작해야 집에 왔다. 후다닥 밥을 했고 나물에 고추장과 참기름을 떨어뜨려 비빈 후 나에게 한 공기 퍼주었다. 그것이 매일매일 반복되는 식사에 관한 기억이었다.

나는 배가 고프면 생쌀 한주먹을 물에 담가 불렸다. 물은 줄어들고 쌀은 부피가 늘어났다. 그 위에 설탕을 한 숟가락 뿌린 후 한 숟가락씩 떠서 천천히 씹어 먹었다. 먹을 때는 맛도 모르고 먹었지만, 먹고 나면 더부룩한 느낌은 드는데 속은 채워지지 않은 것 같았다. 나나진과 라면을 끓이기 귀찮아 생라면을 부수어 수프를 뿌려먹을 때도 그랬다. 속이 더부룩한데 꽉 채운 느낌은 들지 않았다. 라면이건 쌀이건 물과 함께 불에 끓여 먹어야 속이 단단히 채워진다는 것을 알았다.

그날도 나는 물에 불린 쌀을 씹어 먹으며 밖을 내다보았다. 남자아이들 세 명이 노란 좁쌀을 한 주먹씩 쥐고 갈매기를 기찻길로 유인했다. 번갈아가며 손에 든 좁쌀을 뿌리자 갈매기들은 잘도 따라왔다. 남자애들은 나를 가리키며 속닥거렸다. 남자애들은 내가 열어놓은 문 앞까지 왔다. 내가 일어나 서너 걸음만 걸어나가면 철길이었다. 철길까지 따라온 갈매기 중 한 마리가 희생양이 되었다. 한 아이가 뿌려놓은 좁쌀에 다가온 갈매기는 다른 아이가 짜놓은 본드에 발이 달라붙었다. 갈매기는 발은 신경 쓰지 않고 좁쌀 먹는 것에만 혼이 빠졌다. 좁쌀을 쪼아먹던 갈매기가 몸을 움직이려 발을 버둥거렸지만, 발이 떼어지질 않았다.

그리고 항구 쪽에서 기차가 다가왔다. 호각을 불며 다가온 기관사가 깃발을 흔들며 물러서라는 손짓을 하자, 남자애들은 철길 건너편으로 건너가 나를 보았다. 갈매기는 본드에 붙은 발을 떼려고 날개를 버둥거려보았지만 깃털만이 날렸다. 갈매기의 몸 위로 달궈진 기차 쇠바퀴들이 지나갔다. 갈매기는 짓이겨진 후에 또다시 짓이겨졌다. 목 아래와 통통한 배 사이에서 내장이 튀어나왔고 피가 흰 날개에 뒤범벅되었다. 나는 소리 지르지 않았다. 그건 남자애들이 원하는 거였다. 나는 고개를 돌리지도 않았다. 갈매기의 몸이 쇠바퀴에 거듭 짓이겨졌다. 기차가 지나가고 난 뒤, 나는 일어났다. 선로를 향해 나가려 할 때, 문에 옷소매가 끼었다. 나는 서둘러 소매를 뺐다. 갈매기 발은 선로 위 본드에 달라붙은 채 쇠바퀴에 여러 번 눌려 스티커처럼 납작했다. 터진 내장이 선로 옆에서 꿈틀거렸다. 나는 맨손으로 짓이겨진 갈매기를 들어냈다. 떨어져 나간 부리와 터진 채 흩어져 있는 내장도 집어 들었다. 갈매기의 온기가 남아 뜨

듯했다. 미처 쪼아 먹지 못한 것인지 먹은 뒤 소화를 못 시킨 것인지 노란 좁쌀 뭉치가 떨어져 있었다. 몸을 일으키자 선로 위에 놓인 붉은색 선이 보였다. 원피스 소매에서부터 풀린 올이 흙 위에서 구불거렸다. 붉은 올은 집 앞까지 이어져 있었다. 나는 갈매기의 살점을 놓치기 싫어 올을 끊지 않았다. 방으로 들어갈 때, 돌멩이가 날아와 내 등을 후려쳤다. 남자애들은 내가 뒤를 돌아보자 재빨리 도망치면서 소릴 질렀다.

"마녀, 귀신!"

"갈매기를 구워 먹나, 날로 먹나."

그애들은 셋이 모이면 똑같은 일을 반복했다. 그들 중 누구라도 혼자 있을 때, 골목이나 기찻길에서 나와 마주치면 슬슬 내 눈치를 보았다. 내가 걸음을 멈추고 그애를 노려보다 한 발을 들어 땅을 탁, 치면 발이 안 보이도록 도망갔다.

나는 갈매기를 동산과 맞닿아 있는 수돗가로 데려가 한 점씩 들어 흩어진 살과 내장을 씻었다. 산파가 키우는 약초밭으로 가 흙을 파내고 약초 밑에 갈매기 살점을 묻었다. 어떤 약초인지 몰랐다. 약초 뿌리에서 나온 기운이 갈매기에게 효과 있을 거라 생각했다. 달궈진 쇠에 짓눌려 급작스럽게 죽었지만, 미처 빠져나가지 못한 혼이라도 천천히 약초의 향을 마시며 달래지기를 바랐다. 그것이 최초로 내가 혼을 죽음의 공간으로 인도

한 것이었다.

남자애들의 못된 장난도 다 옛날 얘기였다. 수인선이 폐쇄되고, 농협 공판장이 이전되면서부터 이 골목은 쇠락의 길로 접어들었다. 수인역 터는 광역버스 차고지로 변했고, 농협 공판장 자리에는 아파트가 들어섰다.

80여 개의 곡물가게는 30여 개로 줄어들었고, 그나마 문을 여는 집도 두세 집 건너 한 집이었다. 아예 팥과 서리태를 함지에 담아 시장 난전에 가 있다 오는 사람들도 있었다. 보신탕집들도 덩달아 빠져나갔다. 보신탕집이 있던 자리에는 무역상사나 환전거래소가 들어섰다. 그대로 남아 있는 보신탕집은 삼계탕과 추어탕을 메뉴에 첨가했다.

몇 년 전, 곡물 시장 건너편에 있던 옐로우하우스도 타격을 입었다. 유리방의 유리들은 저녁이면 경찰들과 몸싸움을 했다. 경찰은 유리들이 일하는 것이 법으로 금지되었다며 영업을 못하게 막았고, 유리들은 자신들의 일도 직업이라며 맞서 싸웠다. 건물주들이 의견을 모아 서로 돈을 빌려주고 낡은 건물 전체를 흰 벽돌 건물로 재건축한 후라 건물주와 포주들도 함께 유리 편을 들었다.

나나진과 나는 경찰과 유리들이 몸싸움하는 것을 구경하러

도 갔다. 유리들은 몸에 빨간 페인트칠을 했고 얼굴은 하얗게 칠했다. 피가 흐른 듯 눈가에 검정과 빨강으로 핏방울을 찍어 놓았다. 아래에는 팬티만 입었다. 팬티와 허벅지 위로 붉은 물감이 얼룩졌다. 벗은 상체에는 유두만 검게 칠했다. 유리들의 방해를 물리치고 결국 경찰들은 1호, 2호, 3호로 표기된 유리방마다 성매매법에 관한 규정을 담은 팻말을 붙였다.

"항에 배가 도착하면 곡물시장에 머물던 새들도 덩달아 유리방으로 몰려간다는 말도 이제 다 옛말이네."

나나진이 인적이 드문 골목을 걸어오며 말했다.

"무슨 뜻이야?"

"바리, 왜 옐로우하우스인지 알아? 옐로우는 노랑이야."

"흰 벽돌 이전에는 붉은 벽돌 건물이었는데?"

"예전에는 저 건물 전체에 노란 페인트가 칠해져 있었대. 유리들이 미군들에게서 노란 페인트를 얻어 와 칠했대."

나나진은 옐로우하우스에 대해 많이 알고 있었다. 일본인들과 외국선원들을 상대하기 위해 고급으로 지어진 그곳에는 각 방마다 욕실과 비디오를 볼 수 있는 시설까지 갖췄고 유리들도 젊고 비쌌다고 했다. 송도에 있는 호텔에서 일본인들 행사가 있을 때면 이곳 유리들이 불려갔다. 고급이고 비싸니깐 곡물시장을 드나드는 장사치들에게는 그림의 떡이라는 말이었다. 그러다가도 배가 들어와 선원들 발길이 그쪽으로 가면 곡물시장 상인들도 가랑이 찢어지는 줄 모르고 따라갔다는 얘기였다.

"이런 얘기, 이 골목 아이들에게는 과자 이름 외우는 것보다 더 쉬워. 바리만 모르는 거지. 근데 전에 이 방에 있었던 연슬 언니 말이야."

"아니 그만."

나는 입을 닫았다. 연슬 언니 얘기는 하기 싫었다. 토끼 할머니는 유리였던 연슬 언니가 싫다며 내쫓았지만, 연슬 언니는 나를 친동생처럼 대해주고 의지했다. 나는 피붙이 자매라면 그런 느낌일 것이라는 생각이 들었다.

골목을 끈질기게 비추던 해가 바다 쪽으로 떨어지고 맞은편 대복쌀집 그림자가 곡물을 담은 함지에 닿았다. 나는 함지를 안쪽으로 옮겨놓았다. 함지를 모두 옮겨놓고 나무문을 닫고 나가려는데 토끼 할머니가 나에게 들어오라는 손짓을 했다. 할머니는 천천히 몸을 움직여 아끼바리 쌀 한 되와 팥을 작은 것으로 한 되 담아주었다.

봉지를 받아들고 골목으로 나왔다. 선로 두 개를 건너 문을 열었다. 김밥을 놓아두었던 상 위에는 밥 한 톨 안 남은 말끔한 접시와 뜯지 않은 분홍색 칫솔이 놓여 있었다. 칫솔을 뜯어 입에 물었다. 팥을 물에 불려놓고 골방에 들어가 봉투에서 집히는 대로 돈을 꺼냈다. 청하가 오기 전에 시장에 가서 장을 봐야겠다는 생각을 했으나 할 수 있는 요리가 별로 없다는 것을 깨달았다. 나는 돈을 차르륵 펼쳤다가 지갑에 넣었다.

산파는 수중에 들어온 돈은 악착같이 지켜야 한다고 말하며, 꽤 많은 돈을 벌었다. 그러나 지켜내진 못했다. 병원에서도 포기한 많은 환자들에게 약초를 써서 치료했고, 유리들의 몸을 다스렸지만, 산파는 제 몸을 약초로 다스리진 못했다. 워낙 어렸을 때부터 여러 약초에 길들여진 몸에 내성이 생겨 그 어떤 약초에도 효과를 보지 못했다. 산파는 몸이 한 군데씩 헐 때마다 병원을 찾았고 양약을 복용했고 수술을 했다. 악착같이 번 돈은 무더기로 빠져나갔다. 산파의 장기 여러 군데 암이 번졌고 항암 치료를 받던 산파는 더 이상 버틸 수 없었다.

머리칼 한 올 없이 알머리를 한 산파가 나를 골방으로 불렀다. 손때에 달아 반들반들해진 나무궤짝에서 너덜너덜한 책을 꺼냈다. 산파의 아버지가 약초와 약재를 사람에게 써본 후 결과를 기록한 거라 했다. 책은 겉과 안이 대부분 한문으로 되어 있었다. 조선약재식물이라고 말했다. 손으로 직접 쓴 것 같은 책은 낡았고 오랜 세월의 흔적이 느껴질 만큼 글씨는 번져 있었다. 한문 옆에는 깨알만 한 한글로 뭔가 적혀 있었다. 산파가 덧붙여 설명해놓은 것이라고 했다.

  산파는 광목 자루를 죄 꺼내 하나씩 설명을 했다. 하루에 두세 번씩 반복해 약초와 효능을 말했다. 이 자루에 든 것은 요만큼씩 열 번을 나눠 한지에 싸서 수도사, 천일사에 가져다주라고 말했다. 한 달에 한 번씩 이 자루에 든 것을 이만큼 요거랑 같이 달여 소주병에 담아 동심사, 동화사에 가져다주고 얼마를 받으라고 했다. 산파가 말한 요만큼은 한 주먹이었고, 이만큼은 두 손을 그러모아 잡을 수 있는 만큼이었다. 광목에 검은색을 입힌 자루 안에서 사기로 된 항아리를 꺼냈다. 바닥에 석회를 깔아놓았다고 말하며 꺼낸 것은 부자를 법제해놓은 천웅이라 했다.

  산파는 딱 요만큼이라 말했다. 딱 요만큼은 한 주먹의 반이었다. 천웅은 생강, 부들꽃가루와 같은 양으로 섞어 곱게 빻아 작은 한지에 서른 개 싸서 코코사에 가져다주라고 했다.

  나는 볼펜으로 공책에 산파가 말하는 것을 시시콜콜 삐뚤빼뚤 받아 적었다. 산파는 약초를 법제하는 것도 설명해주었다. 볶기, 달구기, 그대로 굽기, 싸서 굽기, 튀기기, 찌기, 삶기, 승화법 등을 설명하며 책을 넘겨 짚어 보였다. 상 만들기, 갖풀 만들기가 적힌 곳도 펼쳐 보였다. 한문 옆에 작은 글씨로 갖풀 만들기라 적혀 있었다. 약초가 흘러드는 장기에 따라 법제에 첨가

하는 것도 달랐다. 나는 산파가 제 몸의 독초를 법제하는 것을 보며 그 방법도 공책에 적었다.

산파는 사기 항아리 바닥에 깔린 석회가루 사이에서 작은 검은 광목 자루를 꺼냈다. 산파는 초오와 천남성이라고 말하곤 잠시 손을 멈췄다. 천장을 쳐다보던 눈을 내리깔고 광목 자루를 펼쳤다. 옛날 희빈 장씨에게 내려진 사약의 주성분이 천남성이라고 했다. 산파는 내가 알아듣도록 차근차근 설명을 했다.

나는 먼저 산파의 모든 장기를 편안하게 비우는 작업을 했다. 산파는 한두 시간 잠을 자고 일어나 토끼 할머니를 만나러 가겠다고 했다. 차좁쌀과 열무김치를 얻어온 산파는 오랜만에 집에서 차좁쌀을 넣은 감자밥을 했다. 열무김치를 넣고 비벼 먹었다. 목욕을 한 산파는 모든 준비를 나에게 시켰다.

"내 공덕이 없어 연화대로 가는 욕심은 진즉에 버렸고, 퐁도옥 갈 생각에 겁도 나지만 바리 결혼해 사는 거 못 봐, 그게, 그게 제일 겁나."

나는 산파가 하라는 대로 순서를 지켰다. 비닐장갑 위에 목장갑을 끼고 초오와 천남성을 산파의 몸에 흘려 넣었고, 산파는 입을 크게 벌려 협조했다. 입 깊숙이 천남성이 닿은 부분이 까뒤집히는 것이 보이면 해독약초를 발랐다. 산파의 근육과 몸이 떨렸다. 목 안에서 거품이 끓어 넘쳤다. 그럴 때면 어성초, 생강과 칡, 찔레 열매즙으로 몸으로 번지고 있는 독초를 해독했다. 산파의 몸으로 흘러들어간 최초의 독이 산파의 몸을 헤집어놓았다. 산파의 근육을 마사지하며 독이 고루 퍼지게 한 뒤, 나는 곧바로 해독을 했다.

산파의 기도를 통과한 독이 퍼져 가슴 근육이 딱딱해졌는데도 산파의 숨은 끊어지지 않았다. 산파는 고통을 드러내지 않으려고 안간힘을 썼다. 알머리에 핏줄이 불거졌다. 불거진 핏줄이 터질 것 같았다. 산파는 내 출생에 대해 어디까지 알고 있는지 말해보라고 했다. 나는 모른다고 대답했다.

"토끼가 말했을 텐데. 말해봐."

산파의 혀가 굳기 시작했다. 사람 목소리라기보단 짐승소리 같았다.

나는 토끼가 읽어준 바리공주 이야기를 말해주었다.

"옛날 옛적에 불나국이라는 나라에 오귀대왕님이 있었어요."

산파는 내 목소리를 들었다. 산파는 폐 깊숙이 눌러달라고 했다. 나는 산파의 폐를 찾지 못해 그냥 몸을 안아주었다. 산파의 몸이 독초를 빨아들이는 데 오래 걸렸다. 산파는 내가 말을 멈추면 계속하라는 손짓을 했다. 산파의 눈이 까뒤집혀졌다. 동공이 안쪽으로 들어갔다. 나는 손가락으로 산파의 눈을 누르며 굴렸다. 산파가 안간힘을 쓰자 동공이 제자리로 돌아왔다. 나는 아주 가까이에서 산파의 눈을 들여다봤다. 산파의 맥이 줄어들었다. 그리고 숨이 멎었다. 산파의 입이 벌어지며 희미하게 웃었다. 나는 바로 옆에서 산파의 죽음을 지켜봐주었다.

5. 아기를 낳아줄래?

청하는 팥밥을 해놓았다는데도 밖으로 나가자고 했다. 문을 열고 철길 건너를 손짓했다. 파란색 트럭이 서 있었다. 청하가 내 손을 잡고 트럭으로 갔다. 조수석 문을 열어주며 올라가라고 했다. 나는 트럭 디딤쇠에 발을 올리려 했지만 너무 높았다. 내 뒤에 서 있던 청하가 뒤에서 나를 번쩍 안아 올려주었다. 회사에서 줬다는 트럭은 겉이나 안이나 낡을 대로 낡았다. 쇠가 대어진 부분은 녹이 슬었고 조수석 앞의 서랍은 문이 닫히지 않은 채 열려 있었다. 목장갑과 망치 스패너와 전선 같은 것이 보였다. 낡았지만 차 안은 몇 번이나 걸레질을 했는지 윤이 났다.

트럭이 움직였다. 평소 걸어다니던 곡물시장 옆길이 다르게 보였다. 철길은 비좁아 보였고 집들은 철길에 닿을 듯 아슬아

슬해 보였다. 트럭이 흔들릴 때마다 서랍에서 목장갑이랑 스패너 따위가 쏟아져 나올 기세였다. 오른쪽으로 커브를 돌 때면 내 머리통이 퍽 청하 옆구리에 가 부딪쳤다.

청하는 신포시장 앞에 트럭을 세웠다. 청하는 트럭에서 내릴 때도 내 겨드랑이에 자신의 손을 끼워 나를 내려줬다. 손에 너무 힘을 줘 겨드랑이가 아팠다.

청하가 나를 데리고 간 곳은 시장 안 난전이었다. 청하는 순대, 오뎅, 튀김, 떡볶이를 시켰다. 나는 밤에 일할 거고 집에 팥밥을 해놓았다고 다시 말했다. 분식을 먹는 것보다는 집에서 팥밥을 먹는 것이 낫다는 생각이 들었다. 청하는 웃으며 나에게 허파를 소금에 찍어 먹여주었다. 얼떨결에 받아먹었다.

"꿀맛이야, 바리랑 함께 먹으면, 뭐든지."

나는 얼굴을 붉혔다. 사실 나도 그랬다. 청하와는 어딜 가도 그만이었다. 청하는 무릎에 놓인 내 왼손을 자신의 왼손으로 잡았다. 우리는 내 무릎 위에서 서로의 왼손을 깍지 꼈다. 오른손으로 오뎅과 떡볶이, 순대를 먹었다. 맞잡은 손이 축축해지면 청하는 손바닥을 자신의 바지에 문질러 땀을 닦고 다시 손을 잡았다.

가파른 길을 올라가 자유공원 공영주차장에 트럭을 주차하며, 청하는 예전에 이 자리가 롤러스케이트장이었다고 말했다.

나는 롤러스케이트가 뭔지 몰랐다. 청하는 어릴 때, 자신이 나에게 롤러스케이트 타는 법을 가르쳐주었다고 했다.

기억이 안 난다는 말에 청하는 실망한 표정을 보였다가 이내 기분을 풀었다. 신나는 디스코 음악이 쟁쟁거리며 흘러나왔고, 또래 애들이 여기서 바퀴 달린 신발을 신고 춤을 추었다고 했다. 나는 신나는 음악에 맞춰 바퀴 달린 신발을 신고 춤을 추는 청하의 모습을 상상했다. 믿기지 않는 이야기였다. 춤이라면 나나진이 잘 췄다. 토끼 할머니가 틀어놓는 텔레비전에 나오는 가수들도 음악에 맞춰 춤을 췄다. 바퀴 달린 신발까지 신고 춤을 춘 청하의 모습을 보고 싶었다.

공작과 닭이 있는 새장을 지나 계단을 올라갔다. 어둑해지는 공원에는 낮 동안 화투와 장기를 두던 노인들이 술자리와 판을 정리하고 돌아갈 채비를 했다. 아직도 카세트테이프를 켜놓고 술을 마시며 춤을 추고 있는 노인 무리들이 한패 있었다.

교복을 입은 학생들이건 평상복을 입은 직장인이건 둘씩, 넷씩 짝을 이룬 경우가 많았다. 산책로를 따라 걷다 보니 어느새 나무 그림자가 어둠 속으로 사라졌다. 어둠이 후룩 몰려오자 떨어져 걷던 연인들은 손을 잡았고 허리에 팔을 둘렀다.

우리는 항이 내려다보이는 전망대로 갔다. 청하는 왼쪽을 가리키며 수인곡물시장이라고 알려주었다. 그 뒤에 가느다란 철길이 보였다. 청하는 몇 개 보이는 굴뚝을 손으로 가리켰다.

"저기 보이지? 길고 커다래서 금방 눈에 보이지? 저거 내부 수리만 한 달 했거든. 내부 수리 끝나자마자 회사가 다른 데로 넘어갔어. 저 공장 지금 빈 공장이야."

가까운 항에서는 크레인에 점멸등이 켜졌고 끊임없이 짐이 내려졌다. 하얀 철제 대문 집에서 보았던 항의 위치와 같았다. 나는 망원경이 설치된 난간을 잡고 아래를 내려다보았다. 짙은 그림자가 진 나무와 어둠 속에서 그 집을 찾을 수 없었다. 순간, 벽에 쏟아지던 영상을 바라보던 검은 얼굴의 남자가 떠올랐다. 동시에 옆에 있던 남자와 한 덩어리 같던 개도 떠올랐다.

그런데 그들은 어떻게 나를 알았을까? 산파와 연슬 언니, 청하사 할머니가 말했을 리는 없었다. 녹쇠, 라고 불리는 남자만 알고 있을까. 내가 몸서리를 치자 청하가 내 어깨를 돌려세웠다.

"무슨 생각을 그렇게 해? 이리와."

청하는 공원 한쪽에 설치된 무대의 계단에 앉았다. 계단 곳곳에 앉아 있는 연인들이 보였다. 어쩐지 그런 연인들 사이에 앉아 있으니 우리도 연인이 된 것 같았다. 청하는 계단에 앉아 가방을 뒤졌다.

"이거 너 거야."

청하가 내민 것은 핸드폰이었다. 나나진이 종일 끼고 사는 것이었다. 그런데 핸드폰이라니. 나는 전화를 걸 사람도 없었고 받을 일도 없었다. 양키시장 상인들은 정해진 날짜에 약초를 가져다주면 되었다. 핸드폰을 받아들자 기계에서 요란한 음악 소리가 들렸다. 청하의 손에도 핸드폰이 들려져 있었다.

"여길 눌러."

초록색 버튼을 누르자 청하의 목소리가 기계와 바로 곁에서 동시에 들렸다.

"바리야, 나 청하야."

"어, 들리네."

청하는 큼큼거리고 헛기침을 하며 자리에서 일어나 걸어가다 뒤를 돌아 나를 바라보았다.

"바리 내 애인해라, 대답해."

"어, 그래."

"잘 대답했어."

청하는 내 곁으로 다가와 앉아 핸드폰 사용법을 간단하게 설명하고 1번을 길게 누르면 자기 번호라고 알려줬다.

"이제 어디서든 바리 목소리 들을 수 있어."

나는 가방에서 거울을 꺼내 청하에게 보여주었다. 차이나타운에서 청하가 사준 거였다. 구슬이 떨어진 것을 본드로 다시 붙여 구슬은 울퉁불퉁 붙어 있고 천의 꽃무늬 색도 바랬지만 청하는 얼른 알아봤다.

"이거 아직도 가지고 다녔구나?"

이 거울을 받은 날, 청하는 화를 내고 혼자 공원을 내려갔었다.

"그때 화났었지? 내가 고맙다고 안 해서 화났어?"

"바보, 화가 난 것은 다른 이유였어."

청하는 핸드폰을 만져보라며 일어섰다. 청하는 커다란 동상 뒤로 갔다가 잠시 후에 돌아왔다.

"저거 누구야?"

"맥아더야, 미국 사람이야."

"왜 남의 나라에 동상을 세웠어?"

"그러게. 쓸데없이. 나한테는 추억이 많아. 초등학교 때 이곳에서 미술대회를 했는데 아이들은 모두 저 동상을 그렸어."

청하가 처음 담배를 피운 곳도 동상 뒤였고 술을 마시고 친구들과 나란히 서서 오줌을 눈 곳도 거기라고 했다. 방금 전에도 그래서 다녀왔다고 말하며 히죽거렸다.

"바리는 절대 저 동상 뒤에 가지 마. 지려."

청하가 핸드폰을 내 가방에 넣어주고 손을 잡고 일으켜주었다. 주차장으로 가는 동안 더운 기운이 가신 바람이 우리 사이를 스치고 지나갔다. 청하의 트럭이 차이나타운 가파른 길을 내려와 수인곡물시장에 다다를 때까지 내내 말없던 청하가 헛기침을 한 뒤 말했다.

"바리야, 너 어른이지?"

"어, 스물세 살이야. 주민등록증에도 나와 있어. 보여줘?"

"알아, 내 아이 낳아줄래?"

청하는 자신은 아이를 많이 낳고 싶다고 했다.

"아이들을 위해서라면 어떤 깊고 좁은 굴뚝이라도 들어가 돈을 벌겠어."

"어, 나는 아이를 어떻게 키우는지도 모르는데."

나는 솔직하게 말했다. 아기를 낳는다는 것도 생각해본 적이 없었다.

"걱정 마. 내가 가르쳐주고 키울게. 내가 업어줄 거야."

나는 청하가 아기를 등에 업고 굴뚝 속으로 들어가는 것을 떠올려보았다. 그 생각을 말했더니 청하가 큰 소리로 웃었다. 나도 웃었다. 크게 웃던 청하가 철길 옆의 샛길로 접어들더니 트럭을 멈췄다.

"내 아기 낳아줄 테야?"

"어, 그래."

"어, 그래. 고마워."

청하가 차에서 내려 조수석 문을 열고 내 겨드랑이에 제 팔을 끼웠다. 나를 벌렁 안고 내려주려다 꽉 껴안고는 놓질 않았다. 청하의 입술이 내 입술을 빨았다.

"잘들 노네."

문 앞에 웅크려 앉은 나나진이 더는 못 보겠다는 듯 일어났다. 발이 저린지 검지를 입에 넣어 침을 코에 발랐다.

"약속 꼭 지켜."

청하는 말을 하고 트럭 위로 올라가 시동을 걸었다.

"무슨 약속을 지키라는 거야?"

"아기를 낳아주기로 했어."

"미친 거 아냐? 그게 뭔 말인 줄 알아?"

"어, 알아."

"정말?"

사실 난 몰랐다. 아기를 낳는 것이 무슨 말인지. 아기를 떼어낸다는 말은 유리방 유리들에게서 숱하게 들었지만 낳는다는 말은 듣지 못했다. 나와 나나진, 청하. 우리 모두는 아기로 태어났다. 청하는 청하의 엄마가 낳았다. 나나진은 화염의 자궁에서 나왔고 나는. 나는…… 어떤 여자의 자궁에서 빠져나왔을 거였다.

나나진은 윤이 흐르는 팥밥을 김에 싸서 꿀떡꿀떡 잘도 넘겼다. 한 손으로는 끊임없이 누군가와 문자를 주고받았다. 나는 택배로 받은 주엽나무 열매와 쇠무릎, 끼무릇을 크기에 맞춰 작두로 잘라놓고 광목 자루에 담았다. 바닥에 흩어진 부스러기를 닦았다.

"이거 읽어봐. 무작정 덤비는 것보단 준비가 필요하니깐."

나나진이 건넨 종이에는 여성의 잉태과정부터 아이를 낳을 때까지의 과정이 적혀 있었다.

"방금 전에 가서 인터넷을 뒤져 찾아낸 정보니깐 꼼꼼히 읽어."

글은 읽어도 뜻을 알 수 없는 단어가 더 많았다. 임신을 하기 전부터 엽산제를 먹어야 한다는데 엽산제는 뭔지, 배란기, 테스터기, 콘돔, 월경주기, 양성, 음성 등 죄다 알 수 없는 말뿐이었다.

걱정을 하고 있는데, 요란한 음악 소리가 들렸다. 김에 싼 팥밥을 한 입 가득 넣고 있던 나나진이 침대 밑에 놓인 내 가방을 가리켰다. 나는 벌떡 일어나 가방에서 핸드폰을 꺼냈다. 뚜껑을 열고 청하가 가르쳐준 대로 녹색 버튼을 누르니 청하의 목소리가 들렸다. 갑자기 귀가 간지러웠다. 청하는 굴뚝 안으로 들어가면 통화가 안 되니깐 들어가기 전에 목소리를 듣고 싶어 전화했다고 말했다. 210미터나 되는 굴뚝 위에 걸터앉아 하늘을 올려다보며 통화하는 청하의 모습을 상상해보았다.

그 정도 높이면 구름도 손으로 뭉쳐볼 수 있지 않을까. 나는 물어보려다 입을 다물었다. 내가 뭔가를 물으면 사람들은 엉뚱하다며 웃었다. 나는 틀린 말을 하게 되는 것이 두려웠다. 그래서 내가 알고 있는 것만 말하는 습관이 생겼다. 겉으로 말을 내뱉지는 않지만 속으로는 많은 질문을 했다. 생각을 하다 보면 생각 속에 생각이 더 많이 생겨 처음 했던 생각 자체가 없어져버리는 경우도 있었다. 산파는 말했다. 죽음이 두려워 피하다 보니 죽음 한가운데에 들어가 있더라고. 그래서 죽음을 파헤치고 죽음에 대해 생각을 해봤더니 죽음 따윈 아무것도 아니었다고. 약으로 고통을 잊게 하는 것은 잠시니깐 자신이 먼저 죽음으로 다가서는 것이라고. 자신이 혼자 할 수도 있지만 곁에서 내가 도와주면 편안히 가운데로 들어갈 수 있다고. 나에게 그 길로 인도해달라고 부탁했다.

"바리, 굴뚝이 뭐라 그러잖아."

나나진이 김으로 검어진 입을 벌리고 나를 쳐다보았다.

"어?"

"무슨 말이든 해봐."

청하의 목소리와 함께 바람 소리가 들렸다.

"어, 그래."

"뭐야? 나나진 있구나. 걘 아직도 제 방에 안 갔어?"

"어, 그래."

"나 보고 싶어?"

"어, 그래."

"아침에 갈까?"

"어, 아니."

귀가 간지러워지면서 귀에서 얼굴로 열기가 넘어왔다. 청하의 목소리가 이렇게 귀를 간지럽게 할 줄은 몰랐다. 청하는 내일은 종일 자고 저녁에 일하러 곧장 갈 거라 말했다. 나는 듣고만 있었다. 청하는 다음날, 일하러 가기 전에 같이 저녁을 먹자고 말했다. 그날은 녹쇠가 찾아올 거였다. 그는 내가 어디로 숨든 자신의 쇠줄 안이라고 말했다. 나는 청하가 일하는 굴뚝에 함께 들어가 숨어 있는 내 모습을 상상했다. 청하는 내가 성가셔 일을 못할 것이다. 나나진도 미싱을 돌릴 때는 내가 옆에서 말을 건네도 건성으로 대답했고, 산파도 골방에 있을 때면 내 질문에 아예 대답도 하지 않았다. 청하의 핸드폰 저쪽에서 호각 소리가 났다. 청하는 이제 들어가야 한다고 말했다.

"별로 마음이 없구나. 잘 자, 바리."

청하는 의기소침한 목소리로 말했다.

"어, 그래."

전화를 끊자마자 나나진이 핸드폰을 낚아채갔다.

"신형은 아니지만 돈 좀 썼네. 근데 뭐야, 바보처럼, 어, 그래,

어, 그래."

 나도 말 못하는 내가 속상했다. 다른 사람 앞에서도 말을 잘하는 편은 아니지만, 청하 앞에서는 더욱 꿀 먹은 사람처럼 입이 떨어지지 않았다. 나나진은 내 핸드폰으로 제 사진을 찍더니 자신의 번호를 입력했다. 나에게 전화를 주고 난 뒤 제 핸드폰으로 나한테 전화를 하니 내 핸드폰에 나나진의 얼굴이 떴다. 신기했다.

"너 그거 학교에서 배웠어?"

 나나진은 깔깔거리며 웃다가 정색을 하곤 물었다.

"그런데 이 폰비는 누가 내?"

"그런 것도 내야 해?"

"읍스. 당연히 내야지. 공짜인 줄 알았어? 굴뚝, 정말로 바리 좋아하나봐. 찜해놓겠다 이거네? 근데 바리도 굴뚝이 좋아?"

"어, 그래."

"진짜 굴뚝의 아기 낳을 거야?"

"잘 모르겠지만, 그래."

"바리, 아기를 낳으려면 굴뚝이랑 그것도 해야 해."

 나나진은 언니처럼 이것저것 설명을 했다. 지금이야 굴뚝이 내가 좋아 쩔쩔매겠지만 3년만 지나면 유효기간이 끝난 음식처럼 사랑이 식고 다른 여자를 훑어볼 것이다. 옐로우하우스 유리방을 찾아오는 남자들이 모두 애인이 없는 남자가 아니고 결혼해서 아이를 둔 애 아빠도 수두룩하다, 그들은 결혼하기 전에는 손발을 빌며 여자 뒤를 따라다니다 아내가 아기를 낳으면 혹은 낳기도 전에 외식하듯 여자를 산다, 그나마 여자를 돈으로 사고 하룻밤 즐기고 끝이면 다행인데 다른 여자가 진짜 사랑이네 하며 이혼을 요구하는 사람도 있다, 요즘은 남자뿐 아니라 여자들도 그런다, 자기가 다니는 사우나에도 그런 언니들이 수두룩하다고 말했다.

"굴뚝은 안 그럴 거야."

"안 그럴 수도 있지. 그건 바리 바람이야. 바리가 팥밥 좋아한다고 해. 둘이 약속했어. 팥밥만 먹기루. 바리는 매일 팥밥만 먹을 수 있어?"

"어, 그래. 청하랑 약속했으니깐."

"바리한텐 뭔 말을 못 해. 암튼, 굴뚝이랑 사랑하는 것 좋아, 통과. 섹스? 좋아, 통과. 하지만 아기는 안 돼. 아기는 아주 시간이 많이 흐른 후에 가져, 알았지? 내 말 명심해."

"난 굴뚝의 아기를 낳고 싶어."

"그게 말처럼 쉬운 게 아냐. 아기를 낳기만 하면 뭐 해? 아기가 혼자 제 몸을 지킬 수 있을 때까지 노심초사해야 해. 그건 다음 문제고 일단 아기를 가지려면 섹스를 해야 해. 바리 섹스가 뭔지 알아?"

"어, 그래."

"그래?"

"어, 해봤어."

"뭐라고? 굴뚝이랑? 언제?"

"아니, 오래 전에."

"무슨 말이야?"

나나진의 핸드폰이 울렸다.

"잠깐만."

나나진은 핸드폰에서 번호를 확인하고 담배를 한 개비 꺼내 동산 쪽문을 열고 나갔다. 나는 나나진에게 어디서부터 어디까지 얘기해야 할지 막막했다. 앞뒤 모든 것을 빼버리고 가운데 토막만 얘기하면 나나진은 분명 꼬치꼬치 캐물을 거였다. 산파의 죽음부터? 아니면 토끼 할머니에게 들은 얘기부터? 아마 그 얘길 들으면 나나진은 당장 그 도시로 가자고 할 거였다. 나 대신 그 집을 찾아갈지도 몰랐다. 화얌은 자신이 낳은 딸을 데리고 오기 위해 죽기 살기로 나나진의 양아버지를 협박했다. 화얌 같은 엄마를 둔 나나진은, 엄마를 만나기 위해 참깨자루에서 견뎌낸 나나진은 절대 나를 이해 못 할 거였다. 나는 나나진이 들어오기 전에 잠에 빠진 척하는 것이 낫다는 생각을 했다.

담배 냄새가 나는 나나진이 나를 몇 번을 흔들어 깨웠지만 나는 꼼짝 않고 자는 척했다.

6. 산파와 토끼

 산파와 트럭 운전기사가 대관령을 올랐을 때, 그해의 마지막 해가 바다에서 솟구쳤다. 바리는 잘 자다가 새말 휴게소에서 잠시 쉰 이후로 잠에서 깨 울기 시작했다. 고속도로는 꽉 막혀 있었다. 신정을 쇠는 사람들이 많아 고속도로에는 올라가고 내려가는 차로 뒤엉켰다. 올라가는 차보다는 내려가는 차가 더 많았지만 고속도로 확장공사로 인해 양쪽 모두 막혔다. 산파가 타놓은 우유를 먹이려 했지만 바리는 차갑게 식은 젖병을 밀어냈다. 산파는 몸을 돌려 젖을 꺼내 바리에게 물렸다. 바리는 산파의 젖을 힘겹게 빨다가 파먹을 젖이 없다는 것을 알고 또 울어댔다. 젖병의 우유를 젖에 묻혀 물리면 잠시 잠잠했지만 금세 악을 썼다. 차도 밀리고 바리의 울음소리에 지친 트럭 운전기사는 갓길에 차를 세우고 담배를 하나 피우고 들어왔다. 트럭 운전기사가 문막에 여동생이 사는데 백일이 지난 아기가 있다며 문막으로 빠졌다.

운전기사의 여동생은 가슴을 풀어헤치고 수건으로 젖을 닦고 바로 물렸다. 바리는 큰 젖통을 손에 받치고 빨아댔다. 젖을 빠는 소리가 들렸고 쏙쏙 빨린 젖이 눈에 띄게 줄어들었다. 여동생은 다른 쪽 젖도 꺼내 빨렸다. 트럭 운전기사는 마당 한쪽으로 가 담배에 불을 붙이면서 신기한 듯 여동생과 아기를 쳐다보았다. 배불리 먹은 바리는 젖을 물고 만족한 표정으로 잠에 빠졌다. 여동생이 떡국을 끓여주었다. 산파와 트럭운전기사는 떡국을 한 그릇씩 먹고 자리에서 일어났다. 산파는 백일 된 아기 옆에 젖 값이라며 돈을 놓아두었다.

국도도 막히기는 마찬가지였다. 산파와 트럭 운전기사가 서해 바다 끝, 항구 근처 철길 옆 조그만 길로 들어갈 때, 해는 바다로 가라앉고 있었다. 토끼가 연탄을 잘 관리하고 이불을 깔아놓아 외풍이 있어도 바닥은 따뜻했다. 토끼에게 바리를 넘겨준 산파는 트럭 운전기사와 보신탕집으로 갔다. 산파는 트럭 운전기사에게 누군가 이곳을 물어도 절대 알려주지 말라고 당부했다.

그것은 산파의 헛된 걱정이었다. 트럭 운전기사는 보신탕집

골목에서 빠져나오다 건너편에 켜져 있는 붉은 등을 보았다. 유리로 된 문 안쪽 난로 앞에 맨살을 드러낸 여자들이 붉은 등 아래에 서서 호객행위를 하고 있었다. 트럭 운전기사는 차를 세우고 여자들을 쳐다보다가 흰 웨딩드레스를 입은 여자와 눈이 마주쳤다. 순간, 들렀다 갈까 망설이다 하루 일당을 헤아리며 아쉽지만 우회전해 곧바로 고속도로를 탔다.

동해 쪽으로 돌아가던 트럭 운전기사는 문막을 지나다 제 앞에서 젖이 꽉 찬 가슴을 드러내던 여동생의 모습을 떠올렸다. 유리방에 서 있던 웨딩드레스를 입은 긴 생머리의 유리를 떠올렸다. 아랫도리가 화끈해져 잠깐 제 물건을 주물렀다. 횡성부터 안개지역이라는 팻말이 있었지만 늘 다니던 길이었고 평소보다 안개가 적었다. 밀렸던 차량이 빠졌고 트럭에 속도도 붙었다. 트럭 운전기사는 차를 갓길에 잠깐 세울 요량으로 차선을 변경하며 핸들을 틀었다가 살얼음이 낀 도로를 미처 발견 못했다. 바퀴가 미끄러지자 놀란 트럭 운전기사는 반대로 핸들을 세게 틀었다. 트럭은 도로 중앙 분리대를 받았다가 한 바퀴 돌아 가드레일을 뚫고 낭떠러지로 굴러 떨어졌다. 산파의 비밀도 낭떠러지 아래로 굴러 떨어져 묻혔다.

산파와 토끼는 바리를 호호 불며 키웠다. 결혼도 해봤고 남자의 씨를 받았지만 둘 다 자궁에 씨가 내려앉지는 않았다. 산파보다는 토끼가 아기에 대한 욕심이 많았다. 산파는 갓 태어난 햇아기라면 원없이 안아보았다.

산파와 토끼는 종종걸음으로 걷고 말을 하기 시작하는 바리에게 쩔쩔맸다. 그러다 바리가 좋고 싫은 것을 구별하게 되어 산파보다 토끼에게 애정표현을 더 하자 산파의 심기가 나빠졌다. 수인곡물시장의 상인들은 가게를 정리한 후 묘향쌀집에 들러 바리의 웃는 모습을 보고 집으로 가는 것이 일과가 되었다. 바리는 조금만 웃겨도 까르륵 웃는 얼굴이 꽃잎이 벌어지는 순간의 꽃 같았다. 상인들은 바리에게 여기서 누가 제일 예쁘냐, 물어보았다.

"다들 예뻐. 여기도 저기도 온 동네 다 예뻐."

"잘 봐, 여기 할머니 둘 중엔 누가 더 예뻐?"

"그야, 저기가 예쁘지."

바리가 토끼를 손짓하면 산파는 겉으로는 웃었지만 기분이 나빴다. 누군가 그럼 둘 중에 누가 더 좋으냐 물으면 바리는 또 토끼를 가리켰다. 산파는 둘이 있다가 바리에게 물었다.

"바리는 내가 좋나 토끼가 좋나?"

"토끼."

산파는 뼈가 굳어지지도 않은 바리의 등짝을 후려쳤다.

"요놈, 말하는 것 봐라. 밥 먹여주고 키워준 게 누구야?"

"산파."

바리는 등이 아픈 것도 모르고 히쭉 웃으며 대답했다.

"산파랑 둘이 있으면 산파가 좋아."

그래서 산파는 둘이 있을 때만 바리에게 누가 좋으냐 물었다. 산파는 바리를 끌어안고 예뻐할 줄만 알았다. 반면 토끼는 바리에게 그런 질문을 하지도 않았다. 토끼는 바리에게 밥도 먹여주질 않고 혼자 먹으라 하고, 바리가 싫어하는 양치질도 강제로 시키고 야단도 쳤다. 산파는 바리가 심심해하면 인형을 사주고 소꿉놀이를 사주고 방안에 벌려놔도 야단치지 않았고 징징거리면 사탕과 아이스크림을 물려주었다. 토끼는 바리에게 책을 읽어주었고 장난감을 가지고 놀면 정리하는 법을 가르쳐주었고 아무리 징징거려도 사탕을 사주지 않았다. 곡물시장 상인들은 바리가 어떻게 산파와 토끼와 함께 살게 되었는지 궁금해했다. 성격이 서로 다른 산파와 토끼는 그 부분에 대해 말하지 않는 고집 하나만은 닮았다.

*

산파와 토끼는 같은 마을에서 자랐다. 산 중턱에 있는 석탄

광으로 올라가는 길목에 토끼가 살았고 그 아래 산파가 살았다. 산을 끼고 돌아가면 동해 바다가 펼쳐졌다.

산파의 집은 터가 넓었고 마당 한쪽에는 약재를 보관하는 저장고가 있었고 집터 뒤에도 텃밭과 약초밭이 있었다. 산파는 한약방을 하는 아버지 덕으로 늘 용돈이 넉넉했고 군것질도 멋대로 했고, 사고 싶은 것은 앞뒤 계산 없이 사곤 했다. 반면 토끼네는 산기슭에서 밭농사만 주로 했다. 용돈은 아예 없었고 학교 가는 날보다 밭일을 해야 하는 날이 더 많았다. 토끼는 산파가 부러웠다.

토끼의 아버지는 가끔 채집한 석탄을 퍼 담는 일을 했다. 손에 돈이 쥐어지면 집에 돌아오지 않았고 일을 나가지 않을 때면 낮부터 술을 마셨다. 그는 전쟁 때, 부인과 아이들을 두고 지원했다. 토끼의 아버지는 자신이 얼마나 빠른 시간에 모스부호를 다 외우고 암호를 풀어내 단파 통신을 전달했는지 아무도 듣지 않는 얘기를 허공에 대고 말했다.

토끼는 가난했지만 조금씩 뭔가를 모아 큰 것으로 바꿀 수 있다는 것을 알고 있었다. 늘 검소했고 사야 할 물건 하나를 위해 일 년 전부터 계획을 세워 돈을 모아 사곤 했다. 전쟁이 끝난 다음 해, 둘은 같은 중학교에 들어갔다. 산파는 공부를 잘했고 토끼는 중간 정도였다. 산파는 선생님이 언급한 책을 곧바로 구해다 읽고 다음 시간에 책에 대해 말했다. 토끼는 몇 개월 동안 돈을 모았다가 책을 샀다. 산파가 열 권을 읽으면 토끼는 한두 권 따라잡았다. 토끼는 다음 책을 살 때까지 책을 달달 외울 정도로 여러 번 반복해서 읽었다. 그 행복도 잠깐이었다. 토끼의 엄마가 병원에 갈 엄두도 내지 못하고 죽자 토끼는 학교 대신 밭일과 집안 살림을 해야 했다. 밑으로는 두 명의 남동생과 막내 여동생이 있었다.

토끼는 산파에게 책을 빌려 읽었다. 산파는 처음에는 책을 선뜻 빌려주었다. 토끼는 책 읽는 속도도 빠르고 소화도 잘했다. 어떤 때는 산파가 미처 읽지도 못한 책을 빌려줘야 할 때도 있었다. 토끼가 책을 읽고는 산파와 내용을 공유하기 위해 책에 대해 말을 하면 산파는 은근히 심술이 났다.

한번은 책을 빌려온 토끼가 밤에 책을 읽다가 머리맡에 두고 잤는데 남동생이 아버지 머리맡에 있는 물 주전자를 쓰러뜨려 책이 젖었다. 토끼는 책갈피 한 장씩 들어 입으로 불며 말려 가져갔지만 산파는 기회를 잡아 화를 냈다. 그 일을 구실로 책을 빌려주지 않았다.

토끼는 참깨를 털 때마다 한 주먹씩 따로 모아놓았다. 콩도 한 주먹씩 숨겨놓았다가 한 되 모아지면 시장에 가 팔았다. 그렇게 모은 돈으로 젖은 책과 같은 것을 사 산파에게 주었다. 토끼는 계속 산파에게 책을 빌려 읽기를 원했다. 산파가 내밀은 것은 날개를 펼친 듯 벌어지고 얼룩진 『노인과 바다』였다. 산파는 이미 새 책으로 다시 샀다고 말하며 토끼에게 앞으로 책을 사 읽으라고 말했다. 토끼는 아코디언처럼 펼쳐진 책 위에 콩이 담긴 시루를 올려놓았다. 여동생이 부엌살림을 맡을 수 있을 때, 토끼의 아버지는 전쟁 때 피로 맹세한 의형제의 아들에게 토끼를 시집보냈다. 토끼의 나이, 열아홉 살이었다. 산파는 토끼가 어린 나이에 시집을 간다는 말에 함께 안타까워했지만 속으로는 비아냥거렸다. 토끼는 한 명뿐인 친구인 산파에게 편지를 하겠다고 약속했다. 산파에게는 중학교, 고등학교 동창이 줄줄이 있었기에 토끼의 편지를 기다리지도 않았다.

 토끼의 시집은 서쪽 끝 항구도시였고, 남편은 토끼보다 두 살 어렸다. 그 집엔 부자 단둘이 있어 살림할 사람이 필요했던 거였다. 토끼는 고등학생인 남편에게 새벽 도시락을 싸주었다. 오른쪽 다리가 의족이었던 시아버지는 항 여객터미널 앞에서 춘화와 도색 잡지를 팔았다. 토끼는 시아버지의 점심을 준비해 여객터미널 앞으로 갔다. 기모노를 걸친 여성의 그림이 진열되어 있었다. 성행위를 보여주는 잡다한 그림들이 펼쳐진 그곳에 서서 토끼는 시아버지의 점심식사가 끝나기를 기다렸다.

 저녁이면 시아버지는 술상 앞에 토끼를 앉혀놓고 술을 따르라고 시켰다. 술에 취하면 의족인 다리를 저주하다가 전쟁경험담을 말했다. 친정아버지와 의형제를 맺게 된 사연을 말했다. 토끼는 시아버지가 자신을 데려오기 위해 친정아버지에게 거액의 지참금을 보냈다는 사실을 알게 되었다. 또 그 돈으로 친정아버지가 시내 시장 근처에 전파사를 차려 살림이 폈고, 여동생은 고등학교에 입학했다는 사실을 알게 되었다.

남편은 공부를 한다는 핑계를 대고 언제나 늦게 돌아왔다. 남편의 옷에선 술과 담배 냄새가 났고 바지 주머니에서는 다방 이름이 적힌 성냥이 나오곤 했다. 남편이 고등학교를 졸업하기도 전에 시아버지가 죽었다. 시아버지는 항 건너편에 있는 옐로우하우스에 갔다가 패싸움을 하는 패거리들에게 끼여 빠져나오질 못했다. 누군가의 칼이 허파를 찔렀다. 범인은 잡을 수도 없었다.

토끼는 장례 때 찾아온 친정아버지와 눈도 마주치지 않았다. 토끼는 시아버지가 모아둔 춘화와 장신구를 팔았고, 시아버지의 훈장과 도금된 메달도 팔았다. 남편은 학교를 관두고 돈을 벌겠다고 고집을 부렸지만 토끼는 남편을 설득했다. 토끼는 가발 공장에 들어가 그물망에 인모를 붙이는 일을 했다. 토끼의 설득에 졸업장을 받게 된 남편은 토끼의 말을 잘 듣게 되었다. 토끼는 남편을 곧바로 군에 보냈다. 남편은 제대 후 항만공사에 취직했다.

산파는 여자고등학교를 우수한 성적으로 졸업한 후, 학교 선생으로 발령 받아 교원생활을 했다. 그 도시 양반 집안에서 중매가 들어왔다. 철도청에 근무하는 남자였다. 그들은 비록 중매였지만 연애 기간을 일 년 가지기로 약속했다. 산파는 날마다 다른 옷으로 갈아입고 학교로 출근했다. 남자의 집에선 중매가 좋은 방향으로 가자마자 남자에게 차를 사주었다. 남자는 비번인 날이면 산파의 학교 앞에 차를 세워놓고 기다렸다. 둘은 영화를 보고 호수와 바닷바람을 쐬러 다녔다. 일 년을 채우지도 못한 여름방학 때, 둘은 설악산에 가 일박을 했다.

가을에 결혼을 하고 시댁에서 살림을 하면서부터 산파는 혀를 깨물었다. 시어머니는 까닭 없이 신방 연탄아궁이에 모래를 뿌려넣어 방을 냉골로 만들었다. 남편은 코를 풀며 기침을 해댔다. 산파는 남편 손을 잡고 아궁이를 열어 보였다.

"어머님이 우리 둘이 안고 자라고 모래를 뿌리셨네요."

남편은 산파의 치맛자락에 녹아난다는 어머니의 핀잔에도 싱글벙글거렸다. 산파가 바람을 쐬러 가려고 단장을 하고 있으면 시어머니는 이불호청을 죄 뜯고 장롱 깊숙이에서 안 입는 여름옷까지 꺼내 빨래를 시켰다. 시어머니는 산파에게 일을 잔뜩 시키고 마실을 나갔다. 그러면 산파는 이웃 사람을 불러 수고비를 주고 일을 시키곤 자기도 바람을 쐬러 갔다. 시어머니는 이웃 사람들의 증언으로 꼬투리를 잡아 남편과 시아버지 앞에서 산파의 행동을 까발렸다. 시어머니는 구실이 없으면 밥에 돌을 넣어서라도 트집을 잡았다. 산파는 시어머니가 암만 그래 봐야 제 눈길 손짓에 녹아나는 남편이라 여기고 보란 듯이 시어머니 앞에서 남편에게 애교를 떨었다.

남편이 야근하는 날이면 산파는 혼자 누워 책을 읽었다. 예전에 토끼에게 빌려줬던 책들을 다시 꺼내 읽을 때면 토끼가 생각났지만 편지를 하고 싶은 생각은 없었다. 어쩌면 자신보다 더 많은 책을 읽으며 살지 모른다고 생각하니 오기가 나 책을 더 붙들고 있었다. 저절로 불이 꺼졌다. 시어머니가 전기세 나간다며 두꺼비집을 내려버렸다.

산파는 한의사인 아버지로부터 아기를 낳을 수 없다는 사실을 알게 되었다. 참지 못하는 성격인 산파는 곧바로 남편에게 그 사실을 알렸다. 양반집안의 장손인 남편은 벌떡 일어나 한숨을 쉬었다. 산파는 남편을 설득했다. 다른 지역으로 발령을 받아 씨받이를 하자고 제안했다. 남편은 한숨만 내쉬다가 고개를 끄덕이고 누웠다. 산파가 남편을 안자 남편이 돌아누웠다. 다음 날 아침 어김없이 방이 냉골이었다. 남편은 산파에게 연탄불 관리도 제대로 못 한다며 신경질을 부렸다.

"어머니가 아궁이에……."

"거 말도 안 되는 소리 집어치워요."

남편은 산파를 시어머니의 흉이나 보는 하찮은 여편네로 여겼다. 남편은 노는 날에도 집에서 나가기 일쑤였고, 신경이 곤두선 산파가 잔소리를 하면 시어머니는 여자가 살갑게 굴지 못해 아기가 들어서려다 고개를 돌린다고 말했다.

외박을 하고 돌아온 남편에게 잔소리도 하지 않고 분을 삭이며 산파는 남편을 안으려고 했다.

"씨도 못 품는 여자 안으면 뭐 해."

남편이 벌떡 일어나 안방으로 갔다. 다음날, 시어머니는 산파 드는데 필례옥에 여자가 새로 왔는데 학벌도 있고 인물도 있는데 집이 망했다면서 남편에게 정보를 주었다. 남편이 다른 여자를 만난다는 것을 알게 된 산파는 남편과 시부모가 한자리에 있는 앞에 앉았다.

"남자가 시시해 같이 못 살겠어요."

시부모는 기가 막혀 아무 말도 못했다. 산파는 그 길로 이혼을 하고 친정으로 돌아왔다. 산파는 아버지 곁에서 한약 달이는 것을 도왔다. 마흔이 넘어서는 산과 들을 헤매며 약초를 캤고 밭에 심어 키우기도 했다. 해산한 집에 한약을 가져다주러 갔다가, 아기를 보고 홀딱 반해 어느 결에 아기를 받아내는 일까지 했다.

산파는 해산한 산모의 상처에 자신이 구해 손질한 약초를 발랐다. 산모의 오로가 짧게 나왔다. 헐고 찢어진 데가 덧나지 않고 야물게 아물었다는 소문이 돌았다. 손이 섬세해 산모 뱃속에 헛남게 되는 피를 말끔히 뺐다. 아기를 빼낼 때에도 조바심 없이 흥얼거리며 노래를 불러 산파가 받아낸 아기들은 잘 울지도 않았다. 산파가 아기를 받아낸 지 칠 년이 지날 때, 산파의 엄마가 무병에 걸렸다. 산짐승마냥 산 속을 헤매다니 겨울 산에서 낙상했고 혼자 서서히 죽었다. 엄마의 무병이 딸인 산파에게 고스란히 내려왔다는 소문이 돌았다. 산파의 몸주는 약사여래라 했다. 실제로 산파는 아버지가 손님의 맥을 짚기도 전에 손님의 몸 어디가 안 좋다며 아는 소리를 했다.

산파가 더 유명해진 것은 산파가 받아낸 아기가 대부분 불알을 달고 나온다는 소문 때문이었다. 연탄공장 사장 부인은 시어머니의 명령으로 산파에게서 첫아기를 낳았다. 소문대로 몸을 해산한 다음 날부터 몸이 가뿐했고, 상처도 빨리 아물었지만 산파의 손이 받아낸 아기는 불알 달린 아기가 아니었다.

토끼는 임신이 안 되자 병원에 찾아가 검사를 했다. 자신의 자궁이 씨를 품을 수 없다는 것을 알았지만 남편에게 말하지 않았다. 항만공사에서 현장 감독을 하는 남편이 쉬는 날이면 여러 가지 구실을 만들어 함께 밖으로 다녔다. 지루하게 느낄 시간을 만들지 않았다. 가끔 남편이 아기를 기다리는 기색이 보이면 요령 있는 말솜씨로 오히려 남편을 위로했다. 토끼가 병원에 다녀온 사실을 알기에 남편은 자신에게 문제가 있다고 여겼다. 남편은 크레인에서 떨어진 컨테이너에 깔려 죽을 때까지도 자신이 무정자증이라 생각했다. 마지막 의식이 남았을 때까지 토끼 혼자 남겨두고 먼저 죽어 미안해했다. 토끼는 집을 정리한 돈과 남편의 회사에서 나온 위로금을 모아 묘향쌀집을 시작했다. 처음에는 쌀집 한쪽에 딸린 방에서 잠을 잤다. 쌀집이 잘 되자 방을 창고로 쓰고 기찻길 옆에 월세 방을 얻었다.

산파와 토끼가 다시 만나게 된 것은 토끼의 막내 여동생 결혼식 때였다. 토끼의 여동생은 산파의 중고등학교 후배이기도 했기에 토끼보다는 산파에게 더 많이 의지를 했다. 토끼는 산파의 집에 하루 머물며 서로의 결혼생활을 얘기하다 눈물을 흘렸고, 함께 산파의 시모를 욕하고 처녀와 재가한 산파 남편의 야비함을 욕했다. 산파는 은근히 기분이 나빴다. 자신이 사람들에게 억울하게 당하고만 산 것 같았고 누군가를 끊임없이 원망하고 악담을 했다. 토끼는 단지 자신의 삶이 평탄하지 않다는 것을 있는 그대로 받아들였고 친정아버지나 일찍 죽은 남편, 그 누구도 원망하지 않는 것 같았다. 둘은 헤어지기 전에 각자의 전화번호를 주고받았고, 토끼는 엉뚱하게 소녀 적 얘기를 적은 편지를 산파에게 보냈지만 산파는 토끼의 편지에 답을 하진 않았다.

산파가 아기를 받아내는 일을 하면서부터 산파와 토끼는 연락을 하기 시작했다. 산파는 햇아기를 받은 날에는 꼭 토끼에게 전화를 했다. 말랑말랑하고 따뜻한 아기를 목욕시킬 때의 느낌, 초유를 빨아대는 아기의 입모양, 산모의 젖이 확 줄어드는 모양새에 대해 둘은 시간 가는 줄 모르고 떠들었다. 연탄공장 사장 부인에게서 다섯 번째 딸아이를 받던 날, 산파는 몸을 떨며 저주를 퍼부은 것을 말했다.

"니 말대로 정말 딸만 주룩 낳고 마지막에 내던진다면 그 아이 나 줘."

"니가 키우게?"

"왜 못 해? 호호 불며 키우지."

"그래, 같이 키우자. 분명 딸일 거야. 사장 부인이 밖에서 씨를 받지 않는 한. 그럴 재주도 없는 여자야, 암."

산파와 토끼는 통화를 한 후, 아기를 받아 키울 생각으로 들떠 밤을 꼬박 새웠다.

수인선이 다니던 시절, 산파와 토끼는 바쁜 와중에도 번갈아 바리를 돌봐야 했다. 토끼가 농협 공판장에 가면 산파는 바리를 포대기에 업고 묘향쌀집에서 새벽부터 들이닥치는 손님을 받아야 했다. 새벽마다 농협 공판장에서 경매가 있었고 미진상회 사장이 경매를 쥐고 흔들었다. 경매가 끝난 후, 각자의 가게에 곡물을 부려놓고 보신탕 한 그릇씩 먹고 나면 첫 기차가 수인역에 들어섰다. 물건을 나르는 아카보들이 리어카 앞에서 담배 한 개비 피울 시간이 없을 정도로 바빴다.

첫 손님들은 수원, 안산, 월곶에서 온 장사치들이었다. 그들이 쌀을 몇 가마씩 주문했고 중국산이건 국내산이건 대량으로 참기름과 들기름을 휩쓸어갔다. 고춧가루는 바빠서 못 빻았다. 장사치들 틈에서 고춧가루를 빻기 위해 온 이들은 하염없이 기다려야 했다. 대량으로 사가는 것이 아니라면 아카보를 부르지도 못했고, 설사 불렀더라도 값을 두 배로 내야 했다. 군자에서 온 천일염과 소래에서 온 방게가 담긴 함지가 틈만 있으면 자리를 차지했고 함지가 모이면 장터가 되었다.

새벽이고 낮이고 참기름 냄새 속에 고춧가루 냄새가 났고, 옆 골목에서는 개장국 끓이는 냄새와 깻잎 냄새와 들깨 냄새가 빼곡했다. 잠시도 냄새가 가실 새가 없는 골목이었다. 개들은 여기저기 떨어져 있는 곡물 자루 속에 머리를 집어넣었다가 빼지 못해 자루를 뒤집어쓴 채 돌아다녔다. 누구 하나 바빠서 개에게서 자루를 빼주지도 않았다. 갈매기가 항에서부터 골목 안 깊숙이까지 날아왔지만 쫓을 겨를도 없었다.

산파와 토끼가 처음으로 의견충돌이 있었던 것은 바리의 호적 때문이었다. 토끼는 출생신고를 하자는 의견이었고 산파는 호적을 갖게 되면 바리의 집에서 찾아낼지도 모르니 호적을 만들지 말자는 의견이었다.

"살아가는 데 호적 따위가 뭔 소용이야?"

그렇게 해를 보내다 바리가 초등학교에 들어갈 무렵이 되었다. 산파와 토끼는 또 싸웠다. 토끼는 벌금을 내더라도 호적을 만들어주자고 했고 산파는 자기 죽기 전에는 어림없는 소리라고 했다. 꿈까지 들먹이며 반대했다.

꿈에서 트럭 운전기사가 앞장서서 연탄공장 사장 내외와 여섯 명의 계집아이들이 이 방문을 열고 우르륵 달려 들어왔다는 거였다. 물론 거짓말이었다. 산파는 진즉에 트럭 운전기사가 교통사고로 죽었다는 소식을 들은 터였다.

토끼는 순순히 물러서지 않았다. 기본적인 교육은 시켜야 한다고 생각했다. 산파의 고집은 처녀 적과 똑같았다. 둘은 서로의 어린 시절까지 파내고 까뒤집으며 싸웠다. 결국, 토끼가 짐을 쌌다. 집은 산파 명의였던 거였다. 동해 바다를 등지고 있던 집을 처분한 돈으로 마련한 것이었다. 넓은 텃밭과 참나무로 만든 약초 저장소, 과실수 세 개를 품고 있었던 마당, 똑똑한 기와를 얹은 각이 맞아 반듯한 집을 팔아 얻은 곳이 고작 산 아래 삐뚜름한 양철지붕을 가진, 기찻길과 이웃한 방이었다. 언제 개발이 될지 산 흙 속에 파묻힐지 몰랐지만, 산파의 남은 생을 함께할 바리가 있었다. 산파는 바리를 그 무엇과도 바꿀 수 없다는 생각뿐이었다. 토끼는 짐을 싸 묘향쌀집 안에 딸린 전기장판 하나 놓으면 끝인 방으로 옮겼다. 토끼가 묘향쌀집으로 짐을 옮겨간 뒤부터 산파는 바리를 독차지했다. 바리의 이는 썩었고 인형과 장난감은 한 바구니가 되었고 몸은 단물로 통통해졌다.

산파와 토끼는 한동안 서로 길을 피해 다녔다. 그러다 토끼가 바리를 보러 들렀다. 한 달 동안 뜬 바리의 빨간 원피스 밑단을 남겨두고 길이를 잰다는 핑계를 만들고 방문을 열었다. 교자상 앞에 바리와 젊은 처녀가 앉아 있었다. 얼핏 봐도 처녀는 바리에게 한글을 가르치고 있었다.

토끼는 안으로 들어갔다. 산파는 골방에 틀어박혀 내다보지도 않았다. 토끼는 산이 내다보이는 문을 열어놓고 바리가 한글을 깨우치는 것을 구경했다. 선생님이 손으로 짚는 대로 따박따박 한글을 읽고 있었다. 조그만 입술로 사과, 사람, 사랑, 사탕, 이라고 읽는 모습을 봤을 때는 너무 예뻐 머리통을 깨물어버리고 싶었다.

한글 선생님은 바리에게 동화책을 읽어주었다. 엄마가 아기를 안아주는 별 내용도 없는 책이었다. 바리는 그 책을 뚫어져라 들여다보았다. 선생님이 책을 덮고 가방에 넣을 때까지 바리는 책에서 눈을 떼지 못했다. 선생님이 바리의 공책에 뭔가를 써주었다. 선생님은 자신이 쓴 것을 그대로 따라 쓰라는 숙제를 내주고 나갔다. 토끼는 곧바로 뒤를 따라나섰다. 앞서 기찻길을 건너가는 여자를 불러 세웠다.

"어느 학교 선생님이신지?"

여자는 학교 선생님이 아니라 학습지 선생님이라고 대답했다. 학습지 선생님은 일주일에 두 번 국어와 산수를 가르치러 온다고 했다. 토끼는 그럼 돈을 받고 가르치는 것이냐고 물었다. 여자는 두 과목의 가격을 말했다. 토끼의 입이 벌어졌다.

"저년이 미친 거야. 학교에 보내면 공짜로 가르쳐주는 것을."

토끼는 다음 날, 신포시장까지 가 닭강정을 사서 바리네 방에 갔다. 바리는 교자상에 앉아 숙제를 하고 있었다. 오른손으로 연필을 움켜쥐고 글씨를 썼다. 토끼는 바리 곁에 앉아 닭강정을 먹기 좋게 손으로 뜯어 조그만 입 속에 넣어주었다. 바리는 입을 벌려 쏙쏙 받아먹으며 글씨를 쓰다가 고개를 들었다.

"그런데, 바리의 엄마는 누구야?"

골방에 앉은 산파와 닭강정 양념을 빨던 토끼는 말없이 하던 동작을 멈췄다. 이제 아이는 점점 더 많이 배울수록 자신의 존재에 대해 물어올 것이 뻔했다. 더 영악해지고 똑똑해지면 자기를 낳아준 엄마를 찾아 나설지도 몰랐다. 그날 바리를 재워 놓고 산파와 토끼는 선로에 엉덩이를 대고 웅크리고 앉았다. 말없이 한참을 앉아 있다가 토끼가 일어났다. 발이 저렸고 달궈진 엉덩이에 철길이 그어진 것 같았다.

"호적 없이도 살아가는데 공부가 뭐 필요하겠어. 공부 고만 시키자."

그래서 산파는 한 달도 채우지 않고 학습지 선생님에게 그만 오라고 했다. 눈이 휘둥그레진 선생님은 좋은 학생인 바리를 놓치고 싶지 않다, 교재비를 자기가 대겠다, 두 과목 중 국어만이라도 배우게 하라며 산파를 설득하기 위해 애썼다.

"뭔 말이 그래 많아? 그래 말이 많으니 남자들이 죄 도망갔지. 맞지? 그리고 바리 갸가 그러던데 당신이 영 실력이 없댔어. 다른 데서 배울 테니 그리 알아."

딱딱하게 굳어 있던 여자가 후들거리는 걸음으로 침목을 건너뛰었다. 선생이 오지 않아도 바리는 혼자 교자상에 엎드려 숙제를 했다. 썼던 숙제를 계속 다시 썼고 읽었다.

 산파는 그즈음 자꾸 불안했다. 산파를 불안하게 만들었던 것은 바리의 엄마가 누구예요, 라는 말 때문이 아니었다. 그해 겨울 수인선이 폐쇄된다는 소문이 돌았다. 이미 농협 공판장이 다른 곳으로 옮겨가 수인곡물시장을 드나들던 상인이 바닷물 빠지듯 죄 빠져버렸다. 생활비를 대기로 한 토끼 가게의 수입이 줄어들면 바리의 앞날도 캄캄했다. 공부를 시키지는 않아도 먹고 입는 것은 반듯하게 해주고 싶었다. 가을이 오면 당장 연탄부터 채워야 했다. 산파는 골방에서 광목자루를 뒤졌다.

7. 모두가 행복할 뿐이다

 산파를 인도한 날, 토끼 할머니는 방으로 오자마자 나에게 돈을 내밀었다. 지도를 세로로 반 접으면 여기와 맞닿는 곳으로 가라고 했다. 대관령을 구불구불 내려가면 처음 만나는 도시라 했다. 시내 중앙에 있는 시장 상인들에게 동해연탄 진사장 집을 물어보라고 했다.

 나는 산파의 골방에 들어가 녹색 광목자루에서 바리라 수놓아진 배냇저고리를 꺼내 가방 안에 넣고 나왔다. 토끼 할머니는 내가 상식이 부족한 아이라는 것을 생각지 못했다. 나는 단 한 번도 이 도시를 벗어나 다른 곳으로 가본 적이 없었다. 문득 연슬 언니와 휘발유를 사러 가던 날이 떠올랐다. 연슬 언니는 대형 트럭이 전국의 모든 도시로 간다고 했다.

나는 항만공사 옆에 있는 운수회사에 가서 대관령 넘어 첫 도시로 가는 트럭이 있는지 물어봤다. 운전기사들은 나를 상대해주지 않았다. 나는 운수회사 마당에 놓인 나무 의자에 온종일을 앉아 있었다. 운전기사로 보이는 세 명의 남자들이 마당 한쪽에서 담배를 피우며 내 얘기를 하는지 나를 손짓했다. 해가 바다로 떨어지며 하늘이 붉게 물들었을 때, 한 남자가 나에게 다가왔다.

"어디로 간다고?"

"대관령 아래 첫 도시."

"거긴 왜 가려는데?"

"나를 낳아준 부모를 찾으러 가요."

"내가 지금 그리로 출발하는데 같이 갈래?"

"네."

나는 의자에서 벌떡 일어나 꾸벅 인사를 했다. 남자는 내 어깨를 잡고 인사는 나중에 하라며 트럭으로 갔다. 그의 트럭 뒤에는 전깃줄 같은 선이 둥근 나무에 감겨 있는 것이 빼곡히 실려 있었다. 남자는 트럭에 오르자마자 시동을 걸었다. 나는 트럭에 올라타기 위해 양쪽 발을 올렸다 내렸다 버둥거리다 겨우 올라탔다. 트럭은 엄청 높았고 앞 유리가 커 도로의 바닥까지 훤히 보였다. 남자는 새벽에나 도착한다며 졸리면 자라고 하면서도 계속 말을 걸었다.

"원래 여기 살아?"

"어, 네."

"몇 살이야? 어느 학교 다녀?"

"열여섯 살이고, 학교는 원래 안 다녀요."

"그럼, 이 도시에서는 뭘 해? 누구랑 살아?"

"쌀가게에서 일하고, 산파랑 살았어요."

"산파?"

"네."

"거, 아기 낳는 거 도와주는 산파?"

"그건 아니고 약초를 손질해 팔아요. 옐로우하우스의 유리들도 치료해주고요."

"옐로우하우스?"

"네."

"옐로우하우스 유리들 어디를 치료해주지?"

"가랑이에, 어, 몰라요."

나는 자세히 얘기하면 안 될 것 같아 대답을 피했다. 수인곡 물시장 상인들은 산파가 옐로우하우스의 유리들을 상대하기 시작하자 산파를 두려워했다. 그러면서도 산파 뒤에선 산파에 대해 욕을 했다. 불법, 여우와 거래, 가랑이에 달라붙어, 악착같다, 라는 말을 했다.

"그런데 왜 갑자기 동쪽 도시에 가?"

"오늘 산파가 죽었고, 토끼 할머니가 알려줘 나를 낳은 부모를 만나러 가요."

"진짜야?"

"사실대로 말한 거예요."

그는 내 말이 믿기지 않는지 고개를 젓다가 라디오를 틀었다. 라디오에선 노래보다 말이 많이 나왔다. 차에서 나오는 소음으로 라디오 소리가 잘 들리지 않았고 무슨 말인지 나는 거의 알아들을 수 없었다. 나는 라디오에서 들리는 사람들의 말소리를 듣다가 꾸벅꾸벅 졸았다. 전날 저녁부터 새벽까지 산파의 몸에 독초를 흘려넣느라 피곤했다. 졸다가 깨면 도로 위였고 다시 졸다가 일어나도 트럭은 도로를 달리고 있었다. 건물과 불빛이 조금씩 없어졌고 주변이 점점 어두워지고 있었다. 트럭은 아주 천천히 달렸다. 화장실이 급해 세워달라고 하려 할 때 트럭이 휴게실에 들어갔다. 화장실 밖에서 담배를 피우며 기다리던 트럭 운전기사가 나를 데리고 식당으로 갔다. 나에게는 토끼 할머니가 준 돈이 있었기에 남자에게 돈을 내밀었다.

"차비냐? 됐어. 나도 따분하고 졸렸을 텐데. 네 덕에 안 졸았어."

　남자는 기사 식당에 들어가 백반 두 개를 시켰다. 나는 여러 가지 반찬이 나오는 밥을 한 그릇 다 비웠다. 토끼 할머니가 해주는 밥처럼 맛있었다. 사실 산파는 집에서 밥을 한 적이 별로 없었다. 산파와 토끼 할머니가 사이가 나빠졌을 때부터 산파는 밥을 할 때 많이 해 비닐봉지에 넣어 얼렸다가 팔팔 끓는 물에 말아먹었다. 산파의 골방에 유리들이 들락거릴 때부터는 집 건너편 보신탕집에서 아침저녁을 사 먹었다. 저녁은 대부분 보신탕이었고, 아침은 고기가 떠 있는 콩나물국이었다.

　연슬 언니가 머물 때, 나는 특이한 요리들을 먹어보았다. 언니는 요리 재료를 사오라고 종이에 적어주었다. 언니는 파스타와 수프, 야채샐러드, 호박파이 등과 그 외에 이름을 외울 수 없는 특별한 요리를 많이 했다. 연슬 언니는 내가 잘 먹는 모습을 보는 것이 행복하다고 했다. 설사 그 말이 거짓말이래도 나는 기분이 좋아져 느끼하고 이상야릇한 맛이어도 꾸역꾸역 먹어치웠다.

　나는 밥을 먹고 난 뒤에도 차에 올라타 꾸벅꾸벅 졸았다. 트럭 운전기사에게 미안했지만 할 말도 없었고 자도자도 잠이 달라붙었다. 꾸벅꾸벅 졸다가 뭔가 이상한 소리가 들려 잠에서 깼다. 나는 고개를 숙인 채 도로를 쳐다보다가 눈만 옆으로 돌렸다. 남자가 제 바지의 지퍼를 열고 뭔가를 열심히 만지고 있었다. 자는 척했지만 느낌이 안 좋았다. 차 안에서 갑자기 비릿한 냄새가 났다. 남자는 한 손으로는 핸들을 잡고 한 손으로는 운전석 뒤에서 휴지를 꺼내 바지 지퍼 쪽을 닦았다.

그때부터 애써 자려고 해도 잠이 오지 않았다. 창밖으로는 캄캄한 산과 차의 불빛에 반응하듯 나타나는 녹색 표지판만 보였다. 내가 고개를 창에 처박고 실눈으로 겹겹으로 둘러싸여 있는 산의 어둠을 바라볼 때, 남자가 내 어깨를 흔들었다.

"이봐 학생, 여기가 대관령이야. 저기 보이지? 바다야."

나는 남자의 손이 가리키는 곳을 보았다. 먼 바다에 작은 불빛들이 반짝거렸다.

"오징어 배야. 여긴 오징어가 개락이거든, 개락."

남자는 여러 개의 터널이 있는 대관령을 내려가 한적한 도로 갓길에 차를 세웠다. 오른쪽은 산이고 앞, 뒤, 왼쪽은 도로였다.

"차비 내야지."

트럭 운전기사가 내 의자를 뒤로 젖히자 나는 뒤로 벌렁 넘어졌다. 너무 순식간의 일이라 나는 몸을 일으킬 겨를도 없었다. 나는 그가 나를 죽이려는 줄 알았다.

"살려주세요."

"그럼, 왜 죽여? 가슴만 한 번 만져볼 거야."

트럭 운전기사는 가슴만 만지진 않았다. 자신이 원하는 만큼 내 몸을 할퀴고 찢고 상처 냈다. 내 몸이 파헤쳐졌다. 나는 비명을 질렀지만 대형트럭의 바퀴가 도로를 뒤흔들며 긁고 지나가는 소리만 들려왔다.

"아직 여물지도 않았네."

내 몸 위로 엎어져 있던 운전기사가 몸을 일으켰다. 화장지를 내 손에 쥐어주곤 자신은 트럭 뒤로 나가 오줌을 눴다. 나는 화장지로 몸을 닦았다. 얼굴과 가슴, 목덜미, 아랫도리를 문질렀다. 아랫도리에서 피가 묻어나왔다. 나쁜 느낌이 나를 트럭에서 내리게 했다. 트럭 운전기사는 오줌을 눈 자리에 앉아 담배를 피우고 있었다. 느낌이 가라는 대로 나는 트럭 앞을 돌아 도로를 가로질렀다. 중앙에 설치된 회색 콘크리트 분리대를 기어올라 반대편 도로를 가로지를 때 멀리서 승용차가 라이트를 흔들며 클랙슨을 울렸다. 나는 승용차보다 먼저 건너편으로 뛰어갔다.

"야, 죽고 싶어?"

승용차에서 고개를 내민 남자와 트럭 뒤에서 담배를 피우던 트럭 운전기사가 동시에 소릴 질렀다. 나는 반대편 도로 갓길 끝으로 붙어 트럭이 달리던 진행 방향으로 걸었다. 앞에서 달려오는 차들이 모두 라이트를 비추며 내 곁을 지나갔다. 잠시 후, 남자의 트럭이 천천히 움직였다. 트럭 운전기사는 중앙분리대 건너편 도로에서 나를 지나쳐가며 길게 경적을 울렸다. 트럭이 시야에 보이지 않자 다리가 후들거렸다. 나는 갓길에 앉았다. 멀리서 환하게 빛이 밝아오고 있었다. 해가 바다에서 떠오르는 동해였다. 자리에서 일어나 걷기 시작했다.

나는 시장으로 향했다. 불을 켜고 문을 열어놓은 식당에 들어가 소머리국밥을 시켰다. 식당 아저씨는 학생이 아침 일찍 왔다며 서비스라며 순대를 작은 접시에 담아주었다. 나는 수염이 길고 머리카락이 사자처럼 흩어졌지만, 눈이 순해 느낌이 좋은 아저씨에게 동해연탄 사장 집을 아는지 물었다.

"지금은 동해연탄이 아니라 동해고추장을 해. 여기 음식점들 대부분이 거기 고추장을 써. 우리도 그렇고. 담쟁이덩굴 집으로도 유명한데."

그는 한 장씩 뜯어내는 달력을 뜯더니, 뒷장에 약도를 자세히 그려주었다.

녹색의 담쟁이가 온 집을 뒤덮고 있는 집 앞에 섰다. 담장은 낮았으며 담쟁이가 뒤엉킨 사이로 군데군데 붉은 벽돌이 보였다. 담쟁이는 창문을 제외한 일층과 이층 외벽까지 타고 올라갔다. 담장 안쪽에서 담을 타 넘어온 목련 봉우리가 벌어지기 직전이었다. 집 앞에는 공터가 있었고, 공터 옆은 목공소였다. 나는 공터 한쪽에 쌓여 있는 커다란 목재더미 옆으로 다가갔다. 아랫도리가 화끈거려 서 있질 못하고 주저앉았다. 담쟁이덩굴 집 테라스에는 꽃이 피어 있는 크고 작은 화분이 일렬로 놓여 있었다.

자주색 체크무늬 스커트에 흰 블라우스를 입은 소녀가 현관문을 열고 급하게 테라스로 나왔다. 커다란 창문이 열리더니 누군가의 손이 불쑥 나왔다. 교복을 입은 소녀는 손이 내민 샌드위치를 받아들었다. 곧이어 현관문이 열리더니 츄리닝을 입은 남자가 나왔다. 남자는 소녀 뒤를 따라 계단을 뛰어내려 대문 밖으로 나왔다. 담장 한쪽에 세워진 승용차에 시동을 걸자 손에 든 샌드위치를 한입 베어 문 소녀가 차에 올라탔다. 소녀의 얼굴을 보진 못했지만 가느다랗고 아담한 체구였다. 남자는 앞머리가 대머리였고 안경을 쓰고 있었다.

잠시 후, 승용차가 다시 담장 아래에 멈춰 섰다. 대머리 남자는 차에서 내리지 않고 시동을 걸어놓은 채 있었다. 남자는 노인이라기에는 젊었고, 아저씨라고 부르기에는 좀 늙어 보였다. 현관문이 열리더니 목련 꽃잎 같은 크림색 원피스를 입은 긴 머리 여자가 테라스를 유유히 걸어나왔다. 여자가 테라스의 끝 계단을 내려가려 할 때, 창문이 열렸다. 누군가 원피스를 입은 여자에게 소리쳤다.

"수업 끝나는 대로 일찍 와. 술 마시지 말고."
"동네 사람 다 듣겠네. 축제 기간이니깐 봐주세요. 마님."

그들의 대화는 맞은편 목재더미 옆에 앉은 나에게도 들렸다. 목련 꽃잎처럼 하늘거리는 원피스를 입은 여자가 대문을 나와 연신 자신의 머리카락을 쓰다듬으며 녹색 담쟁이가 뒤엉킨 담장 옆을 지났다. 여자가 지나가자 마당 안쪽에서 고개를 내민 목련 봉우리가 활짝 펼쳐졌다. 여자가 시동을 걸어놓고 기다리는 차에 올라타자 차가 출발해 골목을 빠져나갔다. 여자가 이미 그 자리에 없는데도 내 눈에는 커다란 목련송이 같은 여자의 모습이 눈에 선했다.

한참이 지나도 그 집을 나오는 사람도 들어가는 사람도 없었다. 다리가 저리고 가랑이가 아파 나는 목재더미에 기대섰다가 목공소 주변을 한 바퀴 돌았다. 목공소는 운영이 중단되었는지 커다란 나무문에 녹슨 좌물쇠로 잠겨 있었고 주변에는 버려진 목재들이 나뒹굴었다.

승용차가 다시 골목을 들어와 담장 아래 멈춰 섰을 때, 나는 남자의 앞으로 나가려고 몸을 일으켰다. 순간, 나도 모르게 목재더미 뒤에 몸을 숨겼다. 남자의 옆 좌석에서 사내아이가 내렸다. 뒤이어 여자가 내렸다. 사내아이는 차를 돌아 대머리 남자에게 다가가 할아버지 손, 하며 손을 잡고 대문 안으로 들어갔다. 여자도 뒤를 따라 대문으로 들어갔다가 계단을 올랐다. 테라스를 지나며 사내아이는 화분의 꽃 하나씩 손짓하며 인사를 했다. 사내아이가 방구꽃 안녕, 이라고 말하자 그들이 크게 웃었다. 현관으로 들어가기 전, 여자가 공터의 목재더미 뒤에 숨은 나를 힐끗 쳐다보았다.

나는 담장 옆에 세워둔 승용차에 다가갔다. 승용차 양 옆에는 동해고추장, 배달가능, 전화번호가 적혀 있었다. 나는 대머리에 안경 쓴 남자가 내 아버지이고, 창을 열고 샌드위치를 내민 여자가 엄마라는 것을 알았다. 방금 들어간 여자와 교복을 입은 소녀, 목련꽃 같았던 여자들이 나의 자매라는 것을 알았다. 그들의 얼굴은 거울 속에서 만나는 내 얼굴과 많이 닮았다. 해가 정수리 바로 위에 있을 때, 현관을 나온 네 사람은 차를 타고 외출했다. 두 시간 후 돌아왔을 땐, 사내아이 손에 아이스크림이 들려 있었다. 그 사이 나는 방향도 모르고 목적도 없이 그 동네를 헤매고 다녔다. 신기하게도 길을 헤매다 고개를 들면 어김없이 담쟁이덩굴집 앞이었다. 어쩌면 나는 움직이지 않고 한자리에 서 있었는지도 몰랐다.

나는 그 집을 드나드는 모든 사람들을 봤다. 택배, 라고 적힌 트럭에서 내린 남자는 커다란 택배 상자를 전달해주고 갔다. 오후 3시에는 빨간 소형 오토바이가 담장 아래 섰고 청년이 피자를 배달해주었다. 택배 상자를 풀어보는 누군가를, 피자 앞에 모여앉은 그들을 상상했다.

해가 산 뒤로 넘어갔을 때, 검은 승용차가 섰고 한 남자가 딸기가 담긴 대야를 들고 들어갔다. 목련이 푸르스름한 어둠 속에서 흔들거릴 때, 교복을 입은 소녀가 골목을 걸어 들어오는 것이 보였다. 나는 목재더미 옆에서 앞으로 나가 목련이 고개를 내민 담장을 지나 소녀가 걸어오는 곳으로 다가가며 소녀를 뚫어지게 쳐다보았다. 그녀도 나처럼 눈썹 바로 위까지 앞머리를 일자로 잘랐다. 이마만 보여, 나나진은 린넨 천을 자르던 가위로 내 앞머리를 잘랐다. 눈썹까지 내려오는 앞머리가 유난히 둥글게 부푼 이마를 커튼처럼 가렸다.

교복을 입은 소녀는 아마 내 바로 위의 언니일지도 모른다는 생각이 들었다. 자신과 닮은 나를 알아보지 않을까 여겼다. 우리는 일이 초, 아니 삼사 초 동안 서로의 얼굴을 쳐다보았다. 교복을 입은 소녀는 흔들림 없이 무심한 표정으로 나를 지나치곤 핸드폰을 들여다보았다.

검은 승용차를 타고 온 남자가 잠든 사내아이를 안고 나올 때까지, 나는 그 집 담장에서 골목 끝까지 오갔다. 남자가 사내아이를 안고 뒷좌석에 오르자 여자 두 명이 보퉁이를 하나씩 들고 뒤따라 나왔다. 나는 재빨리 골목에서 담장 쪽으로 갔다. 그들은 서로 말을 주고받다가 동시에 나를 쳐다보았다. 나는 가방 안에 손을 넣어 바리, 라고 수놓아진 배냇저고리를 잡았다. 숨을 멈추고 천천히 걸었다. 그녀는 나를 한번 쳐다보고는 차 안으로 몸을 숙였다.

"정서방 술 과하지 않았지? 넌 운전 잘하고. 낼모레나 오나."

운전석에 탄 여자가 차를 지나쳐가는 나를 힐긋거리며 작게 속삭였다.

"엄마 문단속 잘해요."

승용차가 골목을 빠져나갈 때까지 그 자리에 서서 손을 흔드는 여자 앞에 다가서고 싶었지만 나는 뒤돌아서지 못하고 목공소를 지나 공터 뒤로 걸어갔다. 공터 뒤, 잡풀이 있는 버려진 땅을 지나자 둑이 나왔다. 둑으로 올라가는 계단이나 길이 보이질 않았다. 나는 왔던 길을 되돌아 목재더미 옆에 섰다.

담쟁이덩굴집의 불이 모두 꺼졌다. 담쟁이로 뒤덮인 집은 어둠 속에서 몸을 웅크리고 있는 녹색동물 같았다. 나는 버려진 땅의 잡풀에서 올라오는 이슬과 내천 바람에 실려오는 습한 기운이 내 몸을 적시도록 목재더미 옆에 앉아 있었다. 새벽 즈음에 안쪽 어딘가에서 불 하나가 켜질 때까지, 어느 누구도 내가 있는 곳을 내다보지 않았다.

그들은 아무도 아프지 않았고, 평화롭게 살고 있었다. 나는 토끼 할머니가 읽어준 이야기처럼 내가 아버지의 병을 고치기 위해 거칠고 험한 길을 떠나고 내가 그들에게 도움을 줄 것이라고 상상했다. 그러나 그곳에 내 자리는 없었다. 나는 그들의 고요한 생활을 휘젓고 싶지 않았다. 아니, 나는 평범하고 반듯한 그들의 삶에 끼어들 자신이 없었다.

나는 가방에서 배냇저고리를 꺼내 목재더미 사이에 버려두었다. 그리고 자리에서 일어났다. 활짝 핀 목련 같았던 언니를 한 번 더 보고 싶었지만 못 봤다. 그녀는 외박을 했다.

시내 중앙 시장에 있는 소머리국밥집으로 갔다.
"학생이 일찍 왔네요."
어제의 남자가 아닌 키가 크고 마른 여자가 자리를 정해주었다. 여자는 소머리를 썰어야 한다며 기다리는 동안 먹어보라며 순대를 한 접시 가져다주었다. 그리곤 김이 펄펄 나는 커다란 솥 앞에서 고기를 썰었다.
"방금 삶아 맛이 좋을 거예요. 고기도 많이 넣었어요."
순대를 다 먹기도 전에 여자는 국밥을 가져다주었다. 나는 그녀에게 서쪽 도시로 가는 방법을 물었다.

"터미널 옮긴 것 몰랐구나. 그런데 이 새벽에 학생이 거기는 왜?"

나는 말없이 국밥에 든 머릿고기를 젓가락으로 건졌다.

"안 좋은 일 있어도 마음 굳게 먹어요. 학생 또래의 딸이 있어서 그러는데, 모든 부모는 제 속으로 난 자식들 다 제 뼈처럼 아껴요. 앞에서 욕을 해도 돌아서면 자식 걱정이니 딴 마음 먹지 말고 그냥 집으로 가요."

나는 그렇지 않은 부모를, 제 자궁 속에 머물다 태어난 딸도 못 알아보는 엄마를 만났다고 속으로 말했다. 토끼 할머니가 읽어준 이야기에는 버려진 아이가 불로 뗀 화식을 먹지 못해 짐승처럼 변하자 그 엄마가 딸을 못 알아보는 대목이 있었다. 나는 생쌀을 너무 많이 먹어 엄마가 나를 못 알아봤을 거라고 억지로 생각했다. 그렇지만 교복을 입고 있었던 소녀는 거울 앞에 선 내 모습과 너무나 닮아 있었다. 어쩌면 소녀는 집에 들어가 방금 전 나와 똑 닮은 애를 봤어, 라고 말했을지도 몰랐다. 그랬다면 엄마와 아기를 키우는 언니는 나를 봤을 때 곧바로 알아봐야 했다. 아니면 교복을 입은 소녀는 자신과 닮았다고 혼자 생각만하고 말하지 않았던 거다. 나는 생각을 했고, 생각을 했다. 이렇게 생각을 해보고 저렇게 생각을 해봐도 역시

내가 돌아갈 곳은 기찻길 옆, 산파의 방이었다.

"집으로 가려는 거예요."

"아, 그래요? 난 또. 표정이 너무 안 돼 보여서. 하여튼 내가 앞서가요, 걱정이."

여자는 고속버스와 직행버스 터미널이 옮겨갔다며 한 장씩 뜯어 넘기는 달력 앞에 섰다. 어제 날짜는 어제 새벽에 주인 남자가 나에게 뜯어주었다. 여자는 오늘 날짜가 적힌 달력을 뜯어 그쪽으로 가는 시내버스 타는 곳을 그려주었고 타야 할 번호까지 적어주었다. 나는 친절한 그 부부를 기억하려고 계산 후 가게 밖으로 나와 간판을 보았다. 광덕식당이었다.

토끼 할머니는 다시 돌아온 나를 대놓고 반가워하지 않았지만 좋아하는 기색이 역력했다. 토끼 할머니가 방에서 기다려주고 있어서 다행이었고 할머니를 외롭게 내버려두지 않고 돌아오길 잘했다고 생각했다. 토끼 할머니는 산파의 시신은 화장해 산파의 사촌동생에게 주었다고 했다. 사촌도 있었냐는 내 말에 할머니는 씁쓸한 웃음을 웃었다.

"그럼, 산파가 여우의 자식인 줄 알았나."

할머니는 내가 벗어놓은 바지를 들고 잠든 척하는 내 얼굴을 물끄러미 바라보았다. 할머니는 나에게 그 집 사람들을 만났는지 묻지 않았다. 다행이었다. 나는 동쪽에 있는 그 도시를, 녹색 담쟁이가 집 전체를 감싸안고 있던 집을, 나와 똑같은 머리모양을 하고 교복을 입은 소녀를 잊기로 했다.

*

　나나진은 피죤에 담가놓았던 천들을 꺼내 탈수기에 넣었다. 나나진에겐 탈수기만 있었다. 대부분 새 천이라 먼지만 제거하면 되었다. 나나진이 선세탁을 하는 이유는 원단으로 사용하는 천들이 대부분 린넨이기 때문이었다. 린넨은 첫 빨래 때 천이 줄어드는 성질이 있고 빠닥거리는 느낌 때문에 속치마 없이 입으면 살이 부대낀다고 했다.
　나나진과 나는 탈수기에서 꺼낸 천들을 털고 끝을 잡아당겨 팽팽하게 한 뒤, 줄에 널었다. 작은 방 사면 벽에는 높고 낮게 못이 박혀 있고 지그재그로 천들이 겹치지 않도록 줄을 연결해놓았다. 천들을 모두 널고 선풍기를 두 시간 타임에 맞춰 켜놓았다. 나나진과 나는 종이 박스에 크고 작은 택배 상자와 비닐팩을 담고 방을 나왔다. 내 가방에서 음악 소리가 났다. 그 소리에 익숙하지 못한 나는 한참 후에 종이 박스를 내려놓고 핸드폰을 꺼냈다. 청하는 비가 온다는 예보가 있어 밤 작업을 못하니깐 오늘 만나자고 했다.

"오늘?"

나는 나나진의 눈치를 살폈다.

"나? 신경 쓰지 마. 주문이 밀려 밤새워 미싱 돌려야 해."

나는 청하에게 어, 그래, 라고 대답하고 서둘러 핸드폰을 닫아 가방에 넣었다.

"오늘 할 거야?"

"아니, 그냥 만나는 거야."

"걱정 마. 둘이 홀딱 벗고 있을 때, 방문 여는 일은 없을 테니."

나나진은 우체국으로 가자마자 종이상자에서 꺼낸 택배를 보내는 일을 척척 했다. 나는 대기의자에 앉아 나나진이 빠르게 움직이는 모습을 보았다. 우체국에서 나와 우리는 신포시장 패션거리를 걸었다.

"그런데 누구랑 처음 자본 거야? 혹시, 내가 아는 사람이야?"

"어, 나나진은 모르는 사람이야."

"바리는 잘 아는 사람이고?"

"어, 나도 잘 몰라."

"누구야? 그 사람 오래 만났어?"

걸어가면서도 나나진은 신포시장 쇼핑몰 쇼윈도에 걸린 옷들을 살폈다. 디자인을 보는 거였다. 나나진은 새 옷을 사서 봉합선을 따 뜯어내고 옷본을 떴다. 다시 미싱질을 한 후 돈으로 환불받곤 했다. 쇼윈도 앞에 서서 옷을 바라보던 나나진이 대답 없는 나를 돌아보았다. 나도 모르게 한숨이 나왔다. 우리는 말없이 마을버스를 탔다. 나나진은 버스에 서서 누군가와 핸드폰으로 문자를 주고받았다. 마을버스가 멈춰 섰을 때, 바로 앞 사진관 진열장에 한 여자가 목련이 피어 있는 배경에서 찍은 사진이 놓여 있었다.

목련꽃 같았던 언니의 모습이 아른거렸다. 나는 그 도시를 잊기로 마음먹었지만, 목련을 볼 때마다 떠올렸다. 벽을 타고 올라가는 담쟁이, 교복을 입은 학생들, 사내아이의 손을 잡은 여자, 심지어 검은 승용차, 피자배달 오토바이, 택배 트럭, 보쌈집, 다방 등 옆에 가게 이름과 전화번호가 적힌 승용차를 볼 때마다 그 도시와 담쟁이덩굴집이 생각났다. 버스에서 내려 철길을 걸으며 나나진은 내내 말이 없었다.

"언젠가 내가 말하고 싶을 때, 그때 말해줄게."

"그때가 언제인데? 난 팥알만 한 비밀도 없는데 바리는 뭘 그렇게 숨기려 드니?"

"숨기는 게 아니라 떠올리기 싫어서 그래."

"그래?"

"어, 그래."

"그래, 그럼."

나나진은 훌쩍 철길을 타넘어 자기 방으로 들어갔다. 나는 방으로 들어가자마자 동산 쪽으로 나가 양동이에 흙을 폈다. 청하의 말론 오늘 비가 온다고 했다. 비가 올 때마다 나는 동산이 무너져 내릴까 걱정을 했지만 나무도 몇 그루 없는 산은 여태 잘 버텼다.

나는 비가 오기 전이나 비가 내릴 때마다, 할 수 있는 만큼 흙을 퍼 집의 끝과 기찻길이 닿기 전에 있는 삼각형의 땅에 부었다. 이제 그곳도 삼각형의 편평한 땅이 아닌 위로 솟아올랐다. 흙은 퍼내고 퍼내도 어디에서 새로 생겨나는지 자꾸자꾸 흘러내려왔다. 흙을 다섯 양동이를 퍼내고 수돗가에 앉아 손을 씻었다.

청하에게서 전화가 왔다. 삼십 분 후에 도착한다고 했다. 나는 나나진에게 달려가 무엇을 준비해야 하는지 물어보려다 교자상 앞에 앉았다. 옷이라도 갈아입어야겠다는 생각에 나나진이 만들어준 꽃무늬 스커트와 흰색 티셔츠를 입었다. 방안에 열기가 가득 찬 것 같아 동산 쪽 문을 열었다. 빗방울이 떨어지는 것이 보였다. 이어 양철지붕 위로 비가 떨어지는 소리도 들렸다. 수도에서 몸을 씻어야 할까 망설이다 다시 방안으로 들어가 치마를 벗고 청바지로 다시 갈아입었다. 핸드폰이 울렸다.

"뭐, 필요한 거 없어?"

"어, 그래."

청하는 금방 도착한다고 말했다. 순간, 동해로 가던 새벽, 트럭에서의 일이 생각났다. 기분 나쁜 느낌이었다. 도망가고 싶은 생각에 신발을 신으려 할 때, 문이 벌컥 열렸다. 청하는 좁은 입구에서 나를 보자마자 와락 안았다. 내 등 뒤로 돌려진 청하의 손에서 부스럭거리는 소리가 났다. 청하는 말없이 포옹을 풀고 손에 쥔 것들을 내려놓고 신발을 벗었다. 문을 잠그고 나를 쳐다보면서 전등 스위치를 껐다.

우물 속처럼 어두웠지만 우리는 서로를 향해 다가섰다. 서로를 만졌다. 굵어진 빗방울이 양철지붕 위로 떨어지는 소리가 유난히 크게 들렸다. 비가 흙을 적시는 소리, 선로 위로 떨어지는 소리, 침목 위로 떨어지는 소리, 지나가는 차창에 부딪치는 소리. 모두 달랐다. 그래도 그냥 빗소리라 부른다. 빗소리를 구분하는 것이 아닌, 느끼기 때문이다. 나는 빗소리처럼 청하의 몸을, 움직임을 무엇이라 구분하지 않고 큰 덩어리라 느꼈다.

청하는 나를 만졌고, 나도 청하를 만졌다. 배우지 않아도 말없이도 저절로 움직여졌다. 아픔도 없었고, 기분 나쁜 느낌도 없었다. 오히려 청하가 자꾸자꾸 나를 만져줬으면 좋겠다는 생각이 들었다. 청하는 내 몸 위로 쓰러졌다가 천천히 일어나 어둠 속에서 뭔가를 찾았다. 청하는 침대에서 무릎을 꿇고 소중한 보물을 포장하듯 나에게 옷을 하나씩 입혀주었다.

"왜?"

"뭐가?"

"왜 옷을 입혀줘?"

"싫어? 혼자 입을래?"

"아니, 더 만져줘."

"나도 그러고 싶지만 다음에. 오늘은 할 일이 있어."

청하는 옷을 다 입혀주곤 자기 옷을 찾아 입고 전등 스위치를 켰다. 내 손을 잡고 일으켜 머리카락을 쓸어 넘겨주었다.

"쌀집 할머니한테는 다음에 가고, 지금은 나나진에게 가자."

청하는 방 입구에 내려놓았던 비닐봉지를 들고 문을 열었다. 불을 켰을 때, 얼핏 침대 머리맡에 붙어 있는 거울에 비친 내 얼굴을 보았다. 뺨이 붉어진 얼굴이 낯설었다. 나는 뺨을 비비며 청하의 뒤를 따라갔다. 우리는 손으로 차양을 만들고 비를 맞으면서 나나진의 방으로 뛰어 들어갔다.

나나진은 기막히다면서 줄에 널린 천을 걷어 컴퓨터 의자에 걸쳐두었다. 나나진의 방에 들어선 청하는 널려진 천들을 힐긋거렸다. 나나진의 방에는 린넨과 워싱면 원단만 있는 것이 아니었다. 속이 훤히 비치는 빨갛고 검은 망사와 레이스, 스판 천도 있었다. 나나진은 그 원단으로 손바닥만 한 옷을 만들어 유리들에게 팔았다. 나나진의 옷은 유리들에게 인기였다. 가격도 저렴했지만 유리들이 원하는 디자인으로 주문하고 하루이틀만 되면 입고 유리에 기대설 수 있다는 것이 그들에게 먹혔다. 나나진은 붉고 검은 망사와 레이스를 둘둘 말아 한쪽으로 밀쳐두었다.

가운데 공간에 셋이 둥근 상을 펴고 앉을 수 있었다. 청하는 연꽃이 둘러져 있는 커다란 초 하나를 꺼내곤 나나진에게 불을 꺼달라고 말했다. 나나진이 투덜거리며 전등을 껐다. 촛불이 우리를 가운데로 모이게 만들었다. 빨간 망사가 촛불에 비쳐 방 안 전체가 붉어졌다. 청하는 바지 주머니에서 작은 상자를 꺼내 나에게 주었다. 뚜껑을 열자 반지가 두 개 있었다.

"하나는 내 거. 하나는 바리 거야."

청하는 반지 하나를 꺼내 내 약지에 끼워주었다. 반지는 내 손에 꼭 맞았다. 청하는 남은 것을 나에게 주고 약지를 내밀었다. 나는 반지를 받아들어 청하의 약지에 끼워주었다.

"잘들 노네. 너네 방금 했니? 비릿한 냄새가 난다."

"어, 어떻게 그렇게 잘 알아?"

내 말에 청하의 가느다란 목이 발개졌고, 나나진은 혀를 내

둘렀다.

"미치겠다."

청하는 다른 상자 하나를 꺼내 나나진에게 주었다.

"이건 뭐야?"

"우리를 증언해주는 사람에게 주는 기념물이야. 이 시간을 잘 기억해줘."

상자 안에는 시계가 있었다. 나나진이 시계를 꺼내 손목에 찼다. 나나진이 만족한 듯 시계를 들여다보다 시계를 귀에 대보았다.

"뭐야, 안 가잖아."

"시간을 고정시켜놓고 약을 빼버렸어. 어차피 시간은 핸드폰으로 확인하잖아."

나나진이 피식 웃었다. 우리는 청하가 비닐봉지에서 꺼낸 캔맥주를 하나씩 마셨다.

"둘 보니깐 나 노친네 된 것 같아. 보기 좋아. 굴뚝 지금 이 마음 변하지 마. 변하면 내 손에 죽는 수가 있어."

"어, 그래."

청하는 내 흉내를 내며 내 손을 가져가 손에 끼워진 실반지를 쳐다보았다.

"나 이제 바리 방에서 못 자는 거야?"

나나진은 캔맥주를 다 마시고 비닐봉지에서 새 것을 꺼냈다.

"세훈이란 놈, 며칠 전에도 찾아왔어."

나나진은 양아버지가 찾아온 것이 두 번째라고 말했다.

"두 번? 자주 왔잖아."

"찌질이처럼 나한테 덤벼들려고 찾아온 것 말이야."

나나진은 캔을 내려놓고 담배에 불을 붙였다. 양아버지가 술에 취해 찾아와 미싱 앞에 앉아 있는 자신을 안으려 했다고 말했다. 나나진이 불같이 화를 내며 화얌 살려내라, 했더니 미안하다며 그냥 갔다고 했다.

"그런데 또 온 거야. 자신은 화얌을 진정 사랑했다, 날 화얌으로 여기고 한 번만 안으면 안 되겠냐고."

나나진은 긴 봉제가위를 들고 그를 협박했다. 니 딸 데려와. 니 딸이 보는 앞에서 한 번 해줄게. 나나진은 신발을 신으려는 양아버지 곁으로 다가가 팔소매를 가위로 잘랐다. 옷소매만 잘렸는데도 그는 벌벌 떨면서 신발도 안 신고 도망갔다. 나나진이 철길에 신발을 던져주자 한참 있다가 신발을 가져가 기찻길 건너에서 신더라 했다.

"한 번만 더 오면 가위로 그놈의 물건을 잘라버릴 것 같아. 미안 오늘처럼 즐거운 날. 에이, 분위기 바꾸자."

나나진이 새로운 맥주를 꺼내 막 흔들다가 뚜껑을 따니 거품이 나나진의 손등으로 흘러넘쳤다. 말없이 맥주를 마시던 청하가 말했다.

"우리 이러는 건 어때? 나한테 저축한 돈이 조금 있어. 바리의 방을 빼고, 셋이 함께 살 아파트를 얻자. 나나진은 어차피 월세니깐 바리에게 월세를 낼 수 있으면 내고. 어때?"

"아파트 전셋값이나 알고 그러냐?"

"아니면 빌라, 안 되면 주택 이층이라도. 셋이 모여 살면 좋을 것 같은데."

"어, 그래. 나야 무조건 좋아."

"이왕이면 토끼 할머니도 함께 사는 거 어때?"

내 말에 청하는 입을 다물고 나나진은 고개를 저었다.

"난 싫어. 그 할머니 맘에 안 들어."

"쌀집 할머니도 원하지 않을 거야."

청하가 말하고 난 뒤, 긴 목을 뒤로 꺾고 맥주 캔을 들이마셨다.

"혹시, 나도 전세금 보태면 월세 깎아줘야 해. 그리고 난 작업실로 써야 하니까 방이 넓어야 해."

"방 크기가 똑같은 걸로 얻으면 되지."

내 말에 나나진과 청하가 웃었다. 방 크기가 똑같은 아파트나 빌라는 없다는 거였다. 우리는 내일 서로 가진 돈을 계산해보고 청하가 쉬는 날 집을 구하러 다니기로 했다. 맥주 캔이 모두 비어 청하와 내가 일어서려 할 때, 나나진이 청하를 붙잡았다.

"굴뚝, 앞으로 바리랑 매일 잘 거니깐, 여기서 자. 오늘은 내가 바리랑 잘게. 저 구석에 이불 있어."

내 방으로 건너온 나나진은 침대부터 살폈다.

"바리, 너 진짜 처음 아니었구나."

나는 나나진이 어떻게 알았는지 궁금했지만 침대에 누웠다. 나나진은 수건으로 비에 잠깐 젖은 머리칼을 닦고, 침대에 엎드려 검은 거울 속에 비쳐진 제 얼굴을 보며 이것저것 캐물었다. 나는 어떤 말에도 대답할 기운이 없었다. 엎드린 채 거울을 보던 나나진은 엎드린 채 고개만 나를 향해 돌리고 잠이 들었다. 나나진의 몸을 돌려 똑바로 눕히자 이내 코를 골기 시작했다. 몸은 피곤한데 잠이 오지 않았다. 방금 전 연슬 언니의 침대에서 청하와 내가 한 것이 사랑일까.

청하사 할머니가 떠올랐다. 청하사 할머니는 죽는 것이 소원이라고 말했다. 할머니는 태어나서 처음으로 제 살과 뼈보다 아끼고 싶은 인연을 만났다고 했다. 노인을 만나기 위해 칠십 평생을 기다린 것 같다고 했다. 노인은 할머니와 같은 지역에 살고 있었지만 칠십 년 동안 단 한 번도 만난 적이 없었다. 노인과 청하사 할머니는 둘의 칠십 년을 거슬러 올라갔다.

청하사 할머니는 청하의 아빠를 낳자마자 혼자가 되어 양키시장에서 미싱을 돌렸고, 노인은 공업용 나사를 만드느라 옐로우하우스 뒤편에 있는 숭의공구사에 틀어박혀 살았다고 했다. 너무 늦게 만났지만 청하사 할머니는 노인을 제 살보다 더 사랑했다. 만나러 갈 때면 가슴이 뛰었고 거울 속의 얼굴이 처녀처럼 보였다고 했다. 사람들 눈치 안 보고 서로를 품었고 핥았다. 그래서 노인이 죽었을 때 청하사 할머니는 살고 싶지 않았다. 때마침 청하의 엄마가 찾아왔다. 사채를 갚아야 한다며 돈을 요구했다. 만약, 돈을 구해주지 않으면 청하에게 아버지가 죽은 것이 아니라 교도소에 있다는 것을 폭로할 것이라 협박했다. 청하사 할머니는 청하의 아버지 이야기를 하며, 청하에겐 모른 척해달라고 몇 번이나 당부했다. 할머니는 죽기 전에 나에게 많은 것을 털어놓고 싶어 했다.

노인은 죽기 전에 청하사 할머니와 혼인신고를 했고, 숭의공구사를 청하사 할머니 명의로 이전해주었다. 노인이 죽자 노인의 아들이 청하사 할머니에게 숭의공구사에 대한 포기각서를 써달라고 했다. 청하사 할머니는 노인의 아들에게 명의 이전을 해주고 받은 돈을 청하의 엄마에게 주고 나를 찾아왔다.

나도 할머니에게 비밀을 말했다. 처음에는 청하사 할머니에게 산파를 저승으로 인도했다고 말한 것을 후회했다. 그렇지만 하루빨리 노인의 곁으로 가고 싶어 하는 청하사 할머니를 볼 때마다 조금씩 청하사 할머니의 마음을 이해했다. 산파는 죽을 때, 내가 결혼해 사는 것을 못 보는 것이 두렵다고 했다. 잘못 말했을 수도 있었다. 어쩌면 죽음 자체가 두려웠는지 몰랐다. 청하사 할머니는 청하가 결혼하는 것을 보며 본인의 마음을 숨기며 살아가는 것보단 칠십 년이 지난 후에야 잠깐 만난 노인의 뒤를 따르기를 선택했다. 빨리 뒤따르면 걸음이 느릿한 노인을 따라잡을 수 있을 것 같다고 했다. 죽음을 겁내지 않았다. 입에선 거품이 흘러나왔고 손으로 가슴을 쥐어뜯었지만 눈은 고요했다. 불안해하지 않았다. 청하사 할머니의 사랑은 두려움이 없었다.

8. 묘약 할머니와 유리

산파는 가을 내내 광목자루를 들고 산을 돌아다녔다. 버스에서 내려 들판을 걸어가며 보리밭을 만나면 보리밭을 살폈다. 어렵지 않게 꼭두서니를 발견할 수 있었다. 일단 위치만 확인한 후 산으로 들어갔다. 등산객들이 다니지 않는 길 없는 쪽으로 방향을 잡았다. 쇠무릎을 만나면 쇠무릎을, 엄나무를 만나면 엄나무를 파헤쳐 흙을 털어내고 자루에 각각 담았다. 하눌타리, 끼무릇, 버들옻, 족두리풀, 노간주나무, 까마중, 헛개나무, 주염나무, 눈에 띄는 약초면 잎과 열매, 뿌리까지 훑어냈고 뽑았다. 드물게 천남성을 만나면 장갑을 끼었더라도 손에 닿지 않게 호미와 집게를 사용해 검게 색을 입혀놓은 광목 자루에 담았다. 해가 지면 산을 내려와 올라갈 때 봐두었던 보리밭에 들어가 꼭두서니를 한 자루 뽑았다. 식당에 들어가 국밥을 시켜먹고 여관에 들어가 광목자루를 펼쳐 선손질해야 할 뿌리와 잎을 밤새 손질했다.

좋은 약초를 얻었다 싶으면 다음날 그 일대를 다시 올라갔다. 산을 모두 뒤지고 난 뒤 산파는 이삼 일에 한 번 집에 들러 약초를 손질한 후, 다시 다른 산을 훑기 위해 떠났다. 산파의 골방과 동산에는 대나무로 성기게 만든 발이 겹겹이 널려 있었고 작두로 자르고 남은 뿌리들이 한 자루나 되었다.

집 뒤 동산은 새도 둥지를 틀기 꺼려 했다. 항구에서 날아오는 짠내 묻은 바람과 공장에서 내뿜는 연기, 수시로 드나드는 석탄 열차가 뿌려놓고 간 석탄가루들이 땅을 억세게 만들었다. 산파는 동산의 발목 위치 정도에서부터 흙을 퍼냈다. 흙을 두 양동이씩 퍼 농협 공판장 자리의 공터에 부려놓았다. 두 양동이를 퍼내면 한 양동이만큼 흙이 흘러내렸다. 산파는 틈만 나면 양동이에 흙을 퍼 날랐다. 일주일이 지나자 빨래판 크기만 한 편평한 땅이 만들어졌다. 한 달이 지나자 한 평 남짓한 밭이 생겼다. 산파는 쌀뜨물은 무조건 밭에 버렸고, 바리가 마신 우유팩에 물을 받아 뿌연 물을 뿌렸다. 바가지 하나를 수돗가에 놓고 자신의 소변도 받아 밭에 뿌렸다. 거칠어졌던 흙이 촉촉해졌을 때 다시 한차례 산으로 갔다. 미리 점 찍어놓은 곳이

어서 당일만에 원하는 약초를 뿌리째 뽑아왔다. 산파는 약초를 심고 버팀목까지 대주었다. 음식물 찌꺼기를 다져 볕에 말려 비료로 썼다. 비료가 되는 것이라면 허투루 버릴 수가 없었다. 똥도 버리기 아까웠다.

산파의 집 끝에 기찻길과 맞닿기 전, 삼각형 모양의 땅이 있었다. 산파가 땅에 휘감겨 있는 잡풀을 뽑아버리자 화덕 하나를 만들 수 있는 공간이 생겼다. 그곳에 시멘트와 돌을 이용해 화덕을 만들고 그 위에 쇠솥을 올려놓고 약초를 달였다. 석탄 열차가 지나갈 때마다 불길과 연기가 방향을 못 잡고 솟구쳤다.

약초를 손질하고, 법제해야 할 것은 따로 두었다가 아홉 번 찌고, 말려야 할 것은 그렇게 해놓았다. 재에 묻혀 굽거나 볶아 독을 없앴고 식초에 담그거나 생강으로 법제하거나 꿀을 발라 굽기도 했다. 약초마다 효능에 따라 약초가 닿기 원하는 부위에 따라 각각 법제해놓았다.

그해 12월 31일 마지막으로 수인선 기차가 수인역에 도착했다. 바람마저 허공에서 얼어붙을 정도로 추운 날이었다. 열차에서 내린 승객은 다섯 명이었다. 토끼를 포함한 수인 곡물시장의 상인들은 모두 얼음판을 삼킨 것처럼 도려내지는 가슴을 쳤다. 누군가 입이라도 벌리면 시비가 붙어 얼어붙은 창자라도 꺼내 덤빌 것 같았다. 상인들은 말없이 헤어졌다.

산파가 칼바람이 가득 들어찬 가슴을 치며 방문을 열었다. 바리는 달력을 뜯어내 1, 2, 3이라 씌어진 숫자 밑에 1, 2, 3을 따라 쓰고 있었다. 산파는 화를 내며 바리의 손에서 볼펜을 뺏아 문 밖으로 내던졌다. 말없이 물끄러미 산파를 바라보던 바리는 달력을 착착 접어 휴지통에 넣었다.

"학교에 가고 싶어."

산파는 말없이 골방 문을 열고 나무궤짝 안에서 광목자루를 꺼냈다.

"글자를, 숫자를, 뭐든지 배우고 싶어."

산파는 광목자루에서 꼭두서니 뿌리를 꺼냈다. 바리가 골방 앞에 버티고 섰다.

"엄마한테 가고 싶어."

산파는 아무 소리도 못 들은 척 광목자루에서 사향과 우황, 부들꽃가루를 꺼내 골방에 펼쳐놓았다. 산파가 태연히 약초의 질량을 재는 것을 바라보던 바리는 기찻길을 머리맡에 두고 팔을 베고 옆으로 누웠다. 골방에서 나온 산파는 팔을 베고 잠든 바리 옆에 앉아 밤새 바리를 들여다보았다. 바리는 통통했던 볼살이 빠지면서 점점 제 언니들을 닮아갔다. 유난히 툭 불거져나온 이마, 숱이 짙은 눈썹은 화난 듯 치켜올라가 있었다.

산파는 새벽에 일어나 화덕에 불을 지폈다. 불을 약하게 만들어놓고 꼭두서니 뿌리를 넣고 푹 삶았다. 열두 시간 후에 사향, 우황, 부들꽃가루를 첨가한 후 열두 시간을 더 삶았다. 약재를 건져내고 남은 약물을 꼬박 하루, 스물네 시간을 다시 달인후, 식혔다. 2리터짜리 생수병에 식힌 약재를 담았다. 산파는 꼭두서니 달인 약을 들고 양키시장으로 갔다.

산파는 토끼가 짠 바리의 원피스 안에 속감을 넣기 위해 심부름으로 양키시장에 간 적이 있었다. 산파는 안감을 넣기 위해 양키시장까지 가야 하냐고 투덜거렸다. 토끼는 청하사가 털실로 짠 옷에 안감을 넣어주는 솜씨가 일품이라며 원피스 안을 뒤집어 보였다. 털실과 안감 사이가 울지 않고 자연스럽게 자르륵 흘러 떨어졌다. 동인천역 뒤쪽에서 포목점을 지나면 저절로 인상이 찌푸려지는 허름한 건물이 있었다. 3층 높이 건물들이 시장을 사방으로 막고 섰다. 시장이라기보다는 골목이었고, 골목이라기보다는 미로처럼 방 한 칸씩을 덧대어져 있었다. 백여 개가 넘는 작은 가게에는 빛이라고는 한 조각도 들어오지 않았다. 여름에도 모서리마다 냉기가 가실 것 같지 않았다. 사람들은 움직임이 없었고 물건들은 눅눅해 보였다. 오랫동안 지하 동굴에 박제된 조류와 돌을 파내서 던져놓은 것 같았다. 가겟방에는 물들인 군복, 청바지, 보세옷, 양주, 양담배, 향수, 로

션, 초콜릿, 간이침대 등 먼지가 달라붙은 물건들이 빽빽하게 쌓여 있었다. 죄다 무슨무슨사, 라고 판자 간판이 붙여져 있었다. 어둡고 좁은 미로 사이사이에는 수선, 마크, 명찰, 오버로크라고 적힌 옷가게 수선집들이 있었다. 아무리 골목을 헤아리며 다녀도 청하사는 찾을 수 없었다. 산파는 골목을 헤매다 야전삽과 수통을 내다걸고 있는 사내에게 청하사 위치를 물어서 겨우 찾아냈다.

청하사는 한 평짜리 방에 고철 같은 미싱 하나를 놓고 있는 옷 수선집이었다. 청하사에는 손님용 의자도 없었다. 바람이 뚫고 들어갈 틈도 없이 온 사방과 허공에까지 옷들이 착착 쌓여 있었다. 산파는 골목을 헤매고 다녀 어디라도 주저앉고 싶었다. 청하사 주인은 산파가 내민 빨간 원피스를 보곤 웃었다.

"묘향이 솜씨구만. 매번 똑같은 거만 뜨네."

청하사는 원피스를 수북하게 쌓인 옷가지 위에 툭 던져놓고 미싱질 하던 손을 놀렸다. 산파는 엉거주춤 서 있다 돌아 나왔다. 산파는 청하사에 몇 번 더 갔었다. 갈 때마다 청하사 주인은 산파의 얼굴은 쳐다보지 않고 옷과 돈만 주고받았다.

몇 년 사이 양키시장 건물은 더 허름해졌고 포클레인이 한쪽을 건들기만 해도 건물 전체가 풀썩 주저앉을 것 같았다. 갈라진 벽 틈 사이로 잡풀이 자랐고 오래된 건물은 겨울의 냉기를 빨아들여 얼어붙은 것 같았다. 손님은 찾아볼 수 없었고 주인은 거북처럼 각자 일인용 전기장판 위에 앉아 있었다. 교복 위에 점퍼를 걸친 고등학생 셋이 빠른 걸음으로 산파를 지나치며 산파를 돌아보았다. 학생들은 코티분통에 달라붙은 먼지를 닦아내는 노파에게 재빨리 돈을 건네고 담배를 받아들고 바로 앞 골목으로 사라졌다.

산파는 골목을 헤매지 않고 청하사로 들어갔다. 청하사 주인은 발 옆에 온열기를 켜놓고 미싱을 돌리면서 잠깐 고개를 들었다.

"어쩐 일로? 묘향이 친구 아니던가?"

갈 때마다 청하사는 고개도 들지 않고 쳐다보지도 않았는데 대번에 자기를 알아본 것에 산파는 놀랐다.

"일감이 넘치는 곳은 여기밖에 없어 보이네."

산파는 바닥에 웅크리고 앉아 가방을 열었다. 종이컵에 꼭두서니 약제를 한 잔 따랐다. 청하사 주인에게 내밀었다.

"얼굴빛을 보니 신장도 시원치 않고 오십견 무릎관절 뼈마디에 염증이 가실 날이 없겠구만."

산파는 일부러 거칠게 말했다.

"서너 시간 후 오줌이 붉게 나올 거요."

신장결석을 용해하고, 관절염, 이뇨작용에 좋다는 말을 덧붙였다.

"한두 번 마셔서는 안 되고 오줌이 장밋빛이 되어야 효과 있을 거요."

청하사는 산파가 내미는 종이컵을 받아 단숨에 들이켰다.

"묘약이로군."

청하사는 작은 생수병에 담겨 있는 물을 모두 마시고 병을 내밀었다. 산파는 작은 생수병에 약제를 가득 따라주었다.

"이거 얼마요?"

"이건 소문 좀 내달라고 공짜로 주는 거고. 큰 거 한 병이면 일단 오줌은 시원하게 쏟아낼 수 있을 거요. 관절은 시간이 걸릴 테지만 효험은 믿어보시오. 내 일주일 후에 오리다. 큰 거 한 병에 십만 원."

산파는 청하사가 벌린 입을 다물기 전에 가방을 들고 몸을 가뿐하게 일으켜 나왔다. 골목과 골목의 모퉁이들을 돌아 천일사, 코코사, 백만불라사에 들러 약제를 한 컵씩 따라주었고 작은 생수병에, 주전자에 딱 일주일 분량의 약제를 따라주었다. 산파는 마지막으로 수도사에 들어가 약을 따라주고 바퀴 달린 커다란 가방을 하나 샀다. 수도사 주인은 그것이 이민가방이라고 말했다.

일주일 후, 산파는 이민가방에 2리터짜리 생수병 열 개를 담아 양키시장에 갔다. 병 한 개를 남기고 모두 팔았고, 재구매 예약을 다섯 군데 받았다. 남은 병 한 개를 들고 양키시장 옆 순대 골목으로 가 돌렸다. 순대 골목의 상인들은 양키시장 상인들보다 젊은 축에 속했다. 그림자지고 습한 곳에 오래 웅크리고 있는 양키시장 상인들과 달리 공짜로 주는 약에도 큰 관심을 보이지 않았다. 토끼의 말로는 양키시장은 잘나갔던 때가 있어 몸에 좋은 약을 먹는 것에 돈을 아끼지 않는 습성이 있다고 했다. 실제로 그들은 이름도 어려운 비타민, 철분제, 칼슘제 이름을 좔좔 외웠다. 미제 약에 길들여 있던 그들은 깊은 산에서 캐내왔다는 약초와 나무뿌리를 정성스럽게 달였다는 말에 관심을 내비쳤다. 산파는 양키시장에서 묘약 할머니로 통했다.

청하사는 산파의 약을 뗄 수 없을 정도였다. 신장은 물론 관절도 좋지 않아 미싱질하다 일어나면 허리와 무릎에서 드득, 하고 뼈 소리 나던 것이 없어졌다. 청하사는 바리와 또래인 청하를 혼자 키우는 처지라 산파와 금세 친해졌다.

청하사와 산파와 토끼는 양키시장과 곡물시장이 쉬는 매월 마지막 주 일요일에 청하와 바리를 데리고 공원으로 갔다. 공원 나무 밑에 자리를 깔고 싸가지고 간 음식을 펼쳐놓고 막걸리를 마셨다. 주로 산파 혼자 마시는 편이었고 청하사와 토끼는 목을 축이는 식이었다. 바리는 다른 아이들과는 어울리지 못했지만 청하 뒤를 좇아 공원 이리저리 뛰어다녔다. 청하는 바리를 제 동생 대하듯 보살폈고 손을 잡고 다녔다. 바리가 넘어지면 무릎에 묻은 흙을 털어내고 긁혀서 맺힌 피멍울을 제 입으로 빨아냈다.

청하사는 원래 원진사, 라는 가게의 한 귀퉁이에서 제 미싱으로 일을 하고 다달이 월세와 벌이의 몇 프로를 내는 처지였다. 원진사는 미제용품을 미군들에게 빼돌려 팔던 가게였다. 미군부대가 이동해 가고, 미국 시장이 개방되고 수입이 자유로워지자 양키시장은 불황을 겪어야 했다. 원진사 주인은 재빨리 청하사에게 가게를 떠넘겼다. 청하사는 모았던 돈을 보증금으로 내고 자신의 명의로 가게를 얻게 되었다. 그해, 몸에 문신을 새기고 천방지축 날뛰던 아들이 구치소에 들어갔다는 소식을 들었다. 검은 양복을 입은 청년이 찾아와 소식을 전했다. 청하사는 고개도 들지 않고 미싱질만 했다. 청하사는 구치소에 면회도 가질 않았다. 한 해가 지났을 때, 겨우 아장아장 걸음을 뗀 아이를 걸려 젊은 여자가 찾아왔다. 여자는 아들의 판결문이 나왔다며 평생 교도소에 살게 되었다고 말했다. 여자는 아들이 살인을 할 인물도 못 되는데 억울하게 누명을 쓰고 대신 들어갔다고 말했다. 청하사가 돈이라도 썼으면 형을 감할 수 있었다면서 원망했다. 청하사는 여자를 쳐다보지도 않고 입에 옷을 가져가 실밥을 끊었다.

"당신 손자예요. 두고 가겠어요."

그제야 청하사가 고개를 들었다. 아들과 똑 닮은 사내아이가 미싱 손잡이가 돌아가는 것을 또록또록한 눈으로 쳐다보고 있었다.

산파는 약초를 달여 양키시장에 내다 파는 것으로는 어림없다는 것을 알았다. 토끼의 묘향쌀집도 수입이 거의 없었고 곡물시장은 예전의 호황은 기대할 수 없었다. 산파는 툭하면 피곤했고 머리가 아프고 어지러워 누워 있기 일쑤였다. 가까운 대학병원에서 고혈압 진단을 받아 혈압약을 처방받았다. 산파의 단골들은 산파의 약초로 효과를 많이 봤지만 약초가 산파에게는 먹히질 않았다. 워낙 어렸을 때부터 여러 가지 약초를 써 산파의 몸은 웬만해서는 약초발이 먹히질 않았다. 산파는 한 달에 한 번 대학 병원에 가 양약을 처방받아 복용했다. 양약은 효과가 좋았다.

산파는 토끼에게 자신의 몸이 예전 같지 않고 둘의 벌이가 시원치 않아 새로운 일을 해보겠다고 말했다. 토끼는 산파의 계획을 완강하게 반대했다. 다른 일은 다 하더라도 그것만은 반대라고 말했다. 토끼의 반대에도 불구하고 산파는 새로운 일을 시작했다.

산파는 곡물시장 골목 끝에서 이차선 도로 하나 건너면 있는 옐로우하우스로 갔다. 유리방 포주들을 찾아갔다. 1호, 2호, 3호. 41호, 42호까지 포주들을 찾아가 자신의 일을 설명했다. 몇 명은 고개를 저었고 몇 명은 호기심을 표했다. 얼마 지나지 않아 유리 한 명이 찾아왔다. 산파는 바리에게 돈을 쥐어 내보냈고 유리를 데리고 골방으로 들어갔다. 산파는 유리에게 마지막 월경일을 묻고 날짜를 헤아리며 유리의 배 여기저기를 꾹꾹 눌렀다. 유리는 아프지도 않았고 어둑한 골방이라 산파의 무서워 보이는 얼굴 표정이 부드럽게 느껴졌다. 산파는 약초를 써 유리의 몸 근육을 편안하게 해주었다. 독초를 써 유리의 자궁에 머물고 있는 씨를 떨어트렸다. 유리가 비명을 지르며 아프다고 하자, 산파는 유리의 어깨를 눌렀다. 유리는 하체를 꼬며 산파를 밀치고 일어났다. 산파는 완력으로 유리를 눕히고 허리를 반듯하게 고정시켰다.

"이거 제대로 하는 것 맞아요? 불법 아니에요? 악, 죽을 것 같아."

"똥이 몸에 쌓이면 저절로 밀려나와. 월경 피가 불필요할 때 저절로 자궁에서 질을 통해 흘러나오듯. 불필요한 죽은 씨도 저절로 밀려나와. 괜히 병원 가서 가랑이 벌리고 기계로 들쑤시면 니 질만 벌어지고 망가져."

산파가 사발에 능소화와 쑥을 뭉쳐 넣고 불을 붙이자 향이 번져 나왔고 유리는 서서히 잠에 빠졌다. 유리의 가랑이 사이로 뭉클거리는 피는 꼬박 반나절 동안 흘러나왔다. 덩어리 피가 모두 빠지면 산파는 약초로 뜸을 했고 약초 달인 물을 마시게 했다. 이틀 후에 유리는 가뿐하게 일어나 유리방으로 돌아갔다. 산파의 소문은 옐로우하우스에 조용하고 묵직하게 번졌다.

화얌은 산파를 싫어했다. 산파의 눈에서 독기가 느껴졌고 유리들이 질에 염증만 생겨도 병원이 아닌 산파를 찾아가는 것도 못마땅했다. 누가 봐도 의료시설 하나 안 갖춘 무허가였고 불법이었다. 야만적이라 생각했다. 화얌은 유리들의 방을 청소해주는 일을 했다. 중국과 한국을 오가며 무역업을 하는 세훈의 유혹에 한국으로 건너왔지만 세훈은 유부남이었다. 표를 구하라며 화얌에게 가져다 준 신분증은 부인의 것이었다. 세훈의 부인은 오랫동안 병원에 입원해 있었다. 세훈에게는 아들 하나, 딸이 둘이었다. 세훈은 화얌을 너무 사랑해 거짓말을 했다며 무릎을 꿇고 눈물까지 흘리며 고백했다. 아내가 죽으면 곧바로 혼인신고를 하고 나나진을 데려오자고 덧붙였다.

세훈은 화얌에게 기찻길 바로 옆 작은 방을 얻어주었다. 화얌은 세훈의 아이들을 만나고 아이들과 금세 친해졌다. 화얌은 세훈이 사나흘씩 중국에 갈 때면 아파트에서 아이들과 함께 지냈다. 아이들은 화얌의 요리를 좋아했고 여자아이들은 인형을 가지고 혼자 인형극을 하는 화얌에게 홀딱 빠졌다.

세훈은 나나진을 데려와달라는 화얌의 말은 들은 척했다. 한국에 들어오면 화얌의 방으로 쳐들어와 자신의 욕구만 풀고 가버렸다. 화얌은 하루라도 빨리 단정한 아파트에서 신접살림을 차리고 혼인신고를 해 나나진을 데리고 와 교육을 시켜 한국의 대학에 입학시키고 싶었다. 화얌은 세훈의 아내가 죽기만을 기다렸다. 화얌의 계산에 세훈의 아내가 죽으면 그 자리를 자신이 차지할 거였다.

화얌은 바리를 보면 나나진이 떠올랐다. 머리카락이 뒤엉켜 있는 바리를 자신의 방에 데려가 머리를 감기고 양갈래로 땋아주곤 했다. 화얌은 바리와 함께 더듬거리며 한국어를 공부했다. 바리는 학교에 다니지 않았지만, 사물 한 개를 보면 알고 있는 모든 것을 연결할 줄 알았다. 그러나 경험과 배움이 부족해 원 안에서 맴돌고 있는 아이 같았다.

그런 날에는 어김없이 전화 부스로 달려가 동생의 집에 전화했다.

"언니, 나나진은 너무 똑똑해. 한글로 한국 역사 만화까지 그렸어."

동생은 나나진의 한글 실력을 칭찬한 후 빨리 나나진을 데려가라고 말했다. 자신의 아이만으로 벅차다고 덧붙였다.

"형부는 중국에 와도 이쪽에 들르지도 않아."

화얌은 세훈이 가져다주는 돈이 살아가는 데 기본 생활도 안 된다는 것을 알았다. 화얌은 옐로우하우스 유리방을 청소해주고 침대 시트와 수건을 빨고 유리들의 잔심부름까지 해서 번 돈을 동생에게 보냈다. 옐로우하우스에서 일하게 된 화얌은 산파에 관한 소문을 들어 산파가 어떤 일을 하는지 알게 되었다. 화얌은 산파를 싫어했고, 바리를 애틋해하며 보살폈다. 화얌의 생각에 바리는 산파의 손녀가 아닌 것 같았다.

"바리, 엄마 생각 안 나?"

"태어나자마자 버려졌대요. 저는."

"산파가 바리 친할머니 아니지?"

"친할머니가 뭐예요?"

"바리의 엄마, 혹은 아빠의 엄마라면 바리의 할머니가 되지."

"지금은 산파가 바리의 엄마이고 아빠고 친구예요."

"궁금하지 않아? 바리 엄마 아빠? 찾아달라고 부탁할 사람 없어?"

"이건 비밀인데요. 제가 열다섯 살이 되면 엄마가 찾아올 거예요. 아버지가 아파서 전 약초를 구하러 가야 할지도 몰라요. 그래서 전 산파의 약초를 눈여겨보고 있어요. 또, 지금은 산파와 토끼 할머니를 두고 나 혼자 갈 수는 없어요. 저를 길러주셨거든요. 아니면 전 산 속에서 호랑이나 여우한테 잡혀먹었을 거예요."

바리는 화얌에게 이상한 이야기를 했다. 화얌은 알아들을 수 없는 이야기였지만, 미래를 예견하는 능력을 가졌을 것이라 여겼다. 화얌은 중국에 있을 때, 미래를 예견한다는 점쟁이를 찾아간 적이 있었다. 점쟁이는 화얌에게 바다를 건너 타국에서 큰 불을 만날 것이라고 했다. 점쟁이 말대로 바다를 건너온 화얌은 큰 불이 세훈과의 새로운 생활이라고 생각했다. 세훈과 결혼만 하면 불처럼 활활 타오르며 부귀영화를 누릴 것이라 믿었다. 화얌은 그 점쟁이를 떠올리며 바리를 특별한 능력이 있는 아이로 착각했다.

"바리, 세훈의 아내는 언제 죽을까?"

"많이 아픈 사람은 곧 죽어요."

"그래? 잘 아는구나."

마침내 세훈의 아내가 죽었다. 화얌이 전화를 하자 세훈의 딸아이가 울음 섞인 목소리로 엄마의 죽음을 알렸다. 화얌은 곧바로 옐로우하우스의 유리방 청소 일을 관두었다. 동생에게 부치고 모아놓은 약간의 돈을 몽땅 털어 몸치장하는 데 썼고, 세훈의 아파트를 어떻게 꾸밀지 생각하며 가구점을 돌아다녔다. 세훈의 아내가 죽었다는 소식을 들은 후, 한 달이 지나도 세훈은 나타나질 않았다. 화얌이 세훈의 무역상사에서 기다리다 못해 아파트로 찾아갔을 때, 화얌보다 더 젊은 애가 안주인 노릇을 하고 있었다. 중국에서 유학 와 대학을 갓 졸업했다는 그 애는 결혼사진과 주민등록등본을 보여주며 자신이 세훈의 아내라는 것을 증명해 보였다.

화얌은 배신감으로 아무것도 먹지 못하고 토하기만 하면서 방에 누워 화물열차가 지나가는 소리를 들었다. 새벽 첫 화물열차가 올 시각에 방문을 열고 뛰어들 기세로 서 있었다. 기차는 뛰어들기에는 너무 천천히 움직였고 기차 바퀴 사이로 나나진의 얼굴이 점점 크게 보였다. 나나진을 두고 죽을 수는 없었다. 동생 아이들 숲에서 구박을 받을 똑똑한 나나진이 떠올려졌다. 화얌은 곧바로 양키시장에서 미군용 칼을 샀다. 배가 들어오는 시각이면 여객터미널 출구가 보이는 맞은편 대형 마트에서 시간을 보냈다.

세훈이 커다란 가방 네 개를 양쪽 어깨에 메고 여객 터미널에서 나와 자신의 무역상사로 걸어가는 것을 보았다. 화얌은 무작정 무역상사의 문을 열었다. 세훈 외에 아무도 없었다. 화얌은 칼을 휘두르며 세훈을 죽이겠다고 협박했다. 간이 작고 비굴한 세훈은 눈물을 흘리며 무릎을 꿇고 용서를 빌었다. 중국에서 오는 배에서 만난 여대생과 딱 한 번 밤을 지냈는데 여자의 오빠로부터 협박을 받아 혼인신고부터 했다는 변명을 했다. 화얌은 한 달 안으로 나나진을 데려오지 않으면 세훈의 아이를 한 명씩 유인해 죽이겠다고 협박했다. 세훈은 일주일을 고민하다가 나나진을 참깨 자루에 넣어 데리고 올 계획을 세웠다.

세훈을 협박하고 돌아온 날부터 화얌은 옐로우하우스에서 다시 청소를 시작했다. 화장실 청소를 하던 화얌은 헛구역질이 났다. 화얌은 몸속에 세훈의 아이가 자리를 잡았다는 것을 알아차렸다. 화얌은 불법 체류자이기에 병원에 갈 수 없었다. 세훈이 준 죽은 아내의 신분증은 사망자이기에 소용없었다. 병원에 가더라도 비싼 병원비를 감당하는 것보단 절반 값을 산파에게 내는 것이 나을 것이라는 계산이 저절로 나왔다. 유리들의 말로는 산파의 솜씨는 믿을 만하다고 했다. 병원과 산파 양쪽에서 경험한 유리는 산파에게 하고 나면 몸이 가뿐하고 질이 헐거워지는 느낌이 없다고 말했다. 단지 두려운 것은 자궁에 피가 남아 있지 않을까, 였는데 어김없이 다음 달 주기에 맞춰 월경이 시작되었다고 했다. 어떤 유리들은 규칙적으로 뜸을 하러 산파의 골방을 찾았다.

　화얌은 그토록 경멸했던 산파의 골방을 찾아갔다. 산파는 말 없이 화얌을 눕히고 가랑이를 벌렸다. 화얌의 예상과는 달리 산파의 손길이 섬세했고 나지막한 목소리로 혼잣말을 했다. 어찌 들으면 노래를 부르는 것 같기도 했다. 산파의 흥얼거리는 말은 다음 약을 썼을 때의 고통이 너무 심해 모두 까먹었다. 화얌은 기절할 정도로 큰 고통에 산파의 손과 말에 매달렸다. 이러다 죽을 수도 있을 것 같았다. 산파는 화얌의 가랑이 밑에 약초 물에 끓인 수건을 받쳐놓았다. 골방 한쪽에 가스버너를 넣고 약초 물을 데우던 산파는 가스가 떨어졌다며 일어나 방을 나갔다. 화얌의 가랑이에서 끊임없이 물컹거리는 덩어리 피가 흘러나왔다. 혼자 남은 화얌은 만약, 이렇게 죽어버리면 나를 어떻게 처치할까. 나나진은 어떻게 살아갈까, 생각했다. 공포에 질려 소리도 못 지르고 있을 때 골방 문이 열렸다. 바리가 문을 열고 들어서지 못하고 섰다. 화얌의 모습을 본 바리는 겁에 질린 표정이었다.

　"나나진 이리 와, 마미야. 나나진 마미 손을 잡아."

　바리는 손으로 입을 막은 채 화얌의 가랑이를 보다가 뒤돌아 나갔다. 화얌은 나나진을 붙잡으려 했지만, 몸이 바닥에 가라앉아 일으킬 수 없었다. 화얌은 그날 분명 나나진을 봤다고 생각했다.

산파와 토끼 사이가 극도로 나빠진 것은 이때부터였다. 토끼는 이참에 묘향쌀집을 정리해 남쪽 시골로 내려갈 계획을 세웠다. 산파에게 같이 내려가자고 말했다. 산파는 바리의 앞날을 위해 돈을 모으고 있다는 핑계를 댔지만 실은 명성이 소문나자 쉽게 손을 놓고 싶지 않았다. 양키시장과 옐로우하우스, 라는 거대한 단골 시장을 포기할 순 없었다. 산파는 그 무렵, 돈을 많이 끌어 모았다. 바리를 마트로 데려가 마음껏 옷을 사주고, 먹고 싶어 하는 피자와 햄버거도 주저 않고 사줬다. 바리는 살이 포동하게 올랐고 가슴도 제법 불거졌다. 산파는 유리들이 골방에 찾아올 때마다 바리에게 돈을 쥐어주고 내보냈다. 바리는 아파트 뒤에 있는 초등학교 앞 문구사에서 불량식품을 사먹거나 문구용품을 샀다. 묘향쌀집 창고에는 바리가 모아놓은 문구용품 상자가 있었다.

산파는 토끼와 함께 움직일 의사가 없다고 말했다.

"시골에서 풀만 먹고 살 수 없잖아. 우리가 농사지을 거야? 바리한테 밖에 나가 돈 벌어오라며 일 부려먹을 거야?"

"뭐든, 식당이든 구멍가게든 하자. 바리도 중학교부터는 보내야지."

"또 그놈의 학교 타령. 학교 안 다녀도 혼자 간판 보고 한글 다 읽더구만. 화암에게 한글도 가르쳐주더라."

"바리를 위한 거라면 시골로 가 호적에 올리고 학교 보내 보통 애들처럼 키우는 거야."

"바리는 지금도 좋아."

"딴 마음 있는 거야? 연탄공장 사장 부인이 니한테 막말했다고 바리를 막 키우려고 데려온 거야?"

"데려와 달라고 애원했던 사람, 니 아니었어?"

산파는 말없이 기찻길로 연결되는 방문을 열었다. 나가라는 신호였다.

"그래, 니가 가기 싫으면 내가 바리 데리고 내려갈게. 가끔 와서 보면 되잖아."

"내 젖 물려 키운 애야. 니까짓 게 뭘 안다고 나불거려? 나한테서 아무도 바리 못 훔쳐가."

"참 지독히도 못났다."

토끼는 산파가 죽기 전까지, 산파가 있을 때는 단 한 번도 그 방에 오질 않았다.

토끼는 혼자라도 시골로 내려가려 했지만 바리 곁을 떠날 수가 없었다. 토끼는 바리가 가게에 올 때만 바리를 볼 수 있었다.

토끼는 바리에게 곡물 함지를 들기 힘들다며 가게 일을 도와주면 용돈을 준다고 말했다. 산파가 토끼의 가게에 오질 않는다는 것을 알고 있는 바리로선 마음껏 책을 읽을 수 있어서 좋았다. 토끼는 바리가 책을 다 읽으면 새로운 책을 사서 의자에 놓아두었다.

산파는 바리가 묘향쌀집에 자주 찾아간다는 것을 알았지만, 모른 척했다. 심기가 뒤틀리기는 했다. 보신탕집에서 만나는 곡물상가 상인들은 토끼를 책벌레, 라고 부르며 존경스러운 듯 말했다.

"아주 박식한 할머니라니깐. 고등교육을 받았을 거야. 늘 책을 읽어."

"어쩐지 말도 아끼고 배려도 잘하는 게 다 책을 읽어서 그렇구나."

"고기도 안 취하고 나물만 먹는다며?"

"그래, 보살 같아."

그런 말을 들을 때면 산파는 속으로 비웃었다. 학벌은 자기보다 훨씬 낮은 중학교 중퇴였고 예전에 자기한테 책을 빌려 읽었다, 라고 말해주고 싶었다. 그러나 토끼가 계속 책에 매달려 읽는 것은 사실이었고, 그 사실이 산파를 더욱 노하게 만들었다.

묘향쌀집에서 바리가 책을 읽는 동안 토끼도 바리 옆에 앉아 책을 읽었다. 곡물이 빨리 빠지지 않아 눅눅한 군내가 나는 쌀집에서 책장을 넘기는 소리만 들렸다. 가게를 들여다보는 사람들은 나란히 책을 읽는 모습이 그림 같다며 칭찬했다.

토끼가 좋아하는 책은 로맨스 소설이었다. 외국 소설이건 국내 소설이건 로맨스가 아닌 것은 한번 읽고 끝이었지만 로맨스 소설이라면 결과가 뻔한 삼류 로맨스라도 좋아했다. 바리는 책을 펼쳐 먼저 그림으로 대충 내용을 파악하고 난 뒤, 한 자씩 글을 읽었고 두세 번을 읽어야 글의 내용을 이해했다. 토끼는 차츰 글자수가 많은 책을 사놓았다.

바리는 단어를 몸으로 체험할 겨를 없이 단어와 문장으로 이해하고 넘어가는 것도 많았다. 어렸을 때 토끼가 읽어주었던 공주 이야기를 읽으며 바리는 토끼가 자기에게 많은 부분을 거짓말 했다는 것을 알게 되었다.

토끼는 바리에게 책을 읽히는 것만으로 만족할 수 없었다. 읽은 책에 관해서는 혀를 내두를 정도로 잘 기억하는데 일반적이고 보편적인 지식은 한참이나 모자랐다. 특히, 가정과 사회에 대해서는 무지였다. 옳고 그른 것과 선, 악에 관한 구분이 없었고 도덕적인 기준도 뚜렷이 없었다. 더 늦기 전에 배움을 키우게 하고 싶었다. 토끼는 끝내지 못했던 자신의 교육에 대한 열정이 생각나 더욱 괴로웠다.

청하사에게는 매달 쉬는 날이면 공원에 가자고 연락이 왔다. 한 달은 산파와 다음 달은 토끼와 공원을 다녔다. 중학생인 청하는 책을 붙들고 있는 바리에게 공을 던지며 시비를 걸었다. 빼빼 마른 청하는 예전처럼 바리의 손을 잡지도 않았고 함께 어디로 가자는 말도 안 했다.

청하가 그들의 공원 나들이에 따라가지 않은 이유는 따로 있었다. 한번은 공원에서 바리에게 롤러스케이트를 가르쳐주다 바리의 가슴이 제 손에 닿았다. 말랑거리는 가슴에 닿은 손은 불에 덴 듯 화끈거렸다. 바리는 청하에게 계속 몸을 잡아줄 것을 요구했다. 청하는 바리의 허리를 잡으면 자신의 허리가 화끈거렸다. 바리가 넘어지며 청하에게 기대면 아랫도리가 당겨져 아팠다. 청하 자신도 놀라 바리를 밀쳐버리고 혼자 공원을 돌아다녔다. 그 이후론 청하는 공원에 따라가지 않았다. 두세 번 공원을 따라가지 않자 청하사는 아예 같이 가자고 말도 안 했다.

"애들이 머리가 크니 노인네들 따라다니기 싫은가봐."

토끼와 청하사가 만났을 때는 양키시장 2층에 있는 오성극장에서 영화를 보았다. 신포시장 밖까지 냄새를 풍기는 닭강정을 사기 위해 길고 긴 줄을 섰다. 차례를 기다리며 청하가 크는 모습, 사춘기 남자애들의 반응, 학교에서 애들한테 맞고 돌아온 일을 말하며 청하사는 바리가 학교에 안 다니는 것을 부러워했다. 토끼는 바리의 월경문제, 또래 아이들과 어울리지 못하는 일을 말하며 학교는 다녀야 한다고 안타까움을 내비쳤다.

  산파와 청하사가 만났을 때는 양키시장 골목을 돌며 문을 연 가게에 들러 약초의 효과에 대해 들었다. 다리가 아플 즈음 순대골목에 가 이른 시각부터 소주잔을 돌려가며 술을 마셨다. 청하사는 산파 덕에 뒤늦게 주량이 조금씩 늘었다. 둘은 서로의 과거를 각각의 각본대로 꾸며서 교환했고 청하와 바리가 결혼할 때까지 돈을 악착같이 모아야 한다는 데 의견이 일치했다. 험한 세상에 자신들이 죽으면 바리와 청하에겐 자신들이 남겨놓는 돈이 전부라는 거였다. 둘은 술기운이 머리꼭대기까지 차오르면 각각 순대 일인분씩 포장해 집으로 돌아갔다.

  산파와 토끼가 전혀 얼굴을 안 본 것은 아니었다. 어쩌다가 산파가 옐로우하우스, 양키시장에 약초를 가져다주러 가다가 토끼와 부딪치면 다른 사람들이 눈치 못 채게 둘은 일상적인 대화를 나누었다.

  "어디 가나?"

  "양키시장. 밥은 먹었나?"

  "이제 먹으려고. 시금치 사러 가는 길이야."

"여전히 풀 좋아하는구만."

"양키시장 갈 거면 부지런히 가야지."

"어, 그래. 시금치 잘 먹어."

그렇게 인사를 하지만 서로의 얼굴을 보기 위해 묘향쌀집으로 간다든가 기찻길 옆방에 가지는 않았다.

9. 바리공주를 위하여

 녹쇠는 속이 비치는 얇은 흰 셔츠를 입고 있었다. 속옷을 입지 않아 앞서 걸어가는 녹쇠의 등에 푸릇한 자국이 비쳐 보였다. 녹쇠의 등에는 분명 문신이 새겨져 있을 거다.

 청하는 거대한 항구를 가진 이 도시에서 청소년 시절을 보낸 남자는, 치고 뺏는 패거리에 끼던가, 맞으며 뺏기는 축에 속하던가 둘 중 하나에 속했을 거라고 했다. 그는 초등학교 시절부터 문신을 한 사람들에 대한 공포가 있었다고 말했다. 나는 청하에게 문신이 뭔지 물었다. 청하는 이 도시에는 남자 목욕탕에 가면 등과 팔뚝 같은 몸에 용, 뱀 등의 그림이 그려져 있는 사람을 흔하게 볼 수 있다고 했다. 문신은 한 땀씩 바늘로 새기고 지워지지 않는 물감으로 채색해 평생 간다고 말했다. 청하는 깡패 혹은 조직적으로 폭력을 휘두르는 사람들은 거의 대부분 몸에 문신을 새긴다고 말했다. 마구잡이로 문신을 새기는 것이 아니라 계급과 위치에 따라 문신도 다르다고 말했다. 청하의 설명을 아무리 들어도 나는 몸에 동물그림을 그려넣은 문신이 왜 무섭고 두려움을 주는지 이해를 할 수 없었다.

언젠가 여름, 수인곡물시장 골목 모퉁이에 있는 보신탕집 앞에서 싸움이 벌어졌다. 사람들이 몰려 있었고 집으로 가려던 나는 무리 안을 들여다보았다. 윗옷을 벗어던진 남자의 몸에 푸른색 잉크로 현란한 그림이 그려져 있었다. 남자의 등줄기를 따라 용 두 마리가 머리와 꼬리를 맞대고 대칭으로 그려진 그림이었다. 나는 싸우고 있는 남자의 등을 아무리 쳐다봐도 두렵지가 않았다. 오히려 남자가 몸을 움직일 때마다 근육에 따라 꿈틀거리는 용의 형상이 멋져 보였다.

녹쇠는 오늘 혼자 왔다. 나는 그에게 먼저 차에 가 있으라고 말했다. 텔레비전 앞에서 고개를 까닥거리는 토끼 할머니를 깨워 말을 할까, 하다가 그냥 가게를 나왔다. 철길을 지나 방문을 열고 골방에서 가방을 꺼냈다. 뒷좌석에 올라타자마자 그는 차를 출발시켰다.

차이나타운의 가파른 언덕길을 올라 하얀 대문집 앞에 섰다. 차가 서자마자 대문이 열렸고 다른 남자가 나왔다. 계단을 올라가며 나도 모르게 뒤를 돌아보았다. 물이 빠진 바다에 뾰족하게 세워져 있는 배들은 모두 고장나 수리중인 것처럼 보였다.

복도 끝 방안으로 들어갔을 때, 아무런 소리도 들리지 않았다. 벽에는 움직이는 영상이 아닌 장면 하나가 고정되어 있었다. 지난번에 보았던 숲 속을 뛰어가는 여자의 얼굴이었다. 여자는 웃으며 뒤를 돌아보고 있는 중이었다. 자세히 보니 화면이 아주 조금씩 움직이고 있었다. 남자는 화면을 끄지도 않았고 조명을 켜지도 않았다. 리모컨을 든 채 고개도 돌리지 않았다. 그와 한 덩어리처럼 보이는 개만 뒤를 돌아 나를 보곤 코를 킁킁거렸다.

"싫든 좋든 오늘부터 일 시작하세요."

녹쇠는 남자의 말이 끝나자마자 내 팔을 잡아끌고 방을 나왔다.

이층의 방에는 간병인 없이 영감 혼자 누워 있었다. 방에 들어가자마자 나는 이상한 기운을 느꼈다. 말로 표현할 수는 없지만 나에게는 죽음의 징후 같은 것들이 느껴질 때가 있었다. 아직 서쪽으로 방향을 틀지 않은 해가 방안 가득 환하게 빛났다. 영감의 얼굴을 봤을 때 나는 깜짝 놀랐다. 며칠 동안 어떤 일이 있었는지 영감의 말갛고 편안했던 얼굴과 표정에 검은 그림자가 새겨진 것 같았다. 지금 당장에라도 죽음의 세계로 건너가고 싶은 마음뿐인 것 같았다. 스스로 죽음을 원하는 것이 아닌, 어떤 절망과 고통이 그를 죽음의 바닥으로 몰아넣고 있는 것 같았다. 연슬 언니의 바다와 같은 거였다.

조목초액으로 몸을 닦으며 영감의 몸 상태를 확인했다. 모든 근육은 물렁거렸고, 입은 벌리는 대로 쩍 벌어졌다. 눈동자에 힘이 풀어져 있었고 손을 갈비뼈 사이 깊숙이 찔러넣어도 표정의 변화가 생기지 않았다. 순간 불길한 예감이 들었다. 내가 영감의 죽음을 안내하지 않으면 그들은 나에게 어떤 행동을 할지도 모른다는 생각이 들었다. 수인곡물시장 상인들은 모두 녹쇠를 두려워했다.

물을 숟가락으로 떠 영감의 벌린 입에 흘려 넣었다. 엄지와 검지를 이용해 입을 최대한 벌려 물이 흘러드는 방향을 살폈다. 예상대로 물은 영감의 입에서 기도로 곧바로 넘어갔다. 한 숟가락씩 대접의 물을 모두 흘려넣은 후, 산부자에 꿀을 법제해놓은 것을 물에 괴어 한 수저씩 떠 넣었다. 꿀은 폐로 스며들게 할 때 쓰였다. 생강을 넣어 법제한 것은 코로, 소금을 넣어 법제한 것은 신장으로, 식초를 넣어 법제한 것은 간으로 스며들도록 한 수저씩 흘려넣었다. 모든 약초가 골고루 번졌을 때, 영감은 입을 벌리고 스르륵 잠이 들었다. 방안은 온통 떨어지는 해의 기운으로 붉었다.

녹쇠는 전면이 유리로 된 창에 앉아 핸드폰으로 석양 사진을 찍고 있었다. 이 집의 전망은 묘향쌀집에 걸려 있는 달력에 나오는 사진 같았다. 녹쇠는 핸드폰을 닫고 나를 돌아보았다. 나는 그가 서 있는 곳으로 가 핸드폰을 꺼냈다. 사용법을 몰라 그에게 핸드폰을 내밀며 사진을 찍어달라고 했다. 녹쇠는 핸드폰을 받아들고 이리저리 눌러보다가 창밖을 내다보고 있는 내 옆모습을 찍었다. 나는 내 얼굴이 아닌 바다 사진을 찍어달라고 말했다.

"니가 찍어."

녹쇠는 어이없다는 듯 핸드폰을 내게 돌려주며 말했다.

"참 오래 하더라. 정성이다. 설마 지금 가신 것 아니지?"

"오늘은 몸을 편안히 해드렸어요. 깨어나시면 음식 주세요. 뭐든지."

"원래, 입이 짧은 영감이야."

"아마, 특별히 찾는 음식이 있을 거예요."

"마지막 성찬이냐?"

일층으로 내려선 녹쇠는 잠깐 기다리라며 복도 끝 방으로 갔다. 나는 현관 밖으로 나가 핸드폰을 열어 이것저것 만져보았다. 사진을 찍을 수 있는 기능을 찾지 못했다. 방금 전, 녹쇠가 찍은 내 사진도 찾지 못했다. 녹쇠는 현관을 나와 뛰다시피 계단을 내려왔다. 손목까지 내려오는 소매 사이로 녹슨 쇠줄이 보였고 흰 소매 끝에 녹이 묻어 있었다.

녹쇠는 수인곡물시장 건너편에 차를 세웠다. 내가 차에서 내리려 할 때, 그는 내 팔을 잡곤 뒷주머니에서 봉투를 꺼내 내밀었다.

"내일 새벽 5시에 저 건너편으로 나와라."

내가 봉투를 받아들자 녹슨 쇠줄이 봉투를 후려쳤다. 봉투에 녹줄이 한 줄 그어졌다.

"혼자 있어도 입 조심해라."

나는 얼른 차에서 내려 문을 닫았다. 그는 창문을 열고 시간 잘 지켜, 라고 말하곤 차를 출발시켰다.

몸에서 모든 기운이 빠져나가 침목을 디디는 발이 후들거렸다. 방문을 열자마자 연슬 언니의 침대에 누웠다. 영감은 한숨 푹 자고 일어난 뒤, 모든 장기의 근육이 풀릴 것이다. 속이 텅 빈 것을 느끼면서 죽음이 바로 곁에 있다는 것을 예감할 거였다. 아마, 그가 제일 좋아하는 음식을 찾을 것이다.

산파는 차좁쌀과 감자를 넣은 밥에 열무김치와 계란 프라이를 두 개나 넣고 고추장에 비벼 한 양푼을 먹었다. 청하사 할머니는 양키시장 옆에 있는 순대골목에서 순대전골을 먹었다. 전골 국물에 밥까지 비벼먹었다. 연슬 언니는 신포동에 있는 등대경양식에서 함박스테이크 정식을 주문했다. 언니는 스테이크가 질기다고 성질을 부렸지만 마지막 살점까지 접시에 남은 소스를 묻혀 먹었다. 마요네즈를 듬뿍 짜놓은 양배추 샐러드도 말끔하게 먹어치웠다. 나는 그들과 마지막 식사를 함께 했다. 그들과 같은 양을 먹었지만 소화시키지 못하고 화장실에서 토해버렸다.

그들을 죽음으로 인도한 후 한동안은 그 음식을 먹을 수가 없었다. 그러다 신기하게 어떤 날은 그 음식들을 너무 먹고 싶어 혼자 순대골목에서 순대전골을, 등대경양식에서 함박스테이크 정식을, 차좁쌀과 감자를 넣은 밥에 열무와 계란 프라이를 넣고 고추장에 비벼먹었다. 영감은 어떤 음식을 먹을까.

녹쇠가 준 봉투는 얄팍했다. 나는 무심코 봉투를 열었다가 화들짝 놀랐다. 백만원짜리 수표가 다섯 장이 들어 있었다. 나는 이렇게 큰 액수를 본 적이 없었다. 지난번 녹쇠가 열 배를 준다는 말이 거짓이 아니었다. 봉투를 골방의 녹색 광목자루 속에 집어넣었다. 지난번에 준 돈도 거의 그대로 있었다.

나는 연슬 언니의 침대에 누워 돈으로 무엇을 할까, 생각해보았다. 토끼 할머니에게 방을 얻어줄까. 나나진이 그토록 원하는 마당 딸린 작업실을 얻어줄까. 이 돈으로 평생 살아갈 순 없겠지. 나는 한 달에 최대 30만원을 쓰니깐 두 달이면 60만원,

세 달이면 90만원. 다섯 달이면 150만원. 여섯 달이면······.

깊은 숲속이었다. 키 큰 나무들이 빼곡히 서 있는 사이를 걸어 들어갔다. 나는 하얀 원피스를 입고 있었고 빨간 리본이 달린 챙이 넓은 모자를 손에 들고 있었다. 나무 사이로 떨어지는 햇살을 받으며 걸어가다 보니 빈터가 나왔다. 숲속의 빈터에는 여러 가지 약초가 있었다. 나는 엎드려 약초를 살피다 맨손으로 흙을 파헤쳤다. 붉은 옥수수알 같은 것이 달린 천남성이었다. 나는 천남성을 가슴에 품으며 두리번거렸다. 누군가 나를 쳐다보고 있었다. 나는 천남성을 들고 빈터를 돌아다녔다. 빼곡히 들어선 나무의 간격이 점차 좁혀졌고 밖으로 빠져나갈 틈을 발견할 수 없었다. 나무 사이에서 손이 뻗어 나왔다. 이리저리 피하는 곳마다 손이 나왔다. 나는 천남성을 옷 속에 넣었다. 나무 사이에서 빠져나온 여러 개의 손이 내 어깨와 발목과 머리카락을 잡아당겼다. 나무의 간격은 좀 더 좁혀졌다. 나는 천남성을 입속에 집어넣었다. 붉은 열매와 잎, 뿌리를 잘근잘근 씹었다. 입에서 거품이 부글거리며 올라왔고 탄내가 나면서 내장이 타들어갔다. 내 몸에 불이 붙었다. 빨간 리본이 달린 챙이 넓은 모자가 하늘 위로 솟구쳤다. 온몸의 근육이 비틀려졌다. 나는 내 몸 가까이 다가온 나무에 화악, 빨려 들어갔다. 몸통이 큰 나무에 검은 자국을 내며 화인처럼 내 몸이 찍혀 들어갔다.

"왜 이렇게 땀을 흘려?"

나나진의 목소리가 들릴 때까지 나는 내장이 타들어가는 것을 느꼈다. 눈을 떴을 때도 탄내가 났다.

"목이 타 들어가는 것 같아."

"물 마실래?"

나나진은 냉장고에서 생수병을 꺼내 병째 주었다. 나는 병을 받아 쉬지 않고 들이켰다. 불에 타던 내장이 쉬쉭 소리 내며 꺼지는 것 같았다. 물을 마신 후 다시 침대에 누웠다. 나무 속으로 화악 빨려 들어가는 느낌이 생생했다. 영감이 죽고 싶어 하는 마음이 없다면 내가 천남성을 먹어버릴까. 영감은 아직 더 살고 싶어 할지도 몰랐다.

"나나진, 사는 게 뭘까?"

"사는 게 뭐긴. 그냥, 살아가는 거지."

"왜 살까?"

"죽지 못해 산다."

"왜 죽지 못하지? 죽기 쉬운데?"

"그게 그렇게 쉽냐? 이것 봐."

나나진은 빨간색에 아이보리 도트가 그려진 치마를 입고 허리에 손을 짚은 채 서 있었다. 위에는 여러 마리의 말이 줄지어 서 있는 티셔츠를 입고 있었다. 나나진은 몸을 한 바퀴 돌았다. 빨간 치마 밑단에는 흰 레이스가 달려 있고 나나진의 손에도 똑같은 모양의 치마가 들려 있었다.

"어때? 예쁘지? 엄마와 딸 세트 옷이야. 난 이걸 만들어 누군가에게 팔고 돈을 받아. 이걸 사서 입는 사람들은 다 행복할까? 그럴 수도 있고, 아닐 수도 있어. 이러저러한 게 살아가는 거야. 살아가는 것이 아니라 살아지는 거야. 죽기 쉽다고? 쉽지 않아. 눈감고 딱 잘라버리면 되는데 다들 그걸 못해."

나나진은 제 손목을 긋는 시늉을 해보였다.

"죽지 못해. 엄마가 죽었을 때, 나는 염통과 창자를 다 도려내고 싶었어. 지독한 참깨자루 속에 웅크려 밀항한 이유가 뭔데. 엄마랑 살 생각으로 참고 견뎠는데. 엄만 너무 빨리, 쉽게 죽어버렸지. 그 연슬년 때문에."

"어, 알고 있었어?"

"내가 귀머거리냐? 말 안 했을 뿐이야. 오죽했으면 불을 냈을까, 불을 질러놓고 또 얼마나 죽는 게 무서웠으면 뛰어내렸을까. 죽는 게 마음대로 되는 것이 아니라 다 정해진 운명이야."

"정해진 운명?"

"그래 결국 그년 자살했다며? 그때 죽을 운명이 아니었던 거지. 그다음에 어떤 고통을 더 당한 후에 죽어야 했겠지. 그게 그년 운명이었던 거야."

"나쁘게 말하지 마."

"그래, 이미 죽었는데. 운명 같은 거 엿이나 먹으라지. 난 그런 거 염두에 안 둘 거야. 양아버지와 젊은 년, 다들 얼마나 잘사는지 두고 보면서 악착같이 살아갈 거야."

나나진은 알고 있었다. 나나진은 양아버지의 집으로 들어간 후에도 가끔 이곳에 왔다. 나나진이 문을 열었을 때, 연슬 언니가 침대에 누워 있으면 나나진은 그냥 문을 닫고 나갔다. 한 번도 아는 척을 하지 않았고 연슬 언니에게 대들지도 않았다. 그래서 나는 모르고 있다고 생각했다. 나나진은 손에 들고 있던 작은 스커트를 탁탁 털었다.

"티셔츠는 뭐야? 좀 안 어울리는 것 같아."

티셔츠에는 단순한 형태의 말이 줄서 있었다. 말 안에는 각각 다른 무늬가 그려져 있었다. 별무늬, 영어 글씨가 적힌 것과 안경을 쓴 말, 돼지 꼬리가 있는 말도 있었다.

"이거 이케아 말 무늬. 요즘 유행이야. 치만 어때?"

"예뻐. 딸기 아이스크림 같아."

"사진 좀 찍어봐."

나나진은 디지털 카메라를 나에게 넘겨주곤 손에 든 치마를 들고 포즈를 취했다.

"나 꼭두서니와 헛개, 엄나무를 주문해야 하는데."

사진을 찍으며 말했다. 나나진이 자기 방으로 가자고 말했다. 나나진의 방문을 열자 세탁해놓은 천들이 줄에 매달려 펄럭이고 있었다. 방 한쪽에선 선풍기가 맥없이 돌아가고 있다.

나나진은 인터넷으로 산약초를 채집해주는 쇼핑몰에 들어가 내가 불러주는 대로 주문을 해주었다. 늦어도 일주일이면 내가 산을 훑고 다니지 않아도 원하는 나무뿌리와 약초를 얻을 수 있었다. 물론 발로 뛰는 것보다 돈은 비쌌다. 나나진은 '나나진의 옷장'이라는 인터넷 쇼핑몰로 들어갔다. 나나진이 직접 만든 옷은 대량생산이 아니고 소규모로 원하는 스타일 몇 개 중 선택하는 것이었기에 인기가 많았다. 미리 주문하는 경우가 더 많았다. 나나진은 내가 55사이즈의 표본이라고 했고, 자기는 날씬 66사이즈라 했다.

나나진은 청하사 할머니가 쓰던 미싱을 자장면과 탕수육 한 접시와 교환했다.

"나나진이 바리의 친구니깐 그냥 주는 거야."

청하의 말에 나나진이 물었다.

"굴뚝이랑 바리는 무슨 사인데?"

나나진의 질문에 청하의 얼굴이 빨개졌다.

상표가 적혔던 곳이 낡아 제품번호도 알아볼 수 없는 미제 미싱은 청하사 할머니가 50년도 넘게 쓰던 거였다. 청하사 할머니의 손때가 묻은 미싱은 규칙적인 기름칠을 해서인지 바늘만 갈아주면 잘 돌아갔다. 나나진은 인터넷으로 린넨과 워싱 면, 아사 레이스를 구입해 치마를 만들었다. 나나진의 꿈은 자신의 이름을 가진 브랜드를 만들고 중국에 공장을 짓는 것이었다.

나나진의 스케치북에는 아직 만들 엄두도 내지 못한 옷 스케치가 가득이었다. 나나진은 비가 오면 제일 먼저 스케치북을 꺼내 비닐가방에 넣었다. 나나진에게 보물은 청하사 할머니에게 물려받은 미싱도, 컴퓨터도 아닌, 스케치북이었다.

나는 나나진이 '나나진의 옷장'이라는 쇼핑몰에 사진을 올리는 것을 구경했다. 나나진은 오늘 만든 치마를 딸기 아이스크림 스커트 세트라 올렸다. 나는 딸기 아이스크림 치마를 나와 딸이 함께 입은 모습을 바라보는 청하를 떠올렸다. 청하는 그 모습을 보면 아무리 높고 깊은 굴뚝에서도 힘을 펄펄 낼 것이다. 청하는 첫아이는 딸이 좋다고 말했고 나도 그랬다. 청하에게 저 치마 세트를 보여주고 싶었다.

"나 컴퓨터 살까?"

"돈 있어?"

골방의 광목자루에 넣어둔 돈이 생각났다.

"어, 그래."

"그럼 사. 사용법은 내가 알려줄게. 일주일이면 배워."

"나 미국말 모르는데."

"외우기만 하면 돼. 바리 외우는 건 잘하잖아."

나는 나나진과 이틀 후에 컴퓨터를 사러 가기로 했다. 나는 내일이면 하얀대문집에서, 녹쇠에게서 벗어날 것이다.

*

옛날 옛적에 불나국이라는 나라에 오귀대왕님이 있었어.

이웃 나라 길대공주를 길대비 마마로 맞이해 결혼한 지 이 년 만에 첫 딸, 천상금이를 얻고 난 뒤로 연년생으로 딸을 낳았지. 둘째는 칠상금이, 셋째는 해금이, 넷째는 달금이, 다섯째는 별금이. 여섯째 공주는 아들 낳기를 원을 하다가 딸을 낳아 염불로 원앙금이라 이름을 정했대.

길대부인 마마는 스님에게 시주도 하고, 불공도 드렸어. 그래 일곱 번째 아기를 잉태했지. 길대부인 마마는 사내아이를 얻은 꿈을 꾸었다고 오귀대왕님께 말했는데, 낳고 보니 일곱째도 공주였던 거야.

오귀대왕은 팔자에 없는 자식이라며 궁 밖에 내다버리라고 했어. 길대부인 마마는 목감 나무를 베어 가마를 만들고 거기에 아기를 놓았는데 아기는 아무것도 모르고 벙긋벙긋 웃더래. 길대부인 마마는 아기를 태운 가마와 함께 들을 돌아다니다 아니 죽고 살거든 이름 석자라도 외워두고 있으라고 버선삼 저고리 안에다 엄지, 검지, 무명지를 이로 깨물고 혈을 내어 삼 저고리 안에, 버렸다가 얻는다고 얻을 득자 버리득이라는 이름 석자를 쓰고 불나국의 공주라는 이름을 썼어. 공주를 놓고 돌아서는데 청학 백학이 공주를 덥석 채서 산 넘어 등 넘어로 날아갔어.

수미산 사십팔 봉사 스님께서 도술을 써가지고 청학백학이 되어 공주를 앗아간 거였어. 그질로 오귀대왕 육십 평생 세월이 다 흘렀고 병에 앓아누웠지. 그는 저승사자 전에 귀신이 주는 병이라 백사약이 무약이라고 생각했어. 길대 부인 마마는 여섯 딸을 불러 오귀대왕을 살릴 약숫물을 구해오라고 했는데 여섯 딸은 모두 합당한 핑계를 대며 거절했어.

길대부인 마마가 현몽을 꾸었는데 몽운사 하조스님이 수미산에 찾아가 십오 년 전에 버린 바리공주를 찾아 서천서역으로 보내라고 했어. 길대부인 마마는 수미산으로 찾아갔대. 불로 때는 화식을 못 먹어 원숭이 모습에 가까운 바리를 보고도 길대

부인 마마는 자신의 딸인지 알아차리지 못했지.

"여봐라, 내 앞에 섰는 것이 짐승이냐, 사람이냐. 여수가 화하여서 생겨 나타났느냐 짐승이거들랑 경문을 외울 테니 썩 물러서고 사람이거들랑 나와 대화를 해보자."

이랬어. 바리는 버림받을 때, 삼 저고리에 길대부인 마마가 혈로 써놓은 것을 고이 간직했다가 보였어. 바리는 병으로 누운 오귀대왕과 만나 또 한차례 울고 엄마인 길대부인의 얘기를 듣게 돼.

"서천서역국이라는 곳에 가가지구 약숫물을 길러 와야 되구 오색 도화꽃을 꺾어 와야지만은 아버지를 살릴 수 있다구 수미산 스님이 이르시더라."

이렇게 말해. 바리는 길대부인 마마에게 남자 의복을 지어달래 입고 서천서역국을 찾아가. 가는 길에 여러 명의 부탁을 들어주고 길을 물어.

검은 빨래를 희게 하고 흰 빛 빨래는 검 빛이 되게 하고, 농부의 밭도 갈아줘. 동자방생의 밑 빠진 독에 물을 채워주고. 염주 방아를 찧어주고, 베틀 짜는 아낙네를 도와주고, 유수강을 건너, 동수자에게 아들 삼형제를 낳아줬어. 동수자는 아들 셋을 낳아주자 동식의 문을 열 수 있는 열쇠고리와 서책을 하나주었어. 그리고 동수자는 하늘로 승천해 버렸대.

바리가 북망산에 오르자 열 대문이 있어. 갈곳자 지옥문, 부랄자 지옥문, 얼음 빙자 지옥문, 물수자 급수 지옥문, 백발자 발설지옥문, 사자 독사지옥문, 앉을 좌자 좌층 지옥문, 톱거자 거해지옥문, 쇠철자 철산지옥문, 마지막 지옥문을 열고 가다보니 석안문이 있었어. 용궁에서 죄를 짓고 온 거북이가 앉아 슬픈 듯이 울고 있어. 바리는 용왕의 말을 전하는 거북의 말을 들어 석병에 거북의 눈물을 받았어. 그것이 생명수야. 바리가 동수자의 아들 셋을 데리고 장례행렬을 찾아가 죽은 오귀대왕을 살렸어.*

나는 새벽 네시가 될 때까지, 오래 전 토끼 할머니의 목소리를 기억하며 책을 읽었다. 나는 바리, 라는 이름이 던져버리다, 버리다, 에서 나왔다는 것을 통해 나 또한 버림을 받아 얻은 이름이라는 것을 알았다. 그래서 산파가 녹색 광목자루에서 꺼낸 배냇저고리에 새겨진 바리, 라는 글씨를 보고도 놀라지 않았다. 토끼 할머니가 바다에서 해가 뜨는 도시로 가라고 했을 때도 말없이 따랐다.

책을 연슬 언니의 침대 아래 상자에 넣고 일어나 수돗가로

---

*『서사무가 바리공주 전집 2』(바리공주 강릉 송명희본, 조사자: 장성룡, 발표지: 『강원민속학 9』)에서 참고.

나갔다. 천천히 몸을 씻고 찬물에 머리카락을 감고 덜 마른 머리카락을 한데 팽팽 돌려 올리고 커다란 핀으로 고정했다. 골방으로 가 검은 광목자루를 열었다. 이번 일이 끝나면 검은 광목 자루는 태워버릴 것이다. 천남성과 초오의 양을 가늠해 한지에 담아 접었다. 해독초를 넉넉하게 담았다.

모든 준비를 끝내고 불을 끄고 골방에 앉아 산파를 인도할 때의 방법을 떠올렸다. 청하사 할머니와 연슬 언니, 둘 다 마지막에는 편안하게 죽음을 받아들였고 나도 그들을 보냈다. 어느 누구도 부검을 요구하진 않았다. 특히, 연슬 언니는 그 일이 있기 전 불을 질러 자살 기도를 했었다. 나는 연슬 언니의 시신이 어떻게 처리되었는지 몰랐다. 토끼 할머니는 나에게 그 부분을 말하지 않았고 나 또한 물어보지 않았다.

영감은 처음 봤을 때, 죽음을 원하지 않았다. 말은 못했지만 영감의 근육과 내뱉는 숨을 통해 나는 알 수 있었다. 며칠 사이 영감에게 어떤 일이 있었기에 영감의 몸과 정신이 쇠락해졌는지 모르지만 협조를 잘 할지 의문이었다. 녹쇠는 영감의 딸들이 부검을 요구할 것이라고 했다. 영감이 몸을 움직일 수 없기에 연탄을 피울 수도 없었다. 녹쇠는 만약, 부검을 했을 때, 급성심장마비로 판단되도록 하라고 말했다. 독초성분을 모두 제거해야 한다는 것이다. 내가 실수를 하면 그들은 분명 모든 것을 나에게 뒤집어씌울 거였다.

 십 분 전 다섯시에 문을 열었을 때, 빈 화물 열차가 항구 쪽으로 가고 있었다. 나나진의 방에 불이 켜져 있었다. 창에 천이 펄럭이며 어지럽게 그림자를 만들었다. 나는 철길을 건너 좁은 길을 걸어나갔다. 녹쇠의 차가 수인곡물시장 팻말 밑에 서 있었다.

 하얀대문집은 모든 불이 꺼져 있었고 일층 왼쪽 끝 방에만 희미하게 불이 켜져 있었다. 계단에 작은 조명등이 켜져 있어 계단의 희미한 윤곽만 보였다. 이층으로 올라가 방문을 열었다. 어제 녹쇠에게 일러둔 것들이 방 한쪽에 놓여 있었다. 녹쇠는 창문을 닫고 커튼을 꼼꼼히 친 다음 방을 나가려다 멈췄다.
 "이봐, 혼자 괜찮겠어? 뭐 더 필요한 거 없어?"
 "어, 네."
 "있다는 거야? 없다는 거야?"
 "없어요."
 "잘해라."
 영감은 눈을 뜨고 커튼으로 가려진 창을 보았다. 나는 자유공원 산책길이 보이는 창의 커튼을 다시 걷었다. 영감의 자리 옆에는 전날 먹었다는 음식이 쟁반에 놓여 있었다. 나는 영감의 상의를 펼쳐놓고 몸을 조목초액으로 닦아주며 말했다.

"그곳은 아무 고통 없이 편안해요. 원래의 자리로 돌아가는 거예요. 저는 영감님을 잘 모르지만 이런 것도 인연이라 생각해요. 영감님은 말을 못하시니, 제 말을 들을 수 있는지 없는지도 알 수 없네요. 저는 배운 것도 없고 세상 일에 대해 아는 것도 없어요. 제 느낌 하나만 믿고 살아가요. 잘 살고 싶은 욕심도 없어요. 잘 사는 것이 어떤 것인지 모르겠지만."

손바닥으로 영감의 오장을 마사지해 복부를 따뜻하게 만들었다.

"저를 길러준 산파가 있었는데 자신의 죽음이 다가왔을 때, 저를 불러 이것을 가르쳐주었어요."

영감의 눈에서 눈물이 번져 나왔고 입술이 희미하게 떨렸다. 나는 영감의 눈에서 흘러나온 물을 손으로 훔쳐냈다. 두 손으로 영감의 양 뺨을 잡고 눈을 들여다보았다.

"영감님이 더 살고 싶으시면 저는 지금이라도 일어나 뛰쳐 나갈 거예요. 그게 아니라면 영감님도 편안하게 저 산책로 길을 따라 그 길로 접어드세요. 그곳에서 생각 없이, 고통 없이, 잠처럼 꿈처럼, 그냥 주무세요."

영감은 눈을 감았다. 감은 눈의 틈새로 물이 흘러 볼을 타고 귀로 들어갔다. 나는 가제 손수건으로 영감의 볼에서 귀까지 눈물자국이 얼룩지지 않도록 세심하게 닦아냈다.

"제 느낌에 영감님은 이생에서 반듯하게 사신 것 같아요. 지금 뭔가 복잡하게 얽힌 것 같지만, 그런 문제는 다 놓아버리시고 영감님의 한창이던 때, 좋았던 때를 떠올려보세요. 영감님이 말을 할 수 있으면 제가 들으면 좋은데. 저 원래 말이 없는 편이거든요. 그런데 오늘은 자꾸 말이 저절로 나오네요."

천남성과 초오를 풀어놓았다. 해독약초는 세 배 개어놓았다. 생강과 칡, 찔레 열매로 즙을 낸 것도 꺼내놓았다. 물에 밥을 불려놓았고, 우유에 빵도 조각내 놓았고 매실도 담아놓았다. 모두 펼쳐놓고 머리카락을 다시 틀어올려 핀으로 고정시켰다. 벌써 이마에 땀방울이 맺혔다. 무릎담요를 둘둘 말아 영감의 어깨와 뒷목이 만나는 부분에 댔다. 자연스럽게 영감의 입이 조금 벌어졌다. 생강과 칡, 찔레열매로 즙을 낸 것을 큰 대접에 따르고 한 숟가락씩 천천히 입에 흘려 넣었다. 영감은 스르륵 눈을 감았다.

"전 말을 잘 못하는데⋯⋯ 토끼 할머니에게 들은 이야기를 해줄까요?"

대접의 즙이 반 정도 남았을 때, 나는 영감의 이마를 누르고 초오와 천남성을 한 숟가락 입에 흘려 넣었다. 눈을 감았던 영감이 눈을 번쩍 뜨고는 목을 들려고 했고 온몸을 바들거리며 떨었다. 재빨리 해독약초를 열 번 입에 떠 넣었다. 영감의 벌려진 입 안쪽에 거품이 버글거렸다. 해독약초와 즙 남은 것을 한 숟가락씩 넣고 속으로 숫자를 오십까지 셌다. 다시 초오와 천남성을 한 숟가락 떠 넣었다.

"제 이름이 바리예요. 만약 이 이야기가 내 얘기라면 열다섯 살이 되면 나를 낳은 엄마가 날 찾아오리라 믿었어요. 그럼 전 아버지의 병을 고치기 위해 서천서역으로 약숫물을 구하러 가고, 신비의 약초를 구하러 험한 산을 파헤치며 다닐 생각이었어요. 그러나 열다섯 살이 지나고 열여섯 살이 되어도 나를 찾아온 사람은 없었어요. 어쩌면 토끼 말대로 그냥 이야기일 뿐이라고 여겼어요. 산파가 죽은 뒤, 제가 그곳으로 갔어요. 바리, 라고 적힌 배냇저고리를 들고."

다섯 번째 초오와 천남성을 흘려 보냈을 때, 영감의 맥이 희미해졌다. 온몸을 파들파들 떨다가 숨을 놓았다. 준비해간 것 중 삼분의 일도 안 썼을 때였다. 사지를 뒤트는 영감의 가슴을 내 상체로 누르느라 기운이 빠졌다.

숨을 거둔 영감의 얼굴 표정은 험악했다. 반듯했던 삶이 이렇게 끝난 것을 인정할 수 없다는 표정이었다. 나는 온기가 남아 있을 때 영감의 얼굴 근육을 움직여 표정을 다스렸지만 크게 달라 보이지는 않았다. 비단풀을 씹어 목 안쪽 상처 부위에 바르고 산부자를 법제한 천웅을 개어 입에 흘러 넣었다. 나는 아직 체온이 남아 있는 영감의 장을 두 손으로 시계방향으로 쓸었다. 머리칼이 빠져나와 땀으로 번진 뺨에 달라붙었지만 머리카락을 떼어낼 여유도 없었다. 등줄기에선 빗물 같은 땀이 흘러 옷이 등에 척척 엉겨붙었다.

고약한 냄새가 났고 영감의 항문에서 검은 똥이 밀려나왔다. 나는 물수건으로 똥을 닦아냈다. 다음부턴 순서대로 시간을 들여 하나씩 해나갔다. 남은 해독약초를 모두 흘려 넣었고 물에 불려 으깬 밥을 천천히 목 안으로 밀어넣었다. 매실즙을 떨어트려 밥이 안쪽 깊이 들어가도록 유인했다. 영감은 마지막에 갓 구운 크로와상이라는 빵과 크림치즈와 딸기잼, 우유를 먹었다고 했다. 그가 먹은 것과 초오, 천남성은 검은 똥으로 이미 밖으로 나왔을 거였다.

우유에 담가놓았던 빵을 한 숟가락씩 떠 크림치즈, 딸기잼을 섞어 목 안에 넣고 마지막으로 우유를 조금씩 넣었다. 위가 불룩하게 튀어나왔다. 나는 갈비뼈 사이에 손을 집어넣고 천천히 음식을 이동시켰다. 영감의 몸이 모두 굳어가기 시작했다. 시간을 가늠하기 위해 고개를 들었다. 해는 하늘 꼭대기에서 그림자를 지우고 있었다.

10. 아직 고백이 끝나지 않았는데

토끼 할머니의 창고에는 오래 전부터 쌓아둘 곡식들이 필요하지 않았다. 창고의 반 넘는 공간이 비어 있었다. 할머니는 창고 초입새에 수도를 연결하고 하수구를 뚫어 개수대와 싱크대를 놓았다. 가스통에 연결해 쓰는 가스레인지를 싱크대 맞은편에 놓았다. 할머니는 대부분의 시간을 텔레비전 앞에서 졸고 있지만, 끼니때면 일어나 그때그때마다 새로운 반찬을 해주었다. 대부분이 야채와 나물이었다. 오늘 할머니는 가지를 쪘고 노각을 채썰어 채반에 올려놓았다.

할머니가 가지와 노각 무침을 쟁반에 놓고 밥을 풀 때, 신흥 쌀집 할머니가 들어왔다. 신흥 쌀집 할머니는 토끼 할머니가 만드는 요리 냄새에 이끌려오기 일쑤였다. 손에는 밥을 얻어먹고 나서 함께 먹을 간식거리를 챙겨왔다. 신흥쌀집 할머니가 오지 않으면 토끼 할머니가 나를 보내곤 했다. 신흥쌀집 할머니는 아오리 사과 세 개를 쟁반에 놓고 토끼 할머니에게서 쟁반을 받아들었다. 우리는 텔레비전 앞 좁은 공간에 앉아 각자의 양푼에 밥과 노각무침과 가지를 덜고 고추장을 반 숟가락 퍼 담고 비볐다.

"저기, 화약약품공장 회장이 죽었다더만."

나는 신흥쌀집 할머니의 말에 고추장이 목에 걸려 켁켁거리며 물을 마셨다.

"그이가 누구야?"

"예전에 이 도시 돈 모두 걷어들여가던 집안이 있었어."

"부자 양반이군."

"그이가 부자는 아니고 선대부터 내려오던 거였지. 개항 때부터 운송회사를 차려 운송회사 몇 개에다 공장도 많이 가지고 있었지. 이번에 죽은 그 양반이 머릴 잘 굴렸으면 아직 쨍쨍했을 텐데. 외국서 공부하고 온 양반이라 먹물이었거든. 빈둥거리며 쓸데없는 학문에만 파고들었어. 그 바람에 운송회사가 여러 개 넘어갔지. 여기 항만공사 옆의 큰 운송회사도 원래는 그이네 거였어."

"잘 아네?"

"암, 잘 알지. 큰오빠랑 같이 학도병이었거든."

참다못해 내가 물었다.

"어떻게 돌아가셨대요?"

"심장마비래. 뭐, 오래 살았지. 우리 큰오빠는 그 젊은 나이에 죽었는데."

순간, 어디선가 녹냄새가 나는 것 같아 나는 골목을 휘둘러보았다. 그날, 나를 데려다줄 때, 녹쇠에게 어떻게 나를 알게 되었는지 물었다.

"우리는 꽃을 몰라. 나비도 모르지. 하늘? 구름? 그게 다 뭐야?"

그는 수인곡물시장 건너편에 차를 세우고 봉투를 꺼냈다. 봉투로 손바닥을 치며 말했다.

"그런데 말이야. 우린 뱀이라면 어떤 나무 아래에서 겨울잠을 자는지도 자세히 알지."

녹쇠는 우리라고 말했다. 우리라면 녹쇠 외에도 더 많은 사람들이 알고 있다는 거였다.

"뭐가 온 것 같아."

신흥쌀집 할머니가 팥이 놓인 고무함지를 가리키며 말했다. 나는 팥 위에 놓인 핸드폰을 꺼냈다. 나나진이 묘향쌀집에 들어가기 싫다고 철길로 나오라는 문자를 보냈다. 나는 답장을 보내는 것이 서툴러 어, 라고만 답했다.

"바리도 핸드폰 샀구나."

"어, 네."

내가 더 이상 말을 잇지 않자 신흥쌀집 할머니는 아오리 사과를 옷에 문질러 닦고 한 입 베어 먹었다. 신흥쌀집 할머니는 토끼 할머니와 달리 이가 건강해서 사과를 자르지 않고도 시원스럽게 먹었다.

"자다가 편안히 죽었대. 곱게 산 사람은 죽을 때도 곱게 자다가 죽네. 나도 너무 빨리 죽으면 섭섭하니 한 사흘만 앓다가 아들손녀 얼굴 보고 난 뒤 자다가 죽어버렸으면 좋겠어. 그게 마지막 소원이야."

나는 신흥쌀집 할머니의 얘기를 더 듣고 싶었지만 일어나야 했다. 나나진은 골목 입구에서 빨리 오라고 손을 흔들었다.

자동차 중고 매매단지에서 나나진은 깐깐하게 굴었다. 차 앞과 뒤를 모두 열어보았고 시운전을 해보았고 차 문짝의 흠집을 만지며 살폈다. 나는 나나진이 운전하는 차의 뒷자리에 다 타보았다. 모든 차가 마음에 들었다. 나나진은 네 시간 동안 매매단지의 가게를 다 돌아다닌 후, 빨간색 소형차를 선택했다. 나나진은 차 가격까지 흥정하고, 서비스로 차 시트를 갈아달라고 했다. 주인은 두 손을 들었다며 기다리라고 했다. 나나진과 주인은 컴퓨터로 돈을 보내고 확인했다. 나나진은 차를 기다리는 동안 내 핸드폰을 펼쳐 문자 보내는 방법을 알려주었다. 내 핸드폰으로 자신의 사진을 찍었고, 내가 앉아 있는 모습도 찍었다. 핸드폰을 들고 이것저것 눌러보았다.

차가 나왔다는 말에 우리는 주차 되어진 곳으로 갔다. 차 안에서는 레자가죽 냄새가 났다. 나나진은 긴장한 듯 말없이 차를 운전했다. 우리는 공단지역을 한 바퀴 돌았다.

"지금 굴뚝이 어떤 굴뚝 안에 들어가 있어?"

"어, 몰라."

나나진은 수없이 많은 공장들을 지나쳤고 나는 공장에 솟은 굴뚝을 쳐다보았다. 모든 굴뚝 속에 청하가 들어가 있는 것처럼 생각되었다. 공단 지역을 빠져나올 때까지 말없던 나나진이 신호를 기다리다 나에게 핸드폰을 달라고 했다. 나는 바지 주머니에서 핸드폰을 꺼내주었다. 나나진이 핸드폰을 만지다가 나에게 내밀었다.

"이거, 어디야?"

나나진이 내민 사진은 하얀대문집 이층 거실 창을 내다보는 내 옆모습 사진이었다. 녹쇠가 찍어준 사진이었다.

"어, 몰라."

나나진은 한숨을 내쉬었다. 신호가 바뀌자 핸드폰을 나에게 주고 차를 몰았다.

"여기 모텔 아니지? 별장이야? 나한테 숨기는 거야? 말해봐, 말하기 싫어?"

"어, 나중에."

우리는 말없이 있었다. 나나진은 도로와 신호만 노려보았고 나는 이따금 보이는 공장의 굴뚝을 보았다. 이 도시는 공단 지역이 아니어도 여러 곳에서 공장과 굴뚝을 볼 수 있었다. 기찻길이 보이는 골목에 들어섰을 때, 나나진이 말했다.

"바리, 그 사진 누가 찍어줬어? 스폰 같은 거야?"

"스폰이 뭐야?"

"너에게서 원하는 것을 가져가고 대가로 돈을 주는 사람."

녹쇠에게 돈을 받은 것은 사실이었다.

"바리, 그 남자에게서 돈을 받았니?"

"어, 그래."

"그리고 몸을 줬어?"

"……"

나나진은 주차할 때까지 내가 대답하지 않자 지겹다는 듯 차문을 열었다. 뒤따라 내리자 나를 돌아보았다.

"굴뚝은 이거 알고 있어?"

"어, 몰라."

"내가 그동안 바리를 참 몰랐구나."

나나진은 나를 앞질러 철길을 건넜다.

신흥부동산 할아버지는 곤란한 표정을 지으며 소파를 가리켰다.

"일단 앉아."

나나진과 나는 밤색 소파에 앉았다. 할아버지가 나나진에게 정수기 옆에 놓인 일회용 차가 담긴 바구니를 손짓했다.

"뭐든 알아서 타 마시게."

나나진은 녹차를 두 잔 가져왔다. 낡아 쉰 소리를 내는 컴퓨터 앞에 앉아 있던 할아버지가 어딘가에 전화를 했다. 상대방에게 이리로 오라는 말을 하고 우리 건너편에 앉았다. 할아버지는 산파가 병원비를 감당하기 위해 집을 원래 집주인에게 팔았다는 거였다. 나는 그게 무슨 말인지 몰랐다. 산파의 집을 왜 원래 집주인에게 되팔았다는 건지 알 수 없었다.

"그걸 어떻게 믿어요?"

나나진의 말에 그는 안경을 벗고 셔츠 속에서 러닝을 끌어당겨 안경알을 닦았다.

"집주인이 서류를 가져올 거야. 확인해봐."

"어, 저는 그 후에도 7년 동안 살았는데."

"맞아. 집을 팔았다면 집주인이 나가라는 말도 없었다는 게 말이 돼요? 우리끼리 오는 게 아니었어. 쌀집 할머니라도 데려와야지."

나는 발딱 일어서는 나나진의 허리춤을 잡아당겼다. 토끼 할머니에게 이 사실을 알리고 싶지 않았다. 오래지 않아 젊은 여자가 노란 서류봉투를 들고 왔다.

"어머니가 낮잠 주무시거든요."

여자가 내민 서류를 꺼내 부동산 할아버지가 설명을 해줬다. 산파는 집과 땅을 팔고 선불로 월세를 미리 냈다.

"뭐야, 산파는 바리가 스물다섯 살에 결혼할 거라고 계산한 거야?"

나나진이 성을 냈다. 선불로 낸 월세는 십 년치였다. 대신 미리 목돈을 내기에 월세를 올리지 않는다는 조건을 덧붙여 서류는 공증되어 있었다.

"집 어딘가에 똑같은 서류를 남기셨을 거예요. 혹 이 달 안으로 집을 비우게 되면 남은 돈 돌려줄 테니 계좌번호를 적어주세요. 안 그래도 저희가 집을 처분하려고 하거든요."

나나진은 혹시 모르니깐 여자의 서류를 복사해달라고 했다.

"에이, 찾아보면 집에서 나올 텐데."

할아버지는 말은 그렇게 하면서도 서류를 복사해주었다. 나나진은 서류봉투에 자신의 계좌번호를 적고 여자에게 돌려주었다.

우리는 집으로 가자마자 골방을 뒤졌다. 나무궤짝에서 광목자루를 모두 꺼냈다. 약초는 대부분 부스러기만 남았고 짙은 약초 향내가 났다. 나는 이참에 골방을 정리하자는 마음으로 모든 광목자루를 나무궤짝 하나에 담았다. 남은 약초는 약초대로 섞어 다른 궤짝에 넣었다. 나나진이 검은 광목자루를 들었다. 그 아래 놓인 사기항아리를 열려고 했다.

"열지 마."

나는 조심스럽게 항아리를 들어 바닥에 내려놓았다.

"이건가."

나나진이 낡은 책 밑에서 아까 본 서류봉투와 똑같은 법무사 마크가 찍힌 봉투를 꺼냈다. 복사해온 것과 똑같은 거였다.

"뭐야, 굴뚝이 함께 살자는 말 안 했으면 너 쫓겨나는 거였어?"

"토끼 할머니한테 말하지 마."

"말 안 하면 어쩔 건데. 이 귀신같은 집도 재개발이니 뭐니 수인선이 다시 개통 되니 해서 얼마나 비싼 줄 알아? 아파트 전세로 가는데 크게 한몫했을 거야. 쌀집 할머니가 이 사실 모르면 얼마나 서운하겠어. 혼자 두고 우리만 좋은 데로 가는 줄 알 거 아냐."

"말하지 마, 나나진 부탁이야."

"산파 대단하다. 아프니깐 살고 싶어 별짓 다 했군."

"막말하지 마."

"넌 이 상황이 안 속상하냐?"

"어, 괜찮아."

"아파트고 뭐고 이사나 갈 수 있을지 모르겠다. 청하사 정리한 돈도 굴뚝 엄마가 와서 날름 가져갔다며? 굴뚝이 굴뚝 청소해서 돈을 얼마나 모았겠어?"

나나진은 담배에 불을 붙여 연기를 내뿜고 담배를 든 채 방을 나갔다. 나나진이 운동화를 질질 끌며 자신의 방으로 가 문을 열고 세게 닫는 소리가 들렸다.

나는 광목자루가 든 나무궤짝을 골방에서 끌고 나와 대형 쓰레기봉투에 광목자루를 집어넣었다. 자루만으로 봉투가 꽉 찼다. 궤짝을 문 밖에 내놓고 약초가 담긴 궤짝을 끌고 나왔다. 검은 광목자루와 사기항아리를 바닥에 내려놓았다. 약초 남은 것을 놋대야에 쏟아부었다. 며칠 전에 새로 주문해 받은 꼭두서니와 엉겅퀴, 느릅나무 등의 뿌리와 약초도 모두 쏟아버렸다. 고무장갑을 끼고 항아리에서 천남성과 초오를 꺼내 대야에 담앉다. 한지에 싸서 영감에게 가져갔다가 남은 것도 접혀진 채로 담았다. 항아리 아래에는 흰 석회가루가 쌓여 있었다. 석회가루 속에 약초를 보관하면 약효가 잘 유지되었다. 석회가루는 산파의 아버지 때부터 물려왔던 거였다.

비닐장갑을 끼고 검은 광목자루에서 작은 자루 하나씩 꺼내 독초들을 놋대야에 쏟았다. 검은 광목자루를 쓰레기봉투에 넣으려다 놋대야에 담았다. 연슬 언니 침대 아래에서 신문지로 싼 바리공주 책을 꺼내 신문지를 벗겨냈다. 산파 아버지가 직접 쓴 〈조선약재식물〉과 내가 산파에게서 받아 적은 공책과 바리공주 책을 녹색자루에 싸서 침대 밑 옷을 넣어두는 상자에 넣어두었다.

놋대야를 수돗가로 가져갔다. 신문지를 둘둘 말아 불을 붙였다. 신문지를 놋대야에 넣자마자 콧속이 확 뚫리는 약초향이 났다. 독초향도 났다. 독초로 생각되는 향이 눈에 들어가 물이 주르륵 흘러나왔다.

산파, 연슬 언니, 청하사 할머니, 영감.

속으로 그들을 불렀다.

산파, 연슬 언니, 청하사 할머니, 영감.

나는 그들의 마지막 표정을 잊지 못할 것이다. 고맙다고 말하며 웃으려 애썼지만 눈은 겁에 질려 있었다. 벌려진 입이 벌

벌 떨렸다.

　얼굴을 닦을 새 없이 바싹 마른 잔나무 가지와 뿌리에 불이 붙었다. 탁탁탁. 가지에 불이 닿는 소리가 났다. 독초와 약초가 골고루 타도록 나무 주걱으로 뒤적거렸다. 나무 주걱에도 불이 붙었다. 나무 주걱을 놓고 무릎에 눈을 비비고 있을 때, 나나진이 나왔다. 나나진은 동산의 흙이 밀려 내려온 곳을 피해 디디며 걸어왔다.

　"그걸 왜 태워? 새로 주문한 것을 왜 태우냐고."

　"이제 필요 없어. 이 일 안 할 거야."

　"진작에 그러지. 그래도 왜 태워? 아깝게. 양키시장에 공짜로 가져다주지."

　나나진은 앉으려다 연기가 눈에 들어갔는지 눈을 비비며 고개를 돌렸다.

　"냄새 고약하다. 함부로 불 피워도 벌금 내야 하는 것 알아? 요즘은 뭐든 신고해야 해."

　나나진은 수돗가에 쪼그리고 앉아 담배에 불을 붙였다. 나는 재만 남은 약초와 독초, 숯처럼 형태가 고스란히 남은 나무 주걱에 물을 뿌렸다. 나무 주걱에서 지직 소리가 났고 날아오르던 재는 물에 젖어 가라앉았다. 숯이 된 나무 주걱을 꺼내 동산에 던지자 다시 밀려 떨어졌다. 젖은 재를 끌어모았다. 놋대야 가득했던 것이 한 주먹 정도 남았다. 한 주먹이라도 재는 남았다. 완벽하게 사라지질 않았다. 내 머릿속에 가라앉은 기억처럼.

양동이에 동산의 흙을 한 삽 퍼넣고 재를 넣었다. 재와 흙을 뒤섞고 다시 동산 흙을 퍼 담았다. 한 양동이 가득 흙을 재와 섞어 담고 문을 열고 방으로 들어갔다가 반대쪽 문을 열었다. 선로 사이에 놓인 침목 위에 흙을 뿌렸다. 내 방 앞의 침목은 흙으로 덮여 보이지도 않았다.

옷에 독초향과 탄내가 배었다. 티셔츠를 갈아입고 문을 열었을 때 나나진의 방에서 나나진이 택배 박스가 든 종이상자를 들고 나왔다.

"컴퓨터 안 살 거지? 굴뚝 언제 와? 만나서 얘기는 해봐야지."

"어, 7시에 보기로 했어."

"그래, 쌀집 가지? 가."

나나진은 차를 세워놓은 쪽으로 갔고 나는 보신탕집 모퉁이를 돌아 묘향쌀집으로 갔다. 토끼 할머니는 상에 보자기를 덮어놓고 있었다. 나를 보자마자 신흥쌀집 할머니를 데려오라고 했다. 내가 문을 나서려는데 이미 신흥쌀집 할머니가 이리로 오고 있었다. 손에는 흰 비닐봉지가 들려 있었다. 우리는 이따금 고개를 들고 토끼 할머니가 틀어놓은 뉴스 프로를 보며 취나물과 더덕무침을 먹었다.

뉴스에선 화장품을 중국에서 만들어 밀수입한 것을 인터넷에서 판매하다 적발된 조직에 대해 보도했다. 인터넷 사이트 몇 군데에서 단속에 적발되었고 화장품은 허술한 공장에서 만들었고 성분으로는 화학약품에 향을 첨가했다고 했다.

"화학약품이 안 들어가는 데가 없구만."

신흥쌀집 할머니의 말에 토끼 할머니는 나를 쳐다보았다.

"바리, 라면 먹지 마라."

"어, 라면 얘기가 왜 나와?"

"다 몸에 안 좋은 것 넣었어. 먹거리로는 자연의 것이 제일 좋아."

"그 집, 화학약품공장 회장네 말이야. 장례 때 엄청났대지?"

"왜?"

"장례식장에서 자식들끼리 싸웠대. 딸들이 회장의 시신을 부검 하자고 난리였대."

"죽은 사람 몸을 왜 파헤쳐?"

나는 숨을 죽이고 취나물을 입에 넣고 취나물에서 단내가 나도록 씹었다.

"거기 공장이 부도 직전이었거든. 뭐 유산 문제겠지. 게다가 건강했던 영감이 하루아침에 심장마비로 죽었으니 사장을 의심했지."

"하여간 돈이 의를 갈라놓는구나."

토끼 할머니는 식사를 마쳤다는 듯 신흥쌀집 할머니가 가져온 흰 비닐봉지를 펼쳤다. 토마토가 세 개 들어 있었다. 할머니는 토마토를 밥그릇에 담아 싱크대로 갔다. 나는 신흥쌀집 할머니가 말을 계속하길 기다렸지만 할머니는 토끼 할머니가 느릿느릿 토마토를 씻어오기를 기다렸다. 토끼 할머니에게 토마토를 받아든 신흥쌀집 할머니는 한입 물고는 설탕을 찾았다.

"난 다른 건 몰라도 토마토에는 꼭 설탕을 쳐야 먹겠어."

나는 기다리다 못해 재빨리 싱크대에서 설탕통을 가져다주었다.

"그래서요? 부검을 했대요?"

"부검을 안 했으니 장례식장에서 싸우고 난리가 난 거지 뭐야. 부모 장례 때 돈 문제로 싸우는 것들은 제 자식한테 고대로 당해봐야 한다니깐."

"부모의 원죄가 컸던 거지 뭐야."

토끼 할머니가 고개를 끄덕이며 토마토 표면을 조금 뜯고 구멍을 내 즙을 빨았다. 입가로 떨어진 토마토 즙을 닦는 내 손이 저절로 떨렸다.

"암튼, 우리 손자가 저 회사 부장이거든. 일단 부도는 막았다고 하더라고."

나는 토끼 할머니에게 설거지를 하겠다고 하고 그릇을 챙겨 싱크대로 갔다. 할머니는 자신이 한다고 했다가 신흥쌀집 할머니가 붙잡자 도로 텔레비전 앞에 앉았다. 신흥쌀집 할머니는 부장인 손자에 대해 태어날 때부터 지금까지 일대기를 말하기 시작했다. 손에 물이라도 닿으니 손이 진정되었다.

아무리 곧바로 해독초를 썼다고 해도 부검을 했다면 식도와 위가 헐었거나 타들어갔을 것이다. 원인을 알 수는 없겠지만 독한 것이 들어갔다가 나갔다는 것을 돌팔이 의사라도 알 거였다. 부검을 했다면 분명 누군가 벌써 나를 찾아왔을 것이었다. 녹쇠든 경찰이든. 부검을 안 했다고 했으니 다행이었다. 그런데도 손이 떨렸다.

신흥쌀집 할머니는 손자를 결혼시키던 부분에서 눈물을 찍어내곤 열 살이 된 증손자 얘기를 하다가 핸드폰으로 전화가 걸려오자 부리나케 일어났다.

나는 곡물을 진열해놓은 좌판 앞에 앉아 팥을 뒤적거리다 토끼 할머니 옆에 앉았다. 할머니는 고개를 끄덕이며 텔레비전을 봤다.

"청하랑 같이 살기로 했어."

할머니는 리모컨으로 텔레비전을 껐다.

"집을 처분하고, 청하가 모아놓은 돈과 내 돈을 합쳐 아파트를, 아니 빌라던가, 집을."

산파가 집을 판 것을 말하지 않으려니 말이 더듬거려졌다. 할머니가 내 손을 잡았다.

"청하가 잘해주나?"

"어, 그래."

"식은 안 하고?"

"그런 게 다 뭐야. 올 사람도 없는데. 참, 나나진도 함께 살 거야."

"안 돼, 고년은. 그냥 둘이 살아. 돈 모자라면 내가 보태줄게."

"나나진, 나한테 잘해주는 거 알잖아."

"그래봐야 화얌 딸년이야. 또, 셋이 사는 거 아냐. 그냥 둘이 살아."

토끼 할머니는 산파에게서 화얌에 대해 얘기 들었다고 했다. 화얌은 옐로우하우스 유리들에게 산파가 갓난아기, 바리를 훔쳐다 키웠다고 소문을 냈다. 산파가 밥도 제대로 안 챙겨주고 일만 부려먹으며 성질나면 바리를 때리기도 한다고 말하고 다녔다. 그러다 제 몸에 애가 들어서자 산파를 찾아와 비위를 맞추며 비밀리 애를 떼어내달라고 부탁했고 값을 깎아달라고 했다.

"청하 지방 가면 일주일, 한 달씩 걸리잖아. 게다가 나나진 양아버지가 자꾸 찾아와 집적거린다잖아."

"이미 같이 살기로 했는데 어떻게 다른 말을 해."

"산파 말이 화얌이 바람이랬어. 살랑거릴 때는 살랑거리다 수틀리면 돌풍을 일으키는. 자기도 모르게 옆의 나무 머리채를 휘어잡는다 했어."

"화얌이랑 무슨 상관이야?"

"화얌의 배에서 나왔잖아. 더 진하면 진하지 덜하진 않을 거야."

"산파는 엉터리야. 할머니는 아직도 산파 말을 믿어?"

"어쩌다 옳은 소리 할 때도 있어. 내 말 들어."

토끼 할머니는 말이 끝났다는 것을 알리는 시늉으로 리모컨으로 텔레비전을 켰다. 나는 좌판으로 가서는 팥알 한 주먹을 들고 손바닥에 올려놓고 한 알씩 떨어트리며 팥 점을 봤다. 나나진과 같이 살면 잘 산다, 못 산다, 잘 산다.

청하가 순대와 떡볶이, 튀김이 포장된 비닐봉지를 풀자 나나진이 한숨을 내쉬었다.

"굴뚝, 바리를 밤마다 괴롭히면서 이런 부스러기 먹이면 애 기운 빠져. 이왕 돈 쓸 거면 좀 더 써서 순대가 아닌 족발을 사와야지."

"어, 난 괜찮아, 순대 좋아해."

나는 청하가 무안해하기 전에 얼른 순대를 집었다.

"너 오늘따라 심술이다, 그리고 어렸을 때부터 한국어 잘했다면서 호칭은 안 배웠어? 같이 살려면 정리 좀 하자. 앞으로 나한테는 청하 오빠, 바리한테는 언니라 불러. 굴뚝이 뭐야, 굴뚝이."

청하는 농담 삼아 씩씩 웃으며 말했다.

"같이 살게 될지는 뚜껑 열어봐야 해."

"무슨 말이야?"

"저, 우리 여기서 그냥 같이 살자."

나는 나나진이 말을 하기 전에 내가 먼저 말해야 한다고 생각했다. 청하는 가을이 시작되기가 무섭게 찬바람이 통째 들어오는 이곳에서 벗어나야 한다고 말했다.

"무엇보다 하루에 몇 차례씩 기차 소리를 들려주며 아기를 키우고 싶진 않아."

"산파가 이 집을 팔았대. 병원비 대려고. 웃기지. 바리한테 남겨진 돈은 달랑 천만원 정도야."

청하는 놀라지 않았다. 나나진은 떡볶이를 들고 고추장 양념을 신경질적으로 비닐봉지에 닦아내고 먹었다.

"굴뚝은 굴뚝 청소해서 얼마나 저축했어?"

"삼천만원 정도."

나나진이 휘파람을 불었다.

"나름 잘 모았네. 매일 순대 먹어서인가."

"그럼, 합쳐서 사천이네."

"어, 나한테 천만원 더 있어."

내 말에 청하와 나나진이 나를 쳐다보았다.

"어디에? 넌 통장도 개설 안 했잖아."

나는 골방을 가리키고 산파가 줬다고 둘러댔다.

"뭐? 그럼, 7년 동안 저 방에 천만원이 있었는데 문을 그따위로 허술하게 잠그고 다녔어? 나는 그것도 모르고 어떤 때는 잠그지도 않고 나갔는데. 아니, 바리, 혹시."

나나진은 나와 눈을 마주치고 입을 다물었다.

"그럼, 오천만원으로 빌라를 알아보자. 그 돈이면 나나진의 방은 지금이랑 비슷할 것 같은데 괜찮겠어?"

나는 토끼 할머니가 한 말이 생각나 말없이 나나진을 보았다. 어쩌면 나도 나나진이 거절했으면 바랐고, 청하와 둘이 살고 싶은 마음이 있었는지도 몰랐다.

"당연히 괜찮지. 지금은 월세 내지. 전기세, 인터넷, 연탄 값 들지. 화장실이 편하냐. 마음껏 샤워를 할 수 있냐."

"좋아, 그럼 내가 쉬는 날 바리랑 부동산을 다닐게."

"나, 월세랑 생활비 합쳐 삼십만원 내면 되는 거지? 저기, 바리는 알고 있는데, 굴뚝한테도 말해야 할 것 같아서. 나한테 삼백만원 정도 있었어. 이 집에서 나올 돈만 믿고 그 돈으로 중고차 하나 샀거든."

"그래? 우리 바리 좀 많이 태워줘라."

청하는 뭐든지 기분 좋게 대답하는 방법을 알고 있는 것 같았다. 우리는 후식으로 냉장고 안에서 형체를 허물고 있는 아이스크림을 꺼내 먹으며, 집은 어떻게 꾸며야 할지 의논했다. 청하는 집을 구한 뒤에 생각해도 늦지 않는다고 말했고, 나나진은 모든 창에 커튼을 만들어 달겠다고 약속했다. 그리고 나에게 연슬 언니의 침대를 버리고 가라고 충고했다.

나나진이 방으로 건너가자 청하는 나를 안고 말했다. 월급이 들어오는 통장에 돈이 있는데, 집을 위해 모두 보탤 수는 없었다고 말했다. 청하는 통장과 도장을 나에게 보관하라며 주었다.

"어, 왜?"

"집이야 조금 좁더라도 바리 임신하면 돈이 필요할 것 같아서. 맛난 것도 사주고 싶고 좋은 곳도 함께 가고 싶고, 그래. 바리랑 바다에도 가고 싶고."

"바다 코앞에 있잖아."

"항 말고 모래사장이 있는 바다."

"모래사장이 있는 바다."

나는 청하의 말을 따라하며 담쟁이덩굴집이 있는 동해바다를 떠올렸다.

"나는 바리 처음 만났을 때부터 무조건 좋았어. 아니 바리를 만나기 전, 우리가 둘 다 아기였을 때 봤어도 좋았을 거야. 바리를 위해서라면 뭐든지 다 해주고 싶어. 내가 줄 수 있는 거라면 배를 갈라 심장까지 꺼내줄 수 있어. 아직 고백이 끝나지 않았는데 졸려."

청하는 나를 향해 앙상한 몸을 웅크리고 잤다. 두 손을 자신의 무릎 사이에 끼우고 자는 모습이 아기처럼 보여 안쓰러웠다.

"어, 나도 그래. 나도 아기 때 봤다면 그때부터 청하 좋아했을 거야. 있잖아, 나는 두 번 버림받았어. 우리 아기를 낳으면 절대 버리지 말자."

아직, 나의 고백이 끝나지도 않았는데 청하는 낮게 코를 골며 잤다.

11. 바리는 어디에 있었나

　산파가 유리들을 골방으로 불러들이자 토끼는 산파를 인간 취급 안 했다. 토끼는 산파에게 가게를 정리해 다른 곳으로 가 바리와 살겠다고 말했다. 산파는 화를 냈다. 간섭하지 말라고 했고, 그까짓 구멍가게로 바리의 남은 평생을 어떻게 책임질 거냐고 소리를 질렀다. 유리들은 임신이 되면 곧바로 산파의 골방을 찾았고, 임신이 아니래도 골방을 찾아갔다. 유리들은 암암리에 병원에서 질 축소성형을 받기도 했지만 가격이 혀를 내두를 만큼 비쌌고, 수술 후 두 달 정도는 일을 못 했다. 그래서 싸고 일에 지장이 없는 산파를 찾았다. 산파의 골방에 다녀온 유리들의 질이 조여졌다는 소문이 산파의 골방과 옐로우하우스 사이에 있는 곡물시장에 돌아다녔다. 상인들은 토끼에게 몰려와 산파의 행동을 비난했고, 바리를 가여워했다.

"그 어린 것이 그런 기운 속에서 뭘 얻겠어."

연슬, 이란 유리는 하루를 넘기지 않고 산파의 골방을 찾아왔다. 토끼는 묘향쌀집에 와서 책을 읽던 바리가 툭툭 내던지는 말을 듣지 않는 척했지만, 분을 삭이느라 어깨를 들썩거렸다.

"연슬 언니 가랑이에는 몹쓸 벌레가 들어 있대요."

"연슬 언니는 매일 골방에 누워 있고 산파는 벌레를 잡고 있어요."

"연슬 언니는 그래도 저녁이면 유리방에 나가야 한댔어요."

"연슬 언니는."

"고만, 고만해라."

토끼는 바리를 태어난 자리로 돌려보내려고 수소문을 했다. 토끼의 결혼 지참금으로 학교를 다닐 수 있었던 여동생은 동쪽 도시에서 초등학교 선생이었다. 토끼는 남편을 먼저 보내면서 자신의 삶이 비참하게 느껴져 교직에 몸담고 있던 동생과 연락을 끊었다. 제 삶을 엉망으로 헝클어놓은 것이 친정아버지였다고 탓하고 싶었다. 그 핑계로 아버지의 장례에도 참석하지 않았다.

어색하게 동생에게 전화했을 때, 동생은 반갑게 전화를 받았다. 토끼는 동해연탄공장 사장집의 전화번호를 알아봐달라고 했다. 동생은 다음날 바로 전화번호를 불러주며 동해고추장으로 업종을 바꿨다고 전해주었다.

토끼는 어렵지 않게 연탄공장 사장 부인과 약속을 정할 수 있었다. 사장 부인은 토끼가 바리, 라고 내뱉자 곧바로 터미널 앞 다방으로 나왔다. 토끼는 바리의 사진을 몇 장 들고 갔다. 사장 부인은 챙이 넓은 모자를 쓰고 나왔다. 환갑 가까운 나이에 비해 꾸밈이 화려했고 표정도 편안해 보였다. 토끼가 내민 사진을 받아들고 사장 부인은 모자를 벗고 손수건을 꺼내 눈물을 닦았다.
"제 바로 위의 언니랑 똑 닮았네."
한참을 울던 사장 부인은 고개를 들고 어떻게 살아왔는지 물었다. 토끼는 죄를 지은 것 같아 입이 떨어지지 않았지만 말을 했다. 출생신고를 안 했고, 학교에 다니지 않았지만 혼자 한글을 깨우쳤다. 지금 산파의 사정이 안 좋아 바리를 보살필 능력이 없으니 지금이라도 데려가라고 말했다. 토끼의 이야기를 들은 사장 부인은 산파를 저주하는 악담을 퍼부었다. 물잔을 들어 손수건을 적셨다. 목덜미를 닦아내고 부은 눈을 누르며 생각에 잠긴 듯했다.

"십오 년이 지났네요."

사장 부인은 목소리에 흐트러짐 없이 쌀쌀하게 말했다.

"좋은 부모를 찾아주겠다고 해놓고선…… 출생신고도 안 했고, 학교도 안 보내고, 애를 바보로 키웠군요."

토끼는 바리가 말수는 적지만 생각이 깊은 아이라고 설명했다. 사장 부인은 십오 년 전, 사장에게 태어난 자식이 아들이었고 곧바로 죽었다고 말했고, 그렇게 하라고 산파가 협박했다고 했다.

"큰애는 결혼해 아이가 세 살이고, 둘째 애 혼삿날을 받아놨어요. 다음 달이에요."

토끼는 냉수를 들이켰다. 저쪽에서 이런 사정을 가지고 나올 줄은 몰랐다. 당장 바리를 찾으러 가자고 할 것으로만 여겼다. 산파에게 비난을 받을 것만 예상했었다.

"이제 와 일곱째가 딸이었으며 내버렸다가 다시 찾았다고 남편과 사돈, 성장한 딸들과 사위에게 어떻게 말하겠어요."

토끼는 말없이 사장 부인을 쳐다보았다. 사장 부인이 토끼의 손을 잡았다. 자신을 살려달라고 말했다. 자신의 목숨을 살리는 셈 치고 사장에게 알리지 말고 연락 없이, 키워달라고 말했다. 그러면서 가방에서 준비해온 봉투를 꺼냈다. 자신이 준비할 수 있는 최대한의 돈이라고 했다. 토끼는 자리에서 일어나려 했지만 기운이 없었다. 봉투를 돌려주려 했지만 손도 마음도 얼어붙어 움직일 수 없었다. 사장 부인은 모자를 집어 들고 목례를 하고 나갔다. 토끼는 그제야 자신이 한 행동을 후회했다. 사장 부인은 애초에 바리를 받아들일 생각이 없었기에 돈을 봉투에 담아온 것이었다.

토끼가 여동생 집에서 하루를 머물고 서쪽 끝으로 오던 날, 옐로우하우스에 불이 났다. 석유를 뿌린 연슬이란 유리는 정작 불이 붙자 이층으로 뛰어 올라갔다. 이층 창에 매달려 있다가 곧바로 출동한 소방관이 설치한 그물망에 뛰어내렸지만 얼굴과 상체는 빨갛게 익고 말았다. 소방대원들은 인명 피해가 없다고 생각하고 철수하기 위해 정리하던 중, 일층 복도 끝 방 화장실에서 질식사한 화얌을 발견했다.

화얌은 화장실 청소를 하다 일층이 불에 휩쓸리자 다시 화장실로 들어갔다. 욕조에 물을 받아 옷을 입은 채 욕조 안에 있었다. 몸에 불만 안 닿으면 된다고 믿었던 화얌은 방음을 위해 벽마다 끼워놓은 스티로폼에서 나온 유독가스에 질식했다. 화얌은 숨이 끊기기 전에 오래 전, 중국에서 미래를 예견하는 여인에게 들었던 말을 떠올렸다. 그 여인은 화얌이 타국에서 큰불을 만날 거라 예언했다.

연슬은 화상 병원에서 퇴원하자마자 방화죄로 구치소에 갇혔다. 구치소에서 나오자마자 포주들에게 포진이 터질 정도로 맞았다. 연슬은 유리방에서 쫓겨나 산파의 방으로 옮겨왔다. 산파의 방에서 머문 지 이틀째 되던 날 한밤중에 누군가 문을 두드렸다. 산파가 문을 열기도 전에 거칠게 문을 열고 들어온 두 명의 사내가 침대에 누워 있는 연슬을 양쪽에서 잡아 일으켜 데리고 갔다. 바리는 슬리퍼도 신지 않은 연슬의 맨발이 땅에 질질 끌리는 것을 보았다. 사내들은 연슬을 승용차에 던지듯 했고 차는 비좁은 길을 빠르게 달려갔다.

바리는 연이어 터진 사건에 대해 입을 닫았다. 화교학교를 다니던 나나진은 화얌이 화재사건으로 죽었다고 생각을 했고 바리는 연슬이 불을 냈다고 말하지 않았다. 나나진은 스스로 양아버지의 집으로 들어갔다. 바리는 누구에게도 연슬에 대해 말하지 않았고 그날 밤 연슬을 끌고 간, 옐로우하우스에 들락거리던 사내들에 대해서도 말하지 않았다.

산파는 눈에 눈곱이 낀 것 같아 눈을 비볐다. 앞이 뿌옇게 보였다. 병원에 가니 백내장이 심해 수술을 해야 한다고 했다. 이미 당뇨와 고혈압 약을 복용하며 병원과 양약에 의지하던 때였다. 산파는 의사말대로 고분고분 수속을 받고 오른쪽 눈의 백

내장제거수술을 했다. 산파는 입원실에 누워 왼쪽 눈으로 병원에서 나온 책자를 읽었다. 특히 병과 발병을 암시하는 증세에 대해 꼼꼼히 읽었다.

유방암에 관해 읽고 난 뒤, 유방을 만져보면 이리저리 덩어리가 뭉쳐 있는 것 같았다. 신부전증에 관해 읽으면 자신의 증세가 꼭 그런 것 같았다. 몸에 모든 병균과 암 덩어리가 꿈틀거리는 것 같았다. 의료보험에서 나오는 정기건강검진 시기까지 기다리지 못하고 산파는 몸 전체를 검진했다. 산파의 걱정은 현실로 나타났다.

산파의 몸을 열어보았을 때, 자궁과 대장에 암세포가 자리 잡고 있었다. 의사는 수술과 항암치료로 암세포를 제거할 수 있다고 했다. 산파는 그동안 악착같이 모아둔 돈을 썼다. 자궁 수술은 잘 끝났고 대장 쪽 항암치료 후, 머리카락이 빠지기 시작하자 산파는 삶에 집착했다. 어떻게든 바리가 청하와 결혼하고 아기를 낳는 것까지 보고 죽고 싶었다. 아니, 그건 핑계였다. 무조건 죽음 자체가 두려웠다.

초겨울, 산파는 토끼가 떠준 무지개 색깔 베레모를 쓰고 양키시장에 갔다. 청하사에게 청하 졸업하면 바로 바리랑 결혼부터 시키자고 제안했다. 산파의 예감이 맞는다면 둘은 비옥한 흙에 단단히 뿌리박은 느티나무 인연이었다. 청하사는 산파의 뜻을 청하에게 전했다. 청하는 귓불이 빨갛게 달아올랐지만 한숨을 내쉬었다. 군 입대 지원신청을 이미 끝냈다고 말했다. 군에 다녀와서 그러겠다고 대답했다. 청하사가 산파에게 알리니 산파는 번개처럼 화를 냈다. 자기에겐 그럴 시간이 없다는 게 이유였다. 산파는 청하가 군에 가기 전에 바리와 자리를 마련해 약속이라도 받으려 했지만 시간이 바닷바람에 나뭇잎 날아가듯 지나가버리고 말았다.

산파가 네 번째 항암 치료를 받으러 갔을 때 의사는 췌장 쪽을 열어봐야 한다고 했다. 암은 췌장의 두부에도 번져 있었다. 췌장에 번진 암은 항암치료가 불가능했고 빠르게 번지기에 수술이 급하다고 했다. 수술 후에도 장담할 수 없다고 했다. 산파에게 남은 돈은 없었다. 살고 있는 집도 원래 주인에게 되팔은 상태였다.

산파는 병원에서 진통제만 처방받아 왔다. 진통이 없을 때는 약초를 최대한 많이 법제해놓았다. 청하가 첫 번째 휴가를 나왔을 때, 산파는 청하를 만났다. 청하에게 바리를 제 살과 뼈보다 더 보살필 것을 약속받았다.

산파는 마지막으로 묘향쌀집에 갔다. 토끼는 시력이 나빠져

돋보기를 쓰고 책을 읽었다.

"나 내일 가."

산파는 틀니를 하지 않아 발음이 부정확했고 말할 때마다 입에서 쇳소리가 났다.

"어디? 산에? 그 몸으로?"

토끼는 돋보기를 벗고 책장을 한 장 넘겼다. 산파의 얼굴은 쳐다보지도 않았다.

"니한테 알궂은 짓 많이 했다. 차좁쌀 한 되만 줘."

"그러게."

토끼는 일어나 흰 비닐봉지에 차좁쌀 한 되를 담아 산파 앞에 놓았다.

"니 말 안 듣고 고집도 많이 피웠고. 혹시 열무김치도 있으면 좀 줘."

"알고는 있구만."

토끼는 산파의 얼굴을 쳐다보지 않고 냉장고 문을 열어 열무김치가 담긴 유리그릇을 통째 들고 오더니 산파 앞에 놓았다.

"그래도 바리는 그쪽으로 보내지 마. 가봐야 깨진 연탄 취급당해."

산파는 비닐봉지와 유리그릇을 들고 일어났다.

"허리 꼬부리고 앉아 책만 읽지 말고, 다리 아프면 약초도 좀 갖다먹고 그래."

"별 잔소리 다 듣네."

토끼는 고개를 돌려 산파의 얼굴을 쳐다보았다. 무지개무늬 베레모를 쓴 산파는 입을 오물거리며 울고 있는 것 같았다. 바로 앞에 서 있지만 토끼에게 산파의 눈물이 보이지 않았다.

"뭔 일 있나? 어디 가는데?"

"산에 약초 구하러 가. 유리 한 명이 오기로 했거든."

토끼는 유리라는 말에 질색을 했다. 토끼는 산파에게 그딴 짓을 하고도 제 명에 살 것 같으냐고 윽박질렀다.

"팔팔하네."

산파의 말에 토끼는 전기장판 위로 올라가 허리를 꼬부리고 책을 펼쳤다. 산파는 묘향쌀집을 나오다 몸을 돌려 토끼를 보았다. 토끼도 돋보기안경을 쓰다 말고 산파를 돌아보았다. 토끼가 본 산파의 마지막 모습이었다. 다음 날 아침, 바리가 찾아왔다.

"저, 가셨어요."

토끼는 바리의 말을 알아듣지 못했다. 토끼는 산파의 독초가 유리 몸에 있는 씨를 떨어트릴 수는 있어도 사람의 목숨을 끊을 수도 있다고는 생각 못 했다. 바리가 산파의 죽음에 관여했으리라는 생각은 조금도 하지 않았다. 토끼는 방으로 들어갔다. 방 한쪽 놋대야에 연탄 두 장이 하얗게 변해 있었고 가스냄새가 가득했다. 토끼는 바리가 잠시라도 이 방에 있는 것이 싫었다. 죽을 때조차 바리에게 이런 모습을 보여 상처를 입히는 산파가 미웠다. 토끼는 바리에게 돈을 주며 부모를 찾아가라고 했다. 바리는 산파의 골방으로 가 무언가를 뒤적거리다 나와 곧바로 나갔다.

바리를 보내고 난 뒤, 토끼는 소방대원들을 불렀다. 강원도 영월에서 목축업을 한다는 산파의 사촌동생에게 전화를 했다. 토끼는 산파를 담당했던 병원 의사를 찾아갔다. 산파가 췌장암 수술을 포기했다는 사실을 알게 되었다. 산파의 사촌동생이 올 때까지 토끼는 염을 끝낸 산파의 뺨을 찰싹찰싹 때렸다.

"못난 년. 너무 못난 년."

토끼는 연탄가스 냄새가 가시지 않은 방의 문을 열어놓고 팔을 베고 누웠다. 눈 바로 앞에 선로가 희미하게 보였다. 대여섯 살의 바리가 자신이 떠준 빨간 원피스를 입고 방안에서 빙그르 도는 모습이 눈에 선했다. 토끼의 인생에서 가장 큰 웃음을 준 것은 바리였다. 토끼는 진정으로 바리의 부모가 바리를 받아주길 바랐다. 바리를 앞으로 더 못 보고 죽어도 어쩔 수 없었다.

"그동안 분에 넘치게 행복했지."

토끼는 혼잣말을 했다. 산파 몰래 바리에게 책을 읽어주던 것을 떠올렸다. 자신이 어렸을 때, 책을 빌리기 위해 산파가 학교에서 돌아오는 기척이 보이면 부리나케 뛰어가던 것도 떠올랐다. 산파의 책에 물이 쏟아져 무시당했던 일도 생각났다. 바리 학교 문제로 싸우던 일, 곡물시장이 번창하던 시절 가게 정리를 하고 난 뒤 뒤늦게 차좁쌀을 넣은 감자밥에 열무김치를 넣어 비벼먹던 일. 이런 일, 저런 일을 떠올리며 아무리 지우려 해도 산파의 마지막 모습이 머릿속에서 떠나질 않았다. 죽을 결심을 하고 마지막으로 찾아온 거였다. 토끼가 무지개색 털실로 떠준 베레모를 쓰고 입을 오물거리며 울고 있었다.

화물 열차의 바퀴가 선로에 닿는 소리와 동시에 호각 소리가 들렸다. 눈앞에서 기차 바퀴가 선로에 맞물려 천천히 지나갔다. 스물 량이 넘는 기차가 방을 삼킬 듯 흔들어놓으며 지나가자 철길 건너편에 희미하게 바리처럼 생긴 소녀가 서 있었다. 토끼는 눈을 비볐다. 바리가 선로를 건너 이쪽으로 다가왔.

토끼는 바리의 모습을 보고는 울어버릴 뻔했다. 바리가 방으로 들어오자 그제야 배에서 꼬르륵 소리가 났다. 토끼는 기운을 차릴 마음으로 바리에게 보신탕을 먹으러 가자고 했다.

"원래, 그거 안 좋아하잖아. 나 감자밥 먹고 싶어. 차좁쌀 넣고."

"그래? 근데 열무김치가 너무 쉬어빠져서."

토끼는 얼른 몸을 일으켜 쌀을 꺼냈다. 바리는 바닥에 앉아 멍하니 골방을 쳐다보고 있었다. 바리는 말없이 감자를 으깨어 열무를 넣고 비벼먹었다. 피곤하다며 침대에 누웠다. 토끼는 바리가 벗어놓은 바지에 피가 묻은 것을 보았다. 생리혈이 아니었다. 토끼는 팔을 베고 잠든 바리를 흔들어 깨워 어떤 일이 있었는지 물어봐도 바리는 입을 꼭 다물었다.

"산파랑 피도 통하지 않았는데 속 창자는 산파를 똑 닮았으니."

"그거. 바리공주 얘기 말이야. 엉터리야. 내 얘기 아니었어."

토끼는 이마를 찡그리며 잠든 바리의 얼굴을 쳐다보다가 아침 일찍 바리를 깨웠다. 바리를 데리고 동구청 민원실로 갔다. 민원실에서 대기표를 받고 나란히 앉았다. 민원실 직원은 어처구니없어 하며 토끼의 말을 되받아 반복했다.

"그러니깐. 할머니의 친구분한테 손녀를 맡겼는데 친구분이 돌아가셨고 알고 보니 출생신고도 안 했다고요?"

토끼는 산파의 사망확인증을 보여줬다.

"그러니깐. 이애가 태어나자마자 맡겼다가 이제 찾았다고요? 할머니, 돌아가신 할머니랑 가까운 곳에 사셨잖아요."

"그러니깐. 이애가 그동안 딴 데 있었는데 할머니 친구분이 돌아가셔서 이곳에 와 알게 되었다고요?"

"그러니깐. 이애는 학교도 안 다니고 산골에서 자랐기에 겨우 한글만 읽고 잘 쓸 줄도 모른다고요?"

토끼는 자신이 밤새 써놓은 각본이 전달되자 안도의 숨을 내쉬었다.

"보자, 그래도 벌금은 내셔야 하고요. 출생년도와 날짜는 정확한 거예요?"

토끼는 예상했던 것보다 벌금이 적어 깜짝 놀랐다. 바리는 제 성을 버리고 토끼의 남편 성을 붙여 최바리로 올려졌다. 토끼는 대기실에서 기다리며 아예 이름도 바꾸자고 말했다. 바리는 싫다고 했다.

"버림 받은 것은 맞잖아."

산파의 죽음 이후, 바리는 더욱 말수가 적어졌고 골방에서 약초를 꺼내 양키시장에 가져다주었다. 덕분에 바리는 청하사와 친해졌고 청하가 군에 간 것을 알게 되었다. 가끔, 청하의 엄마가 찾아와 청하사에게서 돈을 뜯어가고 있다는 사실도 알게 되었다. 바리는 양키시장을 갈 때를 제외하곤 묘향쌀집에 앉아 책을 읽었다. 토끼는 바리가 읽었으면 하는 책을 사서 바리가 앉는 의자 위에 두곤 했다.

토끼는 바리가 청하와 살게 되었다는 말에 무조건 기뻐할 수만은 없었다. 바리의 인생에는 아흔아홉 개의 함정이 파져 있는 것 같았다. 아무리 조심해도 나쁜 것들은 모두 바리에게 몰려가는 것 같았다. 바리가 내딛는 걸음마다 크고 작은 함정이 검은 암홀처럼 깔려 있는 것 같았다.

토끼는 두려움의 원인이 나나진이라고 억지로 여겼다. 나나진은 화얌을 닮아 가느다란 몸에 큰 가슴과 엉덩이를 가지고 있었다. 어렸을 때부터 유리방을 스스럼없이 돌아다녔고 눈웃음 속에는 계산을 하는 눈이 보였다. 무엇보다 영악했다. 화얌이 죽었을 때도 화얌의 자리를 꿰찬 여자가 사는 양아버지의 집에 간 것도 마음에 들지 않았다. 여객터미널 앞 상업여고에 입학해 바리 옆에 방을 얻었을 때, 토끼는 나나진이 바리를 나쁜 쪽으로 물들일까 노심초사했다. 다행히 나나진은 유리방 쪽으로 발을 들여놓지는 않았지만 안심할 수는 없었다. 입고 다니는 옷도 간당거렸고, 청하나 바리에게 반말을 내뱉으며 바리를 마음대로 요리했다.

산파였다면 나나진을 불러 함께 살지 말라고 강하게 쐐기를 박았을 거였다. 토끼는 고개를 끄덕거렸다. 토끼는 특히 요즘 불안했다. 꿈자리가 사나웠다. 얼굴 없는 사람들이 나와 나쁜 짓을 실컷 하다 꿈에서 깰 즈음이면 그 얼굴이 바리로 변해 있곤 했다. 신흥쌀집이 화학약품공장 회장이 죽었다고 말하자 바리의 얼굴색이 새파랗게 변하면서 손을 떨었다. 바리는 뭔가를 숨기거나 고통스러운 것을 봤을 때면 입을 다물고 손을 떠는 버릇이 있었다. 토끼는 그 버릇을 알고 있었다.

  산파의 죽음을 말하던 바리의 손은 선풍기 앞에 오려놓은 종잇장처럼 파닥거렸다. 토끼는 산파의 죽음을 의심했다. 연탄가스 중독으로 죽음을 택할 산파가 아니었다. 마지막에 산파를 진료했던 의사를 만나고 난 후 토끼는 어쩌면 산파가 죽음을 선택했을 것이라 생각했다. 그렇지만 역시 뭔가 석연치 않은 구석은 있었다.

  산파가 죽은 뒤, 연슬이 돌아왔다. 토끼는 바리에게 중입검정고시를 치르자고 제안했다. 국어, 사회, 수학, 과학의 필수과목부터 시작하기로 했다. 선택과목은 영어와 미술을 택했다. 어차피 고입검정고시를 준비하려면 영어를 시작해야 했다. 바리는 국어는 재미있어했지만 문제의 답은 엉뚱한 것만 골랐다.

  산수에는 영 소질이 없어 보였다. 토끼와 바리는 묘향쌀집에서 초등학교 6학년 산수 문제를 놓고 끙끙거렸다. 입체 도형의 부피를 구하고, 펼쳐놓은 전개도에서 겉넓이를 구하는 문제였다. 토끼는 자신이 아주 오래 전에 이런 문제를 풀었다는 것이 믿어지질 않았다. 토끼는 묘향쌀집 가게가 직육면체이고 이것을 펼친 것을 연습장에 그려보라고 시켰다. 바리는 고개를 들고 두리번거리며 천장에 있는 네 개의 꼭지점을 바라보았다. 그때, 흰 모자에 선글라스를 끼고 마스크를 한 여자가 묘향쌀집으로 들어왔다.

바리는 손님으로 생각하고 좌판으로 갔지만 토끼는 연슬이라는 것을 대번에 알아봤다. 아무리 가리고 숨기려 들어도 그 사람 특유의 분위기는 숨길 수 없었다. 마스크와 모자를 벗자 바리가 피붙이를 만난 듯 반가워했다. 두껍게 화장을 한 연슬의 얼굴은 말린 육포에 밀가루를 뿌려놓은 것 같았다. 미끈한 다리에는 불길이 닿지 않았는지 손수건만 한 치마를 입고 맨다리를 내놓았다. 오히려 그 다리가 사람들의 시선을 잡아 얼굴까지 자세히 보게 된다는 것을 연슬은 모르는 것 같았다.

연슬은 토끼의 옆에 앉았다. 토끼의 통통한 옆구리에 닿은 연슬의 몸은 나무젓가락을 간신히 실로 엮어놓은 것 같았다. 연슬은 머물 곳이 없다고 말했다.

"어, 언니 침대 그대로 있어. 나랑 같이 지내."

바리의 말에 연슬이 선글라스를 쓰고 일어났다. 곧바로 바리의 방으로 갔다. 연슬은 옐로우하우스 포주들에게 걸리면 안 된다며 방에서 한 발짝도 나오지 않았다. 토끼는 바리가 연슬에게 살갑게 구는 것이 못마땅했다. 연슬이 돌아옴과 동시에 바리는 검정고시 공부를 게을리 했다. 복잡한 산수 대신 책이나 읽겠다고 했지만 책을 읽는 것도 묘향쌀집에 있을 때 뿐이었다. 묘향쌀집에서 방으로 돌아가면 연슬의 뒷바라지를 하는 눈치였다. 술과 담배 심부름까지 하는 바리를 보자 토끼는 못 참았다.

토끼가 문을 열고 들어갔을 때, 연슬은 침대에 엎드린 채 침대에 달린 거울에 매달려 맨얼굴에 약을 바르고 있었다. 연슬은 토끼를 보자마자 바리는 신포시장에 닭강정을 사러 갔다고 묻지도 않은 말을 했다. 토끼는 돈 봉투를 던졌다.

"삼백이야. 바리 오기 전에 어기서 나가."

연슬이 발딱 일어나 봉투에서 돈을 꺼내보고 가방에 화장품, 속옷, 속옷 크기랑 별반 다를 게 없어 보이는 옷을 챙겼다. 토끼는 싱크대에 기댄 채 쳐다보았다. 연슬은 선글라스, 안면을 가리는 마스크와 모자를 쓰고 꼼꼼히 거울을 들여다보곤 밖으로 나갔다. 토끼는 연슬의 뒤를 따라 수인곡물시장 입구까지 가서 지나가는 택시를 세웠다. 연슬이 탄 택시가 출발하자 토끼는 깊은 숨을 내쉬고 묘향쌀집으로 갔다. 잠시 후, 바리가 닭강정 냄새가 나는 비닐봉지를 들고 들어왔다.

"연슬 언니 갔어."

토끼는 말없이 고개를 끄덕였다.

"그 사람들이 끌고 갔을 거야."

토끼는 리모컨으로 채널을 돌리며 고개를 끄덕였다. 연슬이 삼백만원으로 어딘가에서 허름한 방을 얻어 공장이라도 다닐 거라는 생각은 토끼만의 착각이었다.

연슬은 한 달 후 다시 찾아왔고 바리는 제 방의 침대를 내주었다. 연슬은 꼼짝도 안하고 방안에서 뒹굴었고, 바리는 분식점으로, 설렁탕집으로, 족발집으로, 편의점으로 다니며 음식과 담배와 술을 사 날랐다. 토끼는 다시 연슬에게 봉투를 주었다. 연슬은 그 사이 옷을 사 입었는지 지난번보다 더 큰 보따리를 싸가지고 나갔다. 한 달도 못 채우고 다시 돌아왔다.

토끼는 옐로우하우스에 갔다. 처음 들어가보는 거리 초입에는 미성년자출입금지, 라는 팻말이 있었다. 대낮이라 텅 비었는데도 그림자가 엉켰고 몸을 웅크리게 만들었다. 산파가 잘도 이런 곳에 바리를 심부름 보냈구나 생각하니 화가 치밀어 올랐다.

토끼는 겁이 났지만 용기를 내 유리문을 열었다. 토끼가 연슬이라 이름을 내뱉자 잠에서 깬 나이 많은 여자가 누군가에게 전화를 했다. 곧바로 한 사내가 문을 열고 들어왔다. 키가 작은 사내는 옆구리에 끼고 있던 가방에서 수첩을 꺼내 방의 위치를 그렸다.

"보신탕집, 철길, 작은 공터, 일곱 개의 기찻방에서 왼쪽 첫

방."

 사내는 낮은 목소리로 중얼거리더니, 옆구리의 가방에서 만 원짜리 지폐를 몇 장 꺼내 주었다. 토끼가 거절하자 사내는 싸늘한 표정을 지었다. 토끼는 도망치듯 그곳을 뛰어나왔다. 다리가 후들거렸고 얼굴 근육이 저절로 실룩거렸다.

 그날 밤, 바리의 방문을 열고 들어온 사내 두 명이 연슬을 끌고 갔다. 연슬은 선글라스도, 모자와 안면이 가려지는 마스크도 쓰지 못한 채 끌려갔다.

 바리는 연슬이 끌려간 후 입을 더욱 꼭 다물고 말을 안 했다. 비리는 다시 묘향쌀집에서 토끼와 함께 산수 문제를 풀었다. 토끼는 상반기 시험을 놓쳤기에 하반기에 꼭 시험을 보자고 당부했다. 토끼는 하반기 시험에 합격시킬 목적에 애상이 났지만 바리는 문제를 건성으로 풀었다. 반 넘게 틀려도 속상해하지 않았다.

 청하사에게서 청하가 휴가를 나왔으니 같이 식사를 하자는 연락을 받은 토끼는 기회다 싶었다. 토끼는 바리를 지하상가에 있는 옷가게로 데려갔다. 청치마와 흰 셔츠만 사 입혔는데 바리는 처녀티가 났다.

 바리는 식사 내내 입을 닫고 있었고 주로 청하사와 토끼가 말을 했다. 토끼는 바리가 중입 검정고시를 준비한다는 말을 했고 책을 많이 읽어서인지 국어는 팔십 점이나 받는다고 말했다. 청하사는 칭찬을 했고 청하는 군복이 불편한지 몸을 이리저리 뒤틀었다.

식사가 끝난 후에 토끼와 청하사는 소화를 핑계 삼아 자유공원에 산책가자고 했다. 영감 할머니가 모여 있는 곳에서 어김없이 청하사와 알고 지내는 친구를 만나 자리를 잡았다.

"젊은 니들끼리 산책하고 와."

바리와 청하는 말없이 산책로를 걸었다. 산책로가 끝나면 차이나타운으로 연결되는 계단으로 내려가 차이나타운 길을 따라 걸었다. 청하가 뭔가를 물으면 바리는 어, 그래. 어, 아니. 라고 대답했다. 청하는 바리의 손이라도 잡아보고 싶었지만, 바리의 마음을 몰라 애만 태웠다. 청하는 맥빠지게 걷기만 했지만 함께 걷는 것만으로도 좋았다. 바리가 숨을 쉴 때마다 꽉 끼는 흰 셔츠 속 봉긋한 가슴이 오르내리는 것을 보면 제 가슴이 터질 것 같았다.

기념품 가게를 지나며 무심히 쳐다보는 바리의 시선을 따라간 청하는 문 앞에 바리를 세워두고 가게 안으로 들어갔다. 청하는 거울을 샀다. 동그란 거울 뒤에 붉은 꽃이 그려진 천이 덧대져 있고 테두리에 구슬이 붙어 있는 거였다. 바리에게 내밀었다. 바리는 고맙다는 말도 없이 거울을 받아 얼굴도 비춰보지 않고 가방에 넣어버렸다. 좋은 것인지 싫은 것인지도 몰라 답답했지만 청하는 산파의 말만 믿었다.

산파는 바리는 비옥한 땅, 청하는 그 땅 깊숙이 뿌리를 박은 느티나무라 했다. 땅에 뿌리가 박히는 상상만으로도 군복을 입은 청하는 열이 올랐다. 어디든 으슥한 곳만 눈에 띄었고 맨손으로 땅을 파헤치고 자기의 뿌리를 박고 싶었다. 청하는 중구청 앞에 놓인 조각상 뒤 공간에 놓여 있는 벤치를 보았다. 구청은 문을 닫았고 드나드는 사람도 없었다.

"다리 아프지, 저기 앉았다 갈래?"

"어, 아니."

바리는 산책로로 향하는 계단을 올라갔다. 청하는 투덜거리며 계단을 오르다 앞에서 올라가는 바리를 올려다보았다. 청하는 하마터면 앞으로 꼬꾸라질 뻔했다. 청치마 아래 보이는 바리의 가느다란 허벅지를 본 청하는 다리에 힘이 풀렸지만 바리와의 아슬아슬한 간격을 유지하며 계단을 올라갔다. 바리는 토끼와 청하사가 앉아 있는 곳으로 가 섰다.

"데이트 잘 했나?"

"데이트는 무슨."

청하는 버럭 화를 내며 앞서 걸어갔다.

"군복 바지 앞이 터졌나. 왜 성질을 부려."

청하사와 토끼가 동시에 배를 잡고 웃었다. 청하사는 손자의 마음을 알기에 약을 올리며 바리가 은근히 알아차려주길 바랐다. 바리는 바리대로 청하에게 말하고 싶은 것이 많았지만 어떤 말을 해야 할지 몰랐고 쑥스러웠다. 토끼가 옷을 떠주거나 옷을 사주면 고맙다, 라는 말보다 오랫동안 깨끗하게 자주 입으면 토끼가 좋아한다는 것을 알았다. 청하가 거울을 내밀었을 때도 바리는 오랫동안 거울을 간직하고 있으면 되는 건 줄 알았다.

청하가 휴가를 다녀간 후, 바리는 가방 안에 거울을 늘 가지고 다녔다. 좌판에 앉아서도 거울을 꺼내보곤 했다. 거울을 꺼내 팥을 비춰보고 보리를 비춰봤다. 동그란 거울 등에 그려진 화려한 꽃무늬와 구슬을 하염없이 바라보았다. 청하가 거울을 내밀 때, 스쳤던 손의 감촉을 떠올려보곤 혼자 웃었다.

"거울 예쁘네."

연슬의 목소리였다. 토끼는 연슬을 귀신 보듯 쳐다보았다.

"바리, 시원한 캔커피 좀 사다줄래?"

연슬이 바리를 편의점에 보내고 바리가 앉아 있었던 의자를 들어 토끼가 앉은 곳 앞에 놓았다.

"당신이었지요. 포주한테 알려준 것."

토끼는 리모컨을 들고 고개를 끄덕였다.

"이번엔 어떻게 할 거예요? 돈을 줄래요? 포주한테 달려가

알릴래요?"

연슬은 토끼에게 말했다. 배가 하루에 한 번 들어오는 이름도 없는 섬으로 끌려가 어둠 속에서 사내를 받았다고. 받고 나면 끝인데 사내들은 꼭 얼굴을 확인하고 싶어 한다고. 라이터 불로 얼굴을 확인한 사내들은 맥이 빠질 때까지 자신을 팼다고. 불길하고 더러운 곳에 제 몸이 닿았다는 것에 치를 떤다고 말했다. 섬 안의 사내들이 연슬을 패는 것에 싫증을 내면 또 다른 섬으로 끌려갔다. 연슬은 토끼에게 돈도 필요 없고, 포주에게 알리고 싶으면 알리라고 했다.

"어차피 이번엔 내 생일이어서 허락받고 나왔어요."

연슬은 사흘간만 바리와 지낼 거라고 했다. 바리가 자신의 막내동생과 닮았다고 말했다. 연슬은 동생이 네 명인데, 대학생인 막내가 엄청 예쁘고 똑똑하다고 말했다. 자기가 가랑이로 번 돈으로 동생들 다 공부시켰다고 말한 후 깔깔거리고 웃었다. 토끼는 리모컨을 두 손으로 움켜쥐고 연신 고개를 끄덕였다.

이틀 후, 한밤중에 바리가 묘향쌀집 덧문을 열고 들어왔다.

"연슬 언니, 갔어요."

"그년이야 늘 갈 곳으로 가야지."

"아니, 아니."

토끼는 바리의 손이 떨고 있는 것을 보았다. 토끼는 바리와 함께 선로를 건너 방으로 갔다. 흰 분가루로 얼굴화장을 하고 입술까지 빨갛게 칠한 연슬은 양 손을 배 위에 모은 채 반듯하게 누워 있었다. 놋대야에는 연탄이 피워져 있었다. 토끼는 바리를 묘향쌀집으로 데리고 가 전기장판 위에 앉혀놓고 텔레비전을 틀었다. 바리는 겁먹은 눈으로 정면을 쏘아보며 몸을 파득거렸다. 토끼는 보리차를 데워 바리의 손에 쥐어주고 볼륨을 줄여 텔레비전 화면만 보이게 놓고 밖으로 나와 나무 덧문을 닫았다.

토끼는 곧바로 옐로우하우스로 가 포주에게 알렸다. 포주는 누군가에게 전화를 해 낮은 목소리로 연슬의 죽음을 전달했다. 지프차를 끌고 온 사내는 차창을 내리고 기차가 올 시간인지 물었다. 토끼는 이 시간에는 기차가 지나가지 않는다고 대답했다. 사내는 고개를 차창 밖으로 내밀고 바퀴를 살피면서 차로 선로 위를 건넜다. 방 바로 앞에 차를 세웠다. 사내 둘이 연슬을 안고 차에 싣고 갔다. 토끼는 연탄재를 깨 산파가 가마솥을 걸어두었던 빈터에 내던졌다. 침대에는 게워낸 흔적도 없었다. 침대보도 이불도 흐트러짐 없이 반듯했다. 토끼는 어렸을 때 연탄가스를 마셨던 기억을 떠올렸다. 저절로 잠이 깼고 동생들과 온 방을 돌아다니며 무언가를 잡아당기며 토했다. 방바닥을 닦던 토끼는 몸을 웅크리고 멈췄다.
 연슬이 연탄가스를 마실 때, 이 늦은 밤에 바리는 어디에 있었나. 산파가 연탄가스에 취하도록 바리는 무엇을 하고 있었나.

12. 왈츠 풍으로 흔들리는 레이스 커튼

삼층으로 올라가 문을 열자마자 청하와 나는 감탄을 했다. 햇살이 커다란 거실 창으로 촘촘히 들어왔다. 넓은 베란다에는 빨래를 널 수 있는 건조대가 설치되어 있었다. 방은 세 개였고, 나나진의 말대로 크기는 달랐지만 두 번째 방은 지금 나나진 방보다 훨씬 컸다. 부엌과 거실이 붙어 있었는데 부엌에는 타일 중간에 분홍 하트가 그려진 타일이 박혀 있었다. 화장실에는 욕조가 있고 세탁기를 놓을 공간도 있었다. 나는 화장실을 쓴다는 핑계를 대고 안에서 문을 잠그고 수돗물을 틀어보았다. 따뜻한 물이 나왔다. 반질반질 윤이 나는 욕조에 들어가 누웠다. 깨끗한 천장과 살구색 타일이 마음을 편안하게 해주었다. 나도 모르게 저절로 입가에 웃음이 새어나왔다.

나는 단박에 마음에 드는 이 집을 청하에게 계약하자고 했지만 부동산중개인 여자는 두 군데 더 보라고 했다. 부동산중개인은 신혼살림집 위주로 보여준다며 신부가 몇 살인지 존대하며 물었다. 나는 귀한 대접을 받는 것 같아 기분이 좋아졌다. 세 개의 집을 돌아보고 나니 허기졌다. 청하와 아침으로 라면을 끓여 먹은 것이 다였다. 속이 메스꺼웠고 안 오르던 계단을 오르내려서인지 머리도 빙빙 도는 것 같았다. 청하는 점심을 먹으며 결정하고 계약금을 준비해 오겠다는 말을 하고 부동산을 나왔다.

청하는 족발이나 보쌈을 먹으러 가자고 했다. 나는 매콤한 순대볶음이 먹고 싶었다. 청하는 나나진이 했던 말을 하면서 맛있는 것을 먹자고 했지만 나는 고집을 부렸다. 청하의 트럭으로 올라가는데 받침 턱이 높아 짜증이 났다. 내가 짜증을 내자 청하가 싱글거리며 뒤에서 안아 올려주었다.

"겨드랑이 아프잖아."

나도 모르게 목소리가 날카롭게 나왔다.

"미안해 살살 만질게."

청하는 웃으며 내 볼을 꼬집었다. 그 손길에도 짜증이 났지만 참았다. 청하의 트럭이 순대골목으로 들어갔다. 트럭에서 내리기 위해 문을 여는 순간, 순대 삶는 냄새가 비위를 상하게 했다. 나는 청하에게 순대볶음이 싫다고 말했다.

"오늘 바리 참 귀엽다. 징징거리기도 하고. 뭐 먹고 싶어?"

나는 길 건너편 화평동 냉면이 먹고 싶다고 했다. 청하는 복개한 도로를 지나며 이 자리가 예전에 자신이 살던 집터였다고 말했다.

"어, 수상가옥."

"기억하는구나. 장마 때면 찰랑거리는 물소리에 잠을 못 잤어. 방문을 열면 장판 바로 밑까지 바닷물이 넘칠 듯 들어차 있었으니깐. 좋을 때도 있어. 수문통을 통해 인현동에서 떠내려온 물건을 건지며 놀았어. 온종일 건져도 신기한 물건들이 떠내려왔어. 내 친구는 거기서 건진 물건을 닦아 양키시장에 팔러 갔다가 된통 혼난 적도 있었어."

나는 청하사 할머니에게 들었다. 수문통의 나머지 부분을 복개하기 위해 판잣집을 철거할 때 받을 돈을 청하의 엄마가 먼저 가로채 받아갔다. 청하는 엄마가 찾아올 때마다 기뻐했지만 청하사 할머니의 가슴은 철렁 내려앉았다. 청하사 할머니는 청하에게 아버지가 사고로 죽었다고 거짓말 했다고 했다.

청하와 나는 골목에 다닥다닥 붙어 있는 냉면집 중 한 곳에 들어갔다. 커다란 얼음과 참깨를 가득 뿌린 커다란 냉면 그릇이 나오자 나는 국물부터 마셨다. 속이 진정이 되는 것 같았다.

냉면을 두세 젓가락 먹을 때, 냉면을 받아든 옆 테이블에서 여자가 불평을 했다.

"이 참깨 중국에서 온 걸 거야. 어쩌면 얼음도 중국에서 건너온 것일지도 몰라."

"한여름엔 더워서 생각 못 했는데 좀 수상해, 이 얼음. 참깨야 당연히 중국산일 테지."

순간, 참깨자루 속에 웅크리고 있었을 아홉 살의 나나진이 떠오르며 토할 것 같았다. 나는 손으로 입을 틀어막고 밖으로 뛰어나갔다. 뒤따라 나온 청하가 등을 두드려주었지만 토해지지도 않았다. 나는 청하에게 들어가 먹으라고 말하고 건너편 공터의 나무 아래 앉았다. 따뜻한 바람이 불었는데도 반소매를 입은 팔에 소름이 돋았고 몸이 으슬으슬 떨렸다. 팔을 쓸다 문득, 나나진이 프린트 해준 종이에서 읽었던 것이 떠올랐다. 여러 번 읽어본 임신의 증세가 기억났다. 날짜를 헤아렸다. 나는 화평동의 경사진 골목을 미끄러져 내려가는 햇살을 보았다. 덜컥 겁이 났다.

나나진이 줄자로 창의 크기를 쟀다. 나나진은 제일 큰 방 창에는 커다란 영국 장미가 프린트 된 천에 레이스를 풍성하게 넣어 커튼을 만들어줄 거라 했다. 나나진은 커튼의 이름도 지었다.

"왈츠 풍으로 흔들리는 레이스 커튼. 어때? 커튼도 만들면 잘 팔리겠지?"

"왈츠 풍이 뭐야?"

"뭐라고 설명해야 하지? 맞아, 행복한 신혼에게 어울리는 춤곡."

"커튼 이름이 예뻐."

"내 방에는 심플한 녹색 커튼을 달 거야."

나나진은 거실에는 베이지 바탕에 흰 도트가 있는 천을 레이스 없이 폭을 좁게 해서 내려뜨릴 것이라 했다. 전에 살던 사람들이 두고 간 소파에는 안방 커튼과 같은 천으로 덧씌우면 예쁠 것이라 했다. 나에게는 상상할 수 없는 커튼들이 나나진의 눈에는 보이는 듯 꼼꼼히 설명했다. 부엌 싱크대 앞에 있는 작은 창에는 빨간 체크무늬 천에 레이스를 넣을 것이라며 빨리 만들고 싶다며 현관을 나갔다. 나는 나나진이 창의 크기를 재고 커튼에 대해 설명을 할 때에도 계속 딴 생각을 했다. 나나진이 있을 때 얘기할까 청하 혼자 있을 때 얘기할까. 내가 잘 해낼 수 있을까. 현관문이 닫혔을 때야 정신이 들었.

청하는 내일 새벽 굴뚝으로 작업하러 들어가야 하는데 베란다 청소를 끝내겠다고 고집을 피웠다. 나는 집에 가서 눕고 싶은 생각뿐이었다. 내가 힘들다고 하니깐 청하는 소파에 앉아 있으라고 했다. 나는 소파에 앉아 수돗물 소리와 타일을 철수세미로 문지르는 소리를 들으며 잠이 들었다. 내가 깼을 때 청하는 베란다가 아닌 화장실에서 타일을 닦고 있었다. 어떤 세제를 썼는지 타일들은 흰빛이 아닌 푸른빛이 돌았다. 나는 기지개를 켜며 핸드폰을 열어 시간을 확인했다. 새벽 4시였다. 청하는 6시까지 현장으로 가야 했다. 나는 청하에게 집에 가서 한시간이라도 눈을 붙이라고 했다.

"조금만. 이제 거울만 닦으면 되거든."

"피곤해. 나 임신했단 말이야."

나도 모르게 성질을 내며 소리를 질렀다. 청하는 빨간 고무장갑을 끼고 한 손에는 세제를 한 손에는 걸레를 들고 나를 쳐다보았다.

"뭐라고, 뭐라고 했어?"

청하는 세제와 걸레를 던졌다. 장갑을 벗으며 거실로 나와 내 앞에 섰다.

"다시 말해봐."

"어, 몰라."

"임신했어?"

"어, 그래."

청하는 내 배에 귀를 대보고 쓰다듬다가 베란다로 나갔다. 깜깜한 새벽 허공에 대고 소리를 질렀다.

"바리야, 고마워."

청하의 말에 예민했던 신경이 온순해졌다. 방금 전까지 메슥거렸던 속도 가라앉았고 불안감도 가셨다.

"아저씨, 거기 청소부 아저씨. 제 애인이 아기를 가졌어요."

청하가 베란다 창문을 열고 아래를 내려다보고 소리를 질렀다.

"미친놈. 좋겠다."

밖에서 누군가 대답했다.

"뭐라고요? 맞아요. 저 미쳤어요. 좋아 죽겠어요."

"시끄러, 이놈아."

"네, 아저씨. 축하해줘 고마워요."

"축하는 누가. 먹을 거나 많이 사줘."

"네 그럴게요."

청하는 거실로 들어와 나를 안고 빙빙 돌았다. 계단을 내려갈 때 내 손을 꼭 잡고 내려갔다. 트럭의 조수석 문을 열고 등을 밟고 올라가라며 무릎을 꿇고 엎드렸다. 나는 청하를 일으켜 세웠다. 청하는 조심스럽게 내 겨드랑이에 손을 집어넣고 안아 올려주었다. 청하는 편의점에 들러 우유와 빵, 과자, 손에 집히는 대로 집어 들었다. 나는 청하 뒤를 따라가면서 라면과 햄을 뺐다.

"임신 중에는 인스턴트 식품 안 좋대."

"오, 그런 것도 공부하고. 벌써 똑똑한 엄마구나. 나한테 하나씩 알려줘. 어떤 것이 좋은지. 알았지?"

우리는 편의점에서 우유와 과일을 사고 기찻길 옆에 차를 세웠다. 청하는 나나진의 방에 불이 켜진 것을 확인하고 선로를 건너 뛰어갔다. 나나진의 방문을 벌컥 열고 나의 임신 사실을 알렸다.

"그렇게 조심하라고 했건만. 나도 몰라."

나나진은 신경질을 내며 쏘아붙이고 방문을 닫았다. 청하는 잠도 안 자고 내 발을 마사지하고 얼굴을 쓰다듬다 5시가 훨씬 넘어 트럭으로 뛰어갔다. 청하가 가자마자 나나진이 왔다. 나나진은 잘 생각으로 왔는지 머리카락을 풀어헤쳤다. 나나진은 평상시에는 머리카락을 한 올도 남김없이 한데 모아 틀어 올렸다.

"낳을 거야?"

"어, 그래."

"미쳤어? 내 말이라면 절대 안 듣지. 미련하기는 아기를 낳으면 저절로 크는지 알아? 쌀집 할머니한테 물어봐."

"누구한테 물어보고 무슨 얘기 듣든 낳을 거야. 축하해줘."

"으이구 징그러워. 바리 이제부터 고생 시작이야."

나나진은 중국에 있는 이모가 다섯 명의 아이들을 키우기 위해 얼마나 징글거리게 가난했는지 말했다.

"약속해. 한 명만 낳아."

나는 나나진의 목에 팔을 둘렀다.

"축하해주는 거지? 나는 아기에게 축복해주는 것을 중요하게 여겨."

"그래, 엄청 축하한다."

나나진의 잔소리를 들으며 나는 서서히 잠에 빠졌다. 화물열차가 항에서 출발하는 소리가 들려왔다.

잠을 잘수록 몸 깊숙이에 쌓여 있던 잠이 몸을 잡아당겼다. 자도 자도 졸렸다. 나나진은 묘향쌀집에 전화를 해 내 몸이 무거워 쉴 거라 말했다. 할머니가 대답도 없이 전화를 끊었다며 나나진은 할머니가 자기를 무시한다고 말했다. 전화기를 붙들고 고개를 끄덕거리는 할머니의 모습이 눈에 선했다. 나나진이 택배 포장을 하는 동안 나나진이 프린트로 뽑아준 임신 중 조심해야 할 음식과 행동들을 읽었다. 다 읽고 난 뒤 나나진의 방으로 갔다. 나나진의 방은 작은 택배 상자로 가득했다. 나나진은 유리들을 위해 만든 빨간 망사 원피스를 흔들어 보였다.

"언젠가 이게 필요하면 말해, 굴뚝. 지금이야 벗기만 하면 좋아하겠지만."

"어, 궁금한데. 나나진은 남자랑 자봤어?"

"내가 바리야?"

"어?"

나나진은 혀를 날름 내밀고 택배 상자가 담긴 비닐가방을 내 손에 쥐어주었다. 나나진의 말을 생각해보았지만 무슨 말인지 알 수 없었다. 나나진은 내가 아니니깐 안 자봤다는 것인지, 나나진은 내가 아니니깐 경험이 많다는 것인지 알 수 없었다. 나나진의 빨간색 소형차를 타고 우체국에 가 택배 열세 개를 보냈다. 나나진은 미리 택배 스티커를 많이 받아 집에서 작성해 갔기에 일이 빨리 끝났다. 우체국에서 나와 신포동에 있는 삼치골목으로 갔다. 점심시간이라 근처 직장인들이 점심특선인 삼치구이 백반을 먹기 위해 몰려들었다. 나나진과 나는 자리가 없어 카운터 바로 아래 자리에 앉았다. 연탄불에 구워 나온 삼치구이를 먹었다. 사장으로 보이는 남자가 어디론가 전화를 해서 화를 냈다.

"연탄 주문을 한 지가 언젠데? 바쁘다고? 암튼 빨리 좀 배달해줘."

사장은 전화를 끊으며 겨울이 멀었는데 뭐 벌써 바쁘다고 엄살이냐며 혼잣말을 했다. 나나진이 요즘은 연탄이 다시 붐이라고 했다. 워낙 기름값이 올라 기름보일러를 연탄으로 교체하는 곳도 많고 연탄불에 구워주는 삼겹살집도 인기라고 했다. 문을 닫았던 연탄공장을 다시 가동할 정도라고 했다. 나는 동해연탄공장도 가동했을지도 모른다는 생각을 했다. 동해연탄이라 적힌 소형트럭들이 담장 낮은 집 앞 공터에 서 있는 것이 보이는 것 같았다. 나와 같은 자궁에 머물다 나온 자매들도 누군가를 만나 사랑을 하고 결혼을 하고 아기를 낳았을 것이다. 그게 다였다. 거기까지만 생각했을 뿐 그 생각을 더 키우지는 못했고, 키우지도 않았다.

나나진은 테이크아웃 커피전문점 앞에 차를 세우고 자기 것으로는 커피, 나를 위해선 키위 주스를 사가지고 왔다. 공용주차장을 지나쳐 빌라 주차장에 주차를 했다. 나나진은 나에게 영화관에 가본 적이 있냐고 물었다. 내가 없다고 대답하자 그럴 줄 알았다며 깔깔거리며 웃었다. 나나진이 나를 데리고 간 곳은 비디오방이란 곳이었다. 나나진은 영화를 선택해 직원에게 주고 나를 끌고 어두운 방으로 갔다. 푹신한 소파에 기대 가져간 키위 주스를 마시며 주위를 두리번거릴 때 벽에 설치된 화면에서 영상이 나왔다. 벽 쪽에서 음악 소리도 크게 들려왔다. 나나진은 중국에 있는 이모에게 비디오테이프가 많이 있는데 자신은 이 영화를 열 번도 넘게 봤다고 했다.

"〈파니 핑크〉야."

우리나라 사람들이 아닌 외국 사람들이 나왔고 말이 낯설었고 밑에 써진 자막을 미처 따라 읽기도 바빴다. 무엇보다 무슨 말인지 도통 이해할 수가 없었다. 나나진은 쿠션을 가슴에 대고 집중해보았다. 나는 자막을 읽다가 깜빡 잠이 들었다. 졸다가 일어났을 때 주인공 여자는 관을 만들고 있었다. 다시 졸다가 여자가 관 안에 들어간 것을 얼핏 보았다. 나나진이 훌쩍거리는 소리와 커다랗게 울려 퍼지는 노랫소리에 잠이 깼다. 나나진은 화면을 보며 울고 있었다. 화면에는 온몸에 해골 그림을 그린 남자가 노래를 부르며 여자에게 케이크를 들고 다가갔다. 자세히 보니 남자는 입모양만으로 노래를 부르는 흉내를 냈다. 아까 관에 들어갔던 여자는 죽은 것이 아니었다. 나는 그 장면이 왜 나나진을 울렸는지 알 수 없었다.

나나진은 차로 가며 영화 줄거리를 얘기해주었다. 그제야 나는 여자가 관을 만든 이유가 죽음을 체험하기 위해서였다는 것을 알게 되었다. 죽음은 결코 경험할 수 없다고 나는 생각했다. 죽음의 순간, 바로 옆에서 지켜보았지만 나는 죽음을 경험했다고 말할 수 없었다. 죽었다 깨어났다는 사람, 혹은 죽음의 세계에 다녀온 사람들의 경험 또한 믿을 수 없었다. 죽은 당사자만 즉석에서 경험할 수 있는 거였다. 경험하는 순간, 끝나버리는 거였다. 그래서 두렵고 알 수 없는 것이었다. 차 밖에서 담배를 한 개비 피우고 들어온 나나진은 라디오를 틀어 클래식 FM에 주파수를 맞췄다.

"맘스 다이어리에 보니 태교 음악으론 클래식이 짱이래."

나나진은 임신을 위한 여자들의 카페에 가입해 나에게 정보를 읽어주곤 했다. 나나진은 아기를 낳지 말라고 말했던 것과는 달리 임신한 나에게 세심하게 신경써줬다.

"원래, 영화 보고 멀리 가서 저녁 사주려고 했는데 전화가 왔어."

나나진은 옐로우하우스 유리가 주문한 옷을 오늘 입고 싶으니 가져다 달라고 했다며 옷만 가져다주고 저녁을 먹으러 가자고 했다. 나나진은 운전하면서 영화 얘기를 했다. 볼 때마다 그 장면에서 우는 이유는 생일날에 그런 케이크를 준비해주는, 얕은 우정이 아닌 외로움을, 자신의 인생 전체를 이해해주는 친구가 너무 멋져서, 라고 했다. 나나진은 자신을 위한 케이크에 나이 수만큼 꽂은 초를 불어 끈 적이 한 번도 없었다고 말했다.

나나진이 수인곡물시장 입구에 차를 세워놓고 내렸다가 다시 차 문을 열었다.

"아, 윗옷 앞에 지퍼를 한 개 안 달았어. 집에 가 있을래? 아 님, 십 분이면 되니깐 후다닥 달아서 나올테니 여기서 기다릴 래?"

"여기서 기다릴래."

나나진은 차문을 닫고 선로를 건너뛰었다. 화면을 쳐다보며 울었던 나나진의 모습을 떠올렸다. 나는 라디오에서 흘러나오는 피아노곡을 들으며 〈파니 핑크〉, 라는 영화를 다시 봐야겠다는 생각이 들어 수첩을 꺼냈다. 수첩에는 책 제목이 적혀 있었다. 내가 죽어 누워 있을 때.

영감이 쓰러지기 직전까지 번역하려고 붙잡고 있었지만 결국 완성을 못 했다는 책이었다. 간병인은 영감에게 책을 끝까지 읽어줬을까. 창을 열고 하늘을 올려다보았다. 항 쪽으로 기울어진 해가 하늘을 잡아당기며 틈을 벌려놓아 붉은 기운이 흘러나왔다. 차로 들어온 붉은 빛 속으로 피아노 소리가 스며들었다.

산파는 내가 한 해가 바뀌기 삼 일 전날 태어났다고 말했다.

"바리 엄마는? 아버지는? 어디에서 태어났어? 산파가 날 받아냈어?"

나는 산파에게 대놓고 물어보았다.

"대답할 수 없는 것은 묻지 마라. 암만 물어도 대답 안 할 거니깐."

"왜 대답할 수 없어? 대답하면 되잖아."

나는 산파의 말에 오기가 생겨 더 자주 물었다.

"왜 바리는 우리가 싫어? 우리가 잘 못 해주나?"

토끼 할머니의 대답에는 미안해져 입을 다물었다. 토끼 할머니는 새벽부터 일어나 수수를 갈아 동그랗게 빚어 찌고 팥고물을 만들었다. 동그란 수수를 팥고물에 굴려서 수수팥떡을 만들어 곡물시장의 상인들에게 돌렸다. 떡을 얻어먹은 상인들은 내게 양말과 구슬핀 같은 것을 사주었다. 그리고 덧붙였다.

"바리 아홉 살이지? 빨리 병이 나아야 학교 다닐 텐데."

나는 아프지도 않았지만 그 말에 대답할 수 없었다. 보신탕집에서 일하는 필리핀 여자의 딸아이도 내 또래였고 학교에 다니지 않았지만, 그 아인 곧바로 필리핀으로 돌아갔다. 곡물상가 상인들은 열 살, 열한 살의 내 생일에도 수수팥떡을 담은 접시를 받았지만 학교 얘긴 하지 않았다. 언제부터인가 토끼는 내 생일을 까먹었는지, 수수팥떡을 하는 방법을 까먹었는지 만들지 않았다. 그냥 한 해가 끝나면 며칠 전이 내 생일이었구나, 생각했다. 생일 케이크에 초를 꽂고 분 적은 없었지만 케이크를 사본 적은 있었다.

마지막으로 연슬 언니가 찾아온 날은 언니 생일이라고 했다.

나는 언니에게 수수팥떡이 먹고 싶은지 물었다. 언니는 침대에 엎드려 얼굴에 약을 바르지도 않고 팔에 얼굴을 묻고 있다가 푹푹 웃었다.

"촌스럽게 수수팥떡이 뭐야. 생일에는 케이크를 먹는 거야."

언니는 옐로우하우스 건너편에 있는 제과점에 가서 케이크를 사오라고 했다. 물론 돈을 주진 않았다.

"너, 초는 몇 개 가져와야 하는지 알아?"

"초도 있어야 해?"

"스물아홉 개야."

내가 신발을 신고 나가려 할 때 언니가 몸을 일으켰다.

"아냐, 서른네 개 달라고 해."

케이크는 부드럽고 포근하게 생겼다. 모든 케이크가 펼쳐놓은 공주의 화려한 드레스 밑단처럼 우아했다. 나는 어떤 것을 선택해야 할지 몰라 초조했다. 오랫동안 고민하다 초콜릿으로 레이스 무늬를 낸 것을 손으로 가리켰다. 케이크의 값은 내 예상보다 비싸지도 않았다. 점원이 생일인지 확인도 안 했다. 그때까지 나는 케이크를 사려면 신분증으로 생일을 확인하는 절차가 있는 줄 알았다. 케이크 값만 내면 원하는 수만큼 초를 주는 거였다. 까다롭지도 않았고 거리에 제과점은 편의점만큼 많았다. 나는 내 생일에도 케이크를 살 것을 결심했지만 실천하지는 못했다.

연슬 언니와 케이크에 초를 꽂았다. 언니는 라이터로 초에 불을 붙이고 전등을 끄라고 했다. 나는 축하노래를 몰랐다. 언니는 혼자 불렀다. 불을 끄기 위해 케이크 앞으로 다가간 언니가 불을 끄지 않고 두 손을 모으고 얼굴을 묻었다.

"오늘 죽어버리려 했는데. 도저히 못 그러겠더라."

초가 불에 녹아 빨갛고 노란 촛농이 케이크 표면으로 흘러내렸다. 뚝뚝 떨어지는 촛농이 케이크를 망치고 있었다.

"막내동생 만난다고 나온 거야. 동생들 내 생일인 거 다 알거든. 그런데 전화도 없어. 대학생인 막내는 내 얼굴을 보면 죄책감이 들어 만나기 싫대."

빨간 초에 촛농이 넘쳐 저절로 불이 꺼져버렸다. 곧이어 녹색 초도 불이 꺼졌다.

"그치들, 나 여기 있는 거 다 알아. 낼모레 새벽 또 데리러 올 거야. 도망갈 곳도 없어. 죽어버리고 싶어, 진짜."

나는 연슬 언니의 눈을 바라보았다. 도망갈 곳이 없어 보였다. 나는 언니의 어깨 가까이 다가온 죽음의 그림자를 봤다. 촛불이 저절로 모두 꺼져버렸다. 어둠 속에서 내가 말했다.

"언니. 내가, 내가 도망갈 곳으로 인도해줄게. 내가 죽여줄게."

어두컴컴한 골목에는 군데군데 붉은 등을 켜놓은 곳이 있었다. 이 골목은 붉은 불빛 위로 고요하고 묵직한 비밀이 차곡차곡 쌓여 있어 서늘한 기운이 돌았다. 산파의 심부름으로 약초 자루를 들고 이곳을 드나들던 시절과는 달리 두려운 기분이 들었다. 두려움은 뱃속에 있는 청하의 아기 때문인지도 몰랐다.

대부분 유리방은 영업을 하지 않았고 대여섯 집 건너 한 집 정도 문이 열려 있었다. 1호, 2호, 3호, 41호, 42호. 번호 아래에는 경찰이 붙여놓은 법규정이 붙어 있었다. 열린 유리방에 놓인 화장대에서 이른 화장을 하다 뒤를 돌아보는 유리들에게서 번들거리는 슬픈 기운이 내 몸으로, 내 몸 안의 아기에게 달라붙을 것 같아 나도 모르게 배를 감쌌다.

나나진은 자신의 단골이었던 젊은 유리들이 포주의 소개로 일본으로 건너갔다고 말했다. 빚이 없는 유리들은 독립해 인터넷 채팅을 통해 직접 일을 찾아 나서는 프리로 일하고, 나이 있는 유리들은 여관이나 모텔 근처에서 머물며 일한다고 했다. 일본으로 건너간 유리들은 말도 통하지 않는 곳에서 감금당하며 살아가고 부당한 대우를 받는다고 했다. 콘돔 없이 남자를 받아들여야 한다고 했다. 상대남의 얼굴은 모자이크 처리된 후 기영상을 유리 동의 없이 사이트에 올려 영상이 떠돌아다닌다고 했다.

　차를 세운 나나진은 배를 감싸고 있는 나를 보곤 차에서 기다리라고 했다. 나도 차에서 내리기가 싫었다. 나나진은 세 벌의 옷을 각각 배달했다. 나는 차 안에서 나나진이 가방에서 옷을 펼쳐 유리들에게 건네고 유리가 제 몸에 옷을 대보곤 만족한 듯 나나진의 머리를 헝클어놓는 것을 보았다. 나나진이 돈을 받아들고 차로 돌아올 때, 건너편 31호에서 나나진의 양아버지가 나왔다. 아직 이 골목 밖은 환한 저녁이었고 31호 유리는 나나진의 단골이었다. 나나진의 양아버지는 나나진이 만들어준 흰 스판 원피스를 입고 있는 유리의 손을 아쉬운 듯 잡고 있었다.

"야."

나나진의 앙칼진 목소리가 들렸다. 나나진의 양아버지는 나나진을 보자 새파랗게 질렸다. 나나진이 뒤돌아 들어가려는 그의 허리춤을 잡았다.

"놔."

나나진의 양아버지는 팔짱을 끼고 껌을 씹으며 자기를 쳐다보는 유리를 힐긋 보고는 나나진을 뿌리쳤다.

"너 미쳤니? 초저녁부터?"

나나진은 양아버지에게 반말을 했다. 방금 전 나나진에게 옷을 받아든 유리들이 몰려나왔다. 나는 차에서 내려야 하는지 판단이 서질 않아 그냥 있었다.

"너 아들 딸 있잖아. 부인도 있잖아. 이러면 안 되는 거잖아."

나나진의 양아버지가 나나진의 손을 뿌리치고 오히려 나나진에게 소리를 질렀다.

"니가 무슨 상관이야? 이제 나랑 안 할 거라며? 돈도 필요 없다며?"

그는 필요 이상으로 크게 말하고 비좁은 골목으로 사라졌다. 나나진은 차로 돌아왔다. 나는 눈을 감고 자는 척했다. 나나진은 차를 출발시켰다. 나나진은 말없이 어디론가 차를 계속 몰았다. 붉은 신호에 걸리면 서고 신호가 풀리면 달렸다. 나는 차가 멈추고 달리기를 반복하는 동안 가끔 눈만 떴다. 눈을 뜰 때마다 눈앞에 공장이 보였고 굴뚝이 보였다. 익숙한 곰이 그려진 밀가루 공장을 지난 후에 차가 멈췄고 나나진이 시동을 껐다.

"자는 척 그만 해. 바다야, 바다 보자."

나나진은 월미도 선착장의 난간에 기대 담배를 피웠다. 나는 바람이 부는 반대편에 섰다.

"아무것도 묻지 마. 믿고 싶은 대로 믿어."

"어, 그래."

먼 바다에서부터 서서히 물이 밀려오고 있었다. 나나진의 생일에 나나진의 나이만큼 초를 꽂은 케이크를 불게 해야지. 나는 고작 이런 생각을 했다.

13. 내가 인도해줄게

 청하는 남색 면바지에 흰 와이셔츠를 입었다. 남색과 자주색 줄무늬 넥타이를 매고 나니 여객터미널을 드나드는 무역상 같다고 나나진이 놀렸다. 나나진은 나를 위해 아이보리색 원피스에 흰색 스웨터를 골라주었고, 아침 내내 고데기로 지진 머리에 아이보리 리본 핀을 꽂았다. 목에는 자신이 아끼는 아이템이라며 진주 목걸이를 빌려주었다. 크림색 스타킹을 신고 미리 사둔 구두도 신었다.

 나는 구두를 신기 싫었지만 나나진은 오늘을 위해 인터넷으로 미리 주문한 구두를 매일 한 시간씩 신고 걸어 다니라고 했다. 안 그러면 구두가 발을 깨문다고 했다. 나는 나나진의 말을 건성으로 들어 어제 원피스와 스웨터를 사러 다닐 때 발뒤꿈치가 아파 혼이 났다. 구두가 정말 발을 깨물었다. 나는 앞으로 나나진의 말을 잘 듣기로 약속했다.

나나진의 빨간 소형차를 보자마자 토끼 할머니는 타지 않겠다며 고집을 부리다가 청하가 부탁을 하자 마지못해 탔다. 할머니는 차에 타자마자 입을 오물거리며 차 안을 두리번거렸다.

"차 살 돈 있으면 집 얻는 데 보태지."

"뭐라고요? 그렇게 애지중지하는 바리가 산부인과 다닐 때, 걸어 다니면 좋겠어요? 이거 얼마 하지도 않아요. 오늘 같은 날 쓸데없이 트집 잡을 생각 마시고 기쁘게 가요."

할머니는 나나진에게 된통 당했다고 혼잣말로 중얼거리며 창문을 열었다. 우리를 태운 나나진의 차는 힘겹게 답동 성당의 가파른 언덕길을 올라갔다. 답동 성당에 올라 차를 세웠다. 성당 마당에서 낙엽을 쓸어 모으던 성당지기가 우리를 쳐다보았다. 우리는 성당을 다니지 않아 신부님에게 혼인성사를 받을 수 없었다. 식도 없이 사진만으로 곤란하다는 토끼 할머니의 제안대로 성당에서 기도를 하기로 했다. 할머니는 나와 청하에게 성당으로 들어가는 계단 옆에 촛불을 켜는 곳으로 가 초를 켜라고 했다. 우리는 할머니가 일러준 대로 깨끗한 돈 이천원을 성금함에 넣고 붉은 초 하나에 불을 켜 유리문 안에 넣었다. 낡았지만 멋스러운 성당 나무문을 열고 들어갔다. 창문에 붙여

진 알록달록한 그림을 통과한 화려한 빛이 통로를 비췄다. 할머니를 따라 우리는 조그만 돌에 고여 있는 물을 찍어 이마와 심장 아래, 양 어깨에 바르고 두 손을 모았다. 긴 나무 의자에 나란히 앉았다. 토끼 할머니가 작은 소리로 누군가에게 청하와 나의 결혼을 알렸고 둘이 잘 사는 것을 지켜봐달라고 부탁했다. 나는 두 손을 모으고 할머니의 낮은 목소리를 들었다. 할머니가 청하와 나에게 앞으로 가 무릎을 꿇고 기도하라고 일러줬다. 우리는 손을 잡고 조심스럽게 걸어나가 무릎을 꿇고 기도를 했다. 나는 은은하게 빛이 바랜 조각상을 쳐다보았다. 아기를 안고 있는 여자의 조각상이었다. 어디선가 많이 본 듯도 했다. 나는 속으로 아기를 위해 기도했다. 아기가 태어나면 어떤 일이 닥쳐도 버리지 않을 것이라 약속했다.

　성당을 나온 우리의 마음은 날아갈 것 같았다. 청하와 손을 잡고 계단을 내려오는데 벤치에 앉아 있는 여자가 우리에게 뭐라고 말을 걸었다.

　"네? 뭐라고요?"

　나나진이 묻자 여자는 빠르고 거친 목소리로 나나진에게 욕설을 퍼부었다. 여자는 쌀쌀한 날씨인데 민소매 옷을 입고 있었다. 청하가 나나진에게 그냥 지나치라고 했지만 나나진은 여자에게 맞서 욕을 퍼부었다.

"성깔하고는."

토끼 할머니가 혀를 끌끌 찼다. 나나진은 시동을 걸고 내리막길을 내려가면서도 분이 풀리지 않았는지 거칠게 운전했다.

"나나진에게 한 욕이 아니야. 세상에 대고 욕을 한 거야. 저 사람 자주 봤어."

나는 청하에게 성당을 다녔냐고 물었다. 청하는 역 주변과 신포동 거리에서 봤다고 했다. 늘 똑같은 욕을 하는데 사람들은 자기한테 하는 것으로 여겼다. 그래서 성질 있는 남자들에게 맞고 있는 것도 보았다고 덧붙였다.

"남이 뭐라고 하든지 듣지 말고 너희 갈 길만 가면 되는 거야."

할머니의 말에 나나진은 혀를 내밀었다. 할머니가 일러주는 대로 신포동에 있는 사진관에 갔다. 사진관 외벽에 녹물이 흘러내린 자국이 있었지만 흰 대리석은 은은하게 세월에 닳아 멋졌다. 간판과 나무문은 낡아서 너덜거렸다. 토끼 할머니는 모처럼 반짝거리는 눈으로 사진관 여기저기를 둘러보며 옛주인에 대해 물어보았다. 할머니는 오십 년 전에 결혼사진을 찍은 곳이라고 했다. 사진사는 주인이 다섯 번은 바뀌었을 거라고 대수롭지 않게 대답했다.

나와 청하가 먼저 찍었고 다음에는 가운데 의자에 토끼 할머니가 앉고 우리가 양 옆에 섰다. 흰 스웨터를 입고 숱이 적은 백발을 한껏 부풀려놓은 할머니는 정말 토끼 같았다. 나나진은 할머니의 의자가 내 배를 가려 뱃속의 아기가 사진에 안 나오니깐 나에게 옆으로 비켜서라고 말했다. 나나진과 셋이 찍기 위해 나나진이 머리를 다시 빗어올리고 왁스를 바르는 동안 할머니는 사진사에게 영정사진으로 쓸 사진을 찍어줄 수 있는지 물었다.

"요즘 어르신들 많이들 미리 찍어놔요."

사진사가 고개를 끄덕였다. 우리 셋이 찍고 난 다음 토끼 할머니는 독사진을 찍고 싶다고 말했다. 우리는 사진의 용도가 어떤 것인지 알았지만 서로 모르는 척 웃어요, 웃어요, 하며 토끼 할머니 앞에서 까불었다.

식사를 하러 공화춘에 갔을 때, 청하가 할머니에게 핸드폰을 꺼내 보였다. 청소를 끝내고 커튼이 달려 있는 집을 찍은 사진이었다. 제일 큰 방은 우리가 쓸 것이고, 두 번째 방은 나나진 것이고, 작은 방은 할머니의 방이라고 함께 살아줬으면 좋겠다고 부탁했다.

나나진이 나와 청하를 흘겨보았다. 토끼 할머니는 안경을 쓰면 오히려 더 안 보인다며 안경을 올리고 핸드폰으로 거리를 조정하며 사진을 들여다보았다. 주문을 받으러 들어온 사람에게 청하는 코스 요리를 주문하고 채식주의자인 할머니를 위해 요리마다 일인분씩 고기를 빼라고 지시했다. 할머니는 핸드폰을 돌려주고 말했다.

"청하 마음이야, 잘 알지. 나한테 동생이 있는데 초등학교 교감이었어. 남편 폐암으로 먼저 보냈고, 자식들도 하나같이 멀리들 떠나 있거든. 미국이랑 일본으로. 그래서 나한테 같이 살자 그랬어."

"아니, 동생이 있었다면서 그동안 왜 왕래가 없었어요?"

갑자기 나나진이 끼어들었다. 나는 나나진의 무릎에 손을 올렸다.

"아니 그렇잖아. 바리는 알고 있었어? 자매라면서 그렇게 오랫동안 안 만나?"

"내가 니한테 일일이 보고해야 하나?"

토끼 할머니의 말에 청하가 나나진을 보며 검지를 세워 입술에 댔다.

"할머니 마음이 제일 중요하지요."

나는 할머니가 거짓말하지 않는다는 것을 알고 있었지만 동생에게 가는 것을 내켜하지 않는다는 것도 알 수 있었다. 어쩌면 나나진이 아니었다면 우리와 살 의향도 있을 거다. 청하와 좀 더 일찍 상의를 했어야 했다.

"학교 퇴임하고는 큰애 따라 미국에 가 살았대. 맞벌이 부부라 애들 키워줬지. 이제 남은 생은 고향서 살고 싶다며 작년에 나왔어."

"아, 그렇다면 좀 이해가 가고 마음이 놓이네요."

"니가 나를 다 걱정해줘 고맙다."

토끼 할머니는 나나진의 쪽으로 몸을 바짝 당기고 얼굴을 들이밀었다.

"나도 니한테 부탁하는데 바리 마음 안 다치게 조신하게 행동해. 청하야 믿겠지만."

나나진은 그게 뭐 어렵냐고 대답했다. 할머니는 건성으로 대답하지 말고 진지하게 다시 대답하라고 했다. 나는 할머니의 속마음을 알기에 나나진에게 미안했다. 나나진이 그러겠다고 대답하자 할머니가 가방에서 봉투를 꺼내 내밀었다. 한숨을 내쉬고는 자신이 주는 것은 아니라며, 누가 주는 것인지 묻지도 말고 여기서 펼치지 말고 그냥 가져가라고 했다. 나는 봉투를 받아 가방에 넣었다.

식사를 마치고 중구청으로 가서 혼인 신고서를 제출했다. 증인 칸에 나나진과 토끼 할머니가 사인을 했다. 청하는 신고서를 내고 나올 때까지 내 손을 꼭 잡았다. 청하와 나는 부부가 되었다. 뱃속에 있는 아기는 내가 먹는 음식에서 양분을 쏙쏙 빨아먹고 자랐다. 가을이었다. 흰색 스웨터 사이로 시원한 덩어리 바람이 들어왔다.

나나진은 수인곡물시장 앞에서 청하와 토끼 할머니를 내려주기 위해 차를 세웠다.
"이런 날도 굴뚝에 들어가야 하나?"
"바리 뱃속에 있는 조약돌 같은 아기 생각하면 굴뚝에 들어가도 콧노래가 나와."
청하의 대답에 나나진은 고개를 돌렸다.
"누가 굴뚝 생각해줘서 하는 말이야? 바리 생각해서 오늘 같은 날 영화관이라도 가라는 말이지."
토끼 할머니는 차에서 내리며 한소리 했다.
"바리는 가만히 있는데 왜 니가 설쳐? 이런 날이건 저런 날이건 젊을 때 열심히 일해야지."
할머니가 차 문을 세게 닫자 나나진은 차를 출발시켰다.
"풀만 먹는 할머니가 기운이 넘쳐요."
나나진은 기찻길 옆 좁은 도로로 들어가 보신탕집 담 아래 주차했다. 나나진은 차에서 내리려는 나를 붙잡고 봉투를 열어보라고 했다. 봉투 안에는 종이가 한 장 접혀져 있었다. 나는 종이를 꺼내 펼쳤고 나나진은 돈을 꺼냈다. 종이에 적힌 것을 읽고 나는 얼른 구겨서 가방 안에 넣었다. 나나진은 눈을 동그랗게 뜨고 백만원짜리 수표 10장이라고 말했다.

"그런데 수표에 유효기간 있는 거 아냐? 이거 오래된 건데. 가만 있어보자. 여기 강릉 농협이라 찍혔네."

도로 쪽에서 클랙슨이 울렸다. 뒤를 돌아보니 눈에 익은 지프차가 이쪽으로 들어왔다. 나나진은 차의 시동을 걸며 레이스와 미싱 실을 사러 양키시장에 간다고 했다. 나는 나나진이 내미는 봉투를 가방에 넣고 떨리는 손을 주무르며 차에서 내렸다. 나나진의 차가 골목 끝을 돌아 옐로우하우스 쪽으로 갈 때, 지프차가 내 앞에 섰다.

녹쇠는 화려한 티셔츠를 입고 있었다. 녹쇠와 어울리지 않았다. 나나진이 요즘 유행이라고 말했던 이케아 말무늬 티셔츠였다. 다섯 개의 말이 줄지어 서 있고 안경을 쓴 말, 무지개 색깔인 말, 파랑 바탕에 노란 별무늬가 그려진 말, 날개가 달린 말, 분홍색 바탕에 돼지꼬리가 달린 말. 이케아 무늬는 나나진이 입었을 때보다 현란해 보였다. 그리고 더 강력한 두려움을 주었다.

"시간 있어?"

나는 묘향쌀집에 가야 한다고 대답했다.

"지금 타라. 또 오기 귀찮다."

나는 주변을 둘러보았다. 잡풀 사이로 선로 두 개만 보이고 지나가는 사람조차 없었다. 나는 차에 올라탔다.

"그렇게 차려 입으니, 여자구나."

녹쇠는 다리 하나를 의자 위로 올리고 몸을 돌려 나를 보았다. 차이나타운의 가파른 언덕길을 올랐다. 방금 전 나나진의 차를 타고 내려올 때와는 달리 나쁜 기분이 들었다. 나는 눈을 감고 배에 손을 올렸다. 내가 쉬고 있는 숨의 일부를 청하와 나의 아기가 받아 쉬고 있었다. 창을 열고 코로 공기를 깊게 들이마시고 천천히 내뱉었다. 배가 부풀었다 가라앉았다.

하얀대문집 앞에 차가 멈췄고 녹쇠의 뒤를 따라 나도 내렸다. 현관에서 신발을 벗자 따끔거리던 발뒤꿈치가 축축했다. 만져보지 않아도 물집이 터졌다는 것을 알 수 있었다. 노크를 한 녹쇠가 몸을 비켜 내가 들어가기를 기다렸다. 벽에 화면이 고정되어 있었다. 하얀 원피스를 입은 여자가 뒤를 돌아보며 웃고 있었다. 어린 여자아이가 이마를 찡그리며 손을 내밀고 있었다.

내가 꿈에 본 숲이 저 화면 속의 숲이었고, 꿈에서 입었던 원피스도 저 하얀 원피스였다는 것을 나는 알아차렸다. 동시에 불길한 예감이 들었다. 화면이 멈췄다.

검은 옷을 입은 남자와 검은 개가 동시에 뒤를 돌아보았다. 순서대로 조명이 켜졌고 검은 개는 불이 켜지는 순서에 따라 고개를 까닥거렸다. 남자가 손으로 입가를 문질렀다.

"덕분에 지난번 일은 빨리 진행이 되었어요. 약간의 문제는 있었지만."

남자는 리모컨을 무릎 위에 내려놓고 개의 머리를 쓰다듬었다.

"이번에도 잘 부탁드립니다."

"네?"

"잘 부탁드립니다."

녹쇠가 내 어깨를 끌고 밖으로 나왔다. 녹쇠는 현관으로 나가 계단을 내려가지 않고 바다를 향해 놓인 의자에 앉았다. 등받이와 손잡이 부분의 철제에 흰 페인트가 칠해진 나무의자였다. 나에게 앉으라고 말하곤 담배에 불을 붙였다. 나는 치맛단을 가지런히 하며 의자에 앉았다. 다른 세계에 온 것 같았다. 정박한 배들이 바로 앞에서 보였다. 배에서 끌어내린 컨테이너를 대형 트럭에 옮겨 싣는 것이 보였다. 기계가 움직이고 사람은 보이지 않았다. 왼쪽 아래 대형마트도 보였고 수인곡물시장 팻말까지 보였다. 나지막한 산은 보였지만 기차칸 같은 집들은 보이지 않았다.

"시작은 니가 했지만 뒤는 우리가 닦아줬다."

나는 그 말뜻을 이해하지 못했다. 나는 녹쇠를 바라보았다.

"무슨 뜻인지 모르겠어요."

"영감의 시신을 열어봤을 때, 의사들이 기겁했대."

"부검을 안 했다던데."

"누가? 이 집 딸들이 잘도 오냐오냐, 그냥 넘어갔겠어. 뭐, 어디서 잘못된 정보나 주어먹지 말고. 식도와 위, 십이지장, 대장까지 새까맣게 탔대."

그랬을 거다. 그래서 산파는 놋대야에 연탄을 피워놓으라고 했다. 나는 연슬 언니와 청하사 할머니에게 같은 방법을 썼다. 그들은 시신을 부검하자고 제의할 사람도 없었다.

"우리가 의사 세 명 모두에게 양념을 발라놓았으니 그냥 넘어간 거지. 너 엉터리야."

산파는 나에게 죽음으로 갈 때 외롭지 않게 고통스럽지 않게 도와달라고 말했다. 나는 산파의 말을 이해했고 산파가 하라는 대로 했다. 노래를 불러달라고 하면 노래를 불러주었고 몸을 만져달라고 하면 만져주었고 갈비뼈 사이에 손을 집어넣으라고 하면 그렇게 했다. 죽음으로 건너가는 길을 배웅해준 거였다. 죽음을 완벽하게 위장하려는 것이 아니었다. 그러니깐 산파는 엉터리가 아니었다.

"우리는 의사에게 많은 돈을 썼어. 미안하지? 너 하나로 끝났으면 좋았을 텐데. 유감스럽게."

"네."

"미안하지 않도록 기회를 줄게. 몇 차례 봤지?"

"네?"

녹쇠는 담뱃불을 끄고 꽁초를 의자 옆에 놓고 새로운 담배를 꺼냈다. 나에게 담배를 내밀었다. 나는 고개를 저었다.

"허긴."

녹쇠의 눈이 슬쩍 내 배를 향했다. 순간 오싹한 기분이 들었다. 나는 배를 손으로 가렸다.

"사장님 서재에서 영상 봤잖아, 사모님."

숲 속을 뛰어다니던 하얀 원피스의 여자와 여자아이가 떠올랐다. 동시에 내가 꾼 꿈도 떠올랐다. 꿈에서 나는 천남성을 먹고 스스로 몸을 태워 나무에 화인을 찍듯 박혔다.

"그 여자에게도 독초를 써줘. 그런데 사장님이 원하는 건 편안하게 보내는 것이 아니야. 죽어서는 안 되고 말도 알아듣고 생각을, 고통을 느낄 수 있어야 해. 그러니깐 죽지 않을 만큼만 독초를 써달라는 거야. 속만 망가지게."

"그럴 순 없어요."

녹쇠가 의자에서 벌떡 일어났다.

"없어?"

"어, 그래요. 산파가 남긴 약초와 독초를 모두 태워버렸어요."

"하."

녹쇠가 의자를 한 바퀴 돌곤 내 곁으로 바짝 다가와 앉았다.

"구해라. 산을 뒤지든 파헤치든."

"독초의 이름도 몰라요. 산파가 말려놓고 법제해놓은 것을 썼을 뿐이에요."

"법제라고?"

"어, 산파는 산에서 직접 독초를 구해왔어요, 독초의 종류에 따라 굽거나 찌거나, 다른 약초를 첨가해 만드는 것을 법제라고 해요. 저는 법제하는 방법을 몰라요."

"기다려라."

녹쇠는 계단 아래 정원에 서 있는 사람을 불러 나를 손짓해 보이고는 현관으로 들어갔다. 나는 항 가까이에 정박해 있는 배의 허리까지 물이 찰랑거리는 것을 보았다. 배는 바닷물에 담겨 있어야 안심이 되었다. 물이 빠진 항에 뾰족한 밑을 드러내고 있는 배를 보면 불안해 보였다. 영감은 식도와 위, 십이지장, 대장까지 타들어가는 동안 얼마나 고통스러웠을까. 나는 온 근육을 떨던 영감의 어깨를 짓누르던 느낌이 떠올랐다. 영감의 속이 그렇게 타버렸다면 산파와 청하사, 연슬 언니의 속도 모두 타버렸을 것이다. 아마 그랬을 거였다.

녹쇠가 현관을 나와 내가 앉은 쪽으로 걸어오더니 의자에 털썩 앉았다.

"사장님은 너를 못 믿겠대."

"정말인데. 전 산파의 지시에 따라 한 것뿐이거든요."

녹쇠는 영감의 방에 카메라가 설치되어 있고, 그날 사장이 내가 방에 들어가는 순간부터 나올 때까지 나의 행동을 지켜봤다고 했다.

"사장님의 엄마가 죽고 난 뒤 진오귀굿이라는 것을 했었대. 그때, 무당이 했던 행동이 니가 했던 것과 똑같았다는데?"

"저는 굿이 뭔지도 몰라요."

"비록 몸에 흔적을 남겼지만, 영감의 마지막 표정은 편안해했다고 하던데?"

"편안해 하시진 않았어요. 제가 근육이 굳기 전에 얼굴을 만졌어요."

"하, 너 참 마음에 든다. 죽은 사람의 얼굴 표정까지 만들어 줬다고?"

"네, 잘 되진 않았지만."

"됐고. 독초를 다루는 솜씨와 영감의 귀에 대고 흥얼거리는 노랫소리를 다 들었는데 프로였다는데?"

녹쇠는 담배꽁초를 검지로 탁, 쳐 바로 옆에 있는 휴지통에 던졌다.

"프로라는 건, 니가 독초를 만드는 방법도 알고 있을 거라는 얘기야."

"노래를 부른 게 아니라, 그냥 제가 어릴 때, 토끼 할머니에게서 들은 이야기를 해준 건데."

"독초는?"

"산파의 골방에 나무궤짝이 있었는데 그곳에, 검은 광목에."

숨이 차올랐고 가슴이 심하게 뛰었다.

"만약, 내가 그 독초를 구해주면 할 수 있어?"

나는 초오와 천남성의 잎 모양과 열매와 뿌리까지 모조리 알고 있었다. 천남성은 따로 법제할 필요 없이 잎만 사용하면 즉시 몸 안의 습한 기운을 태워버렸다. 나는 떨리는 손을 주물렀다.

"어, 산파는 독초를 다 법제해 한지에 싸서 검은 광목자루에 담아놓았어요. 저는 법제하는 방법을 몰라요. 영감님을 보낸 후에 제가 다 태워버렸어요."

"그만 됐다. 엉뚱한 소리 그만 해. 그런데 간단치가 않은 게 차라리 오늘 만남이 없었으면 좋았을 것을."

"어, 저는 절대 말 안 해요."

"눈치는 빠르구나. 그래라. 안 그러면, 니 주변이 다친다."

녹쇠가 왼손으로 허공을 후려지는 순간, 차르륵 쇠줄 소리와 녹내가 났다.

"사장님은 입을 단단히 닫게 겁을 주라는데, 어떻게 하나, 니 몸이 홀몸도 아닌데."

"어, 어떻게 아셨어요?"

"말했을 텐데. 우리는 겨울잠 자는 뱀까지 파악한다고. 입 열지 마라."

나는 입을 다물고 힘치게 고개를 끄덕였다. 녹쇠가 천천히 일어나 내 앞에 서서 등을 돌리고 티셔츠를 벗었다. 말랐다고 생각했던 등은 보기와 다르게 근육질이었다. 단단한 등에는 붉고 푸른 거대한 용 한 마리가 등 전체에 걸쳐 꿈틀거렸다. 붉은 눈과 치켜 올라간 눈썹, 이빨까지 정교하게 그려졌고 채색되어 있었다. 비닐은 붉고 푸른색과 은빛으로 번들거렸다. 용의 입에선 불이 뿜어져 나오고 있었다. 녹쇠는 계단을 내려가 호수가 연결되어 있는 수도에서 물을 틀었다. 호수를 등 뒤로 돌려 등에 물을 뿌렸다. 용의 입에서 뿜어나오는 불에서 치직거리는 소리가 나는 것 같았다. 나는 등에 그려진 문신을 봤을 때 두렵다고 말한 청하의 말을 이해했다. 용이 살아 꿈틀거리며 튀어

나와 나에게 덤벼들 것 같았다. 녹쇠는 녹슨 쇠줄로 자신의 등과 어깨를 후려쳤다. 물에 번들거리는 녹쇠의 상체에 녹줄이 그어졌다. 그는 왼손을 흔들어 쇠줄을 다시 감았다. 친친 감아놓은 쇠줄에 물을 뿌리며 나를 돌아보았다.

"지금부턴 나랑 길에서 만나도 쳐다보지 마라, 그게 좋다. 안 바래다준다. 가라."

나는 빠른 걸음으로 대문을 나서자마자 가파른 골목을 내달렸다. 발뒤꿈치가 다시 까지고 쓰라렸지만 후들거리는 손으로 아랫배를 움켜잡고 뛰었다. 모퉁이를 돌며 뒤를 돌아보았다. 하얀대문집 왼쪽 끝 방에서 누군가 나를 내려다보는 것 같았다. 나는 재빨리 걸어 공화춘 앞에 서 있는 택시에 올라탔다.

녹쇠에게, 아니 사장에게 나와 아기가 경고를 받았다. 녹쇠는 사소하게라도 말이 번지면 쇠줄을 쓸 것이 분명했다. 나는 연슬 언니를 끌고 간 사내들을 기억했다. 그들이 연슬 언니의 시신을 거둬가 처리했을 것도 알고 있다. 아마 연슬 언니의 가족에게 알리지 않았을 거였다. 나는 그런 무서운 세계가 있다는 것을 알고 있었다. 그런 세계가 나에게 손을 내밀었고 내가 그 손을 거절했다. 나 혼자라면 상관없었지만 내 배 속에는 청하의 아기가 꼬물거리며 숨 쉬고 있었다. 택시에서 내리자마자 선로를 건너고 침목을 건너뛰고 다시 선로를 건넜다. 문을 걸어 잠그고 진분홍색 침대 위에 누웠다. 발이 화끈거렸고 속이 울렁거렸다.

아침에 청하의 품에서 일어난 것이 먼 과거처럼 여겨졌다. 나나진이 화장을 시켜주고, 고데기로 머리를 지지고, 사진을 찍고. 그 모든 것이 아주 오래 전의 일 같았다. 오늘은 청하와 혼인신고를 한 날이었다. 누운 채로 가방을 집었다. 구겨진 종이를 펼쳤다.

십오 년 전부터 저에겐 딸만 여섯입니다. 건강하게 잘 자릴 것이라 여기겠습니다. 부탁인데 다신 안 만나는 것이 좋을 것 같습니다. 죄송합니다. 저는 어미 자격이 없습니다.

십오 년 전이라면 내가 열다섯 살에 토끼 할머니가 그 여자를 만났다는 거였다. 그러니깐 할머니는 나를 그 도시에 보내기 전에 나를 낳은 여자를 만났다. 그때, 나는 이미 다시 버림받은 거였다. 나는 계산을 하며 기억을 떠올렸다. 산파가 죽기 전이었고, 옐로우하우스에 불이 났을 때다. 그랬다. 토끼 할머니가 한 이틀 가게를 비우고 어디론가 간 적이 있었다. 토끼 할머니는 시골에 내려가 살고 싶어 했다. 산파는 토끼 할머니가 살 집을 알아보러 갔다며 나에게 토끼 할머니와 함께 시골에 내려가라고 했다. 나는 토끼 할머니가 좋았지만 이곳이 아닌 시골에 가 사는 것이 어떤 것인지 몰랐다. 나나진이 화얌을 찾아 참깨자루에 갇혀 이곳으로 건너온 것을 떠올렸다. 나는 다른 곳으로 가는 것은 그런 것이라 생각했는지도 몰랐다. 겁을 집어먹고 고개를 저었다. 산파 곁에 있겠다고 말했다.

토끼 할머니가 돌아온 날, 연슬 언니가 옐로우하우스에 불을 질렀다. 연슬 언니는 북항 쪽에 모여 있는 정유소까지 나와 같이 걸어갔다. 하얀색 플라스틱 통을 들고 우린 아이스크림을 핥아먹으며 걸었다. 대형 트럭만 지나다니는 곳이라 나는 대형 트럭이 지날 때마다 연슬 언니에게 물었다.

"저건 어디로 가는 거야?"

연슬 언니는 대구, 부산, 포천, 포항, 김해, 원주 등 언니가 아는 도시 이름을 다 댔다. 그래서 나는 대형 트럭이 여러 도시를 돌아다닌다는 것을 알았다.

연슬 언니는 규칙적으로 산파의 골방을 찾아왔다. 유리들이 오면 산파는 어떤 구실을 만들어서 나를 방에서 나가게 했다. 연슬 언니가 왔을 때는 나는 철길 건너편에 앉아 있다가 산파가 나가는 것을 보고 다시 방으로 들어갔다. 나는 골방 안이 궁금했지만 문을 열지 않고 큼큼 기침을 하며 방에 앉아 책을 읽었다. 연슬 언니가 먼저 나를 불렀다.

"바리야, 바리야."

나는 연슬 언니가 산파의 골방에서 가랑이를 벌리고 누워 있는 것을 보았다. 산파가 피워놓은 풀에서 이상한 냄새가 났다. 내가 골방을 들여다보면 언니는 힘없이 웃으며 나에게 다가오라고 손짓했다. 나는 언니의 가랑이를 쳐다보지 않으려고 애쓰며 언니 곁으로 다가갔다. 언니는 상체를 일으켜 가방에서 돈을 꺼내주고 심부름을 시켰다. 언니가 적어준 종이를 들고 은행에 갔다. 은행 직원에게 종이와 돈을 내밀었다. 돈은 내가 가지고 다니기엔 큰 액수였다. 언니는 산파의 골방에 오는 만큼 규칙적으로 어딘가에 돈을 보냈다. 언니의 돈을 받아 생활을 한 가족들은 언니가 화상으로 얼굴에 상처를 입고 찾아갔을 때, 외면했다. 연슬 언니는 지독한 고통을 많이 겪었지만 가족의 외면에 가장 큰 상처를 입었다고 했다.

"언니. 내가, 내가 도망갈 곳으로 인도해줄게. 내가 죽여줄게."

연슬 언니는 무슨 말인지 이해를 못 했다. 나는 산파의 일을 말했다. 연슬 언니는 포크로 천천히 케이크를 찍다가 점점 빠르게 찔렀다. 케이크가 뭉개졌다. 포크를 내려놓고 언니가 나를 바라보았다.

"그래. 바리가 해줘."

연슬 언니는 등대경양식에서 나와 신포동을 걷다가 옷가게로 들어갔다. 가게 안에서 진열된 옷을 10번도 넘게 갈아입었다. 상점 주인이 짜증 섞인 표정으로 연슬 언니가 벗어놓은 옷을 거칠게 옷걸이에 걸었다. 언니는 흰색 미니스커트와 붉은 꽃이 그려진 블라우스로 결정했다. 내가 가방에서 지갑을 꺼내려 할 때 언니가 내 손을 저지하고 옷값을 지불했다. 언니는 주인에게 벗어놓은 옷을 버려달라고 했다. 신발가게에서는 생각보다 빨리 구두를 샀다. 흰색 통굽 샌들이었다.

"통굽이 아니면 발이 아파 오래 걸을 수 없거든."

언니는 속옷도 새로 샀고 매니큐어와 립스틱도 샀다. 문구사에서 편지봉투와 편지지를 샀다. 언니가 침대에 엎드려 편지를 쓰는 동안 나는 골방으로 들어갔다.

석회가루 위에 놓인 검은 광목자루를 펼쳤다. 일회용 비닐장갑 위에 면장갑을 꼈다. 독성이 사라지지 않도록 채취한 그대로 그늘에서 말려놓은 천남성 잎과 열매, 초오에 달려 있던 둥근 뿌리 부자를 따로따로 약절구에 넣고 작은 공이로 빻았다. 빻은 것을 체에 걸러놓았다. 인삼을 썰어 달인 물에 독초가루의 양을 조절해 개었다. 뜨겁고 독한 부자의 성분은 인삼과 어우러져 열독을 금세 퍼트릴 것이다. 천남성과 초오 가루 남은 것을 종이에 싸놓았다. 최초로 들어간 독초가 숨을 멈추게 하기까지의 시간과 고통을 줄이기 위해 산파는 독초를 넣은 후 곧바로 해독초를 넣으라고 했다. 해독초로는 계수나무 두꺼운 껍질인 육계 달여놓은 것과 찔레 열매와 장미 열매를 달여놓은 것을 준비했다. 능소화 말려놓은 것과 쑥도 조금 꺼내 놓았다. 능소화와 쑥이 마음을 진정시킬 것이다. 양키시장 백만불라사 할머니에게 가져다주기 위해 부자와 생강을 보자기 위에 겹겹이 놓고 생강증기로 일곱 번 쪄서 말려놓은 천웅도 빻아놓았다. 천웅은 생강과 함께 폐로 들어가 위를 열고 구토를 멎게 할 거였다. 산파에게는 천웅을 쓰지 않았다.

연슬 언니가 편지를 쓴 후, 지갑에서 지폐를 꺼내 모조리 편지봉투 안에 넣었다. 언니에게 편지를 받아 내 가방 안에 넣었다. 연슬 언니가 샤워를 하는 동안 나는 준비해놓은 작은 플라스틱 접시와 2리터 생수병에 담아놓은 해독수를 침대 아래에 늘어놓았다. 언니는 샤워를 한 후, 새로 산 속옷과 옷으로 갈아입고 손톱에 매니큐어를 바르고 화장을 했다.

내가 수돗가에서 놋대야에 번개탄과 연탄을 들고 방으로 들어가자 침대에 걸터앉아 입술을 그리던 언니의 손이 떨렸다. 언니는 입술을 그리던 솔을 집어던지고 립글로스를 발랐다. 언니를 진분홍 침대에 눕히고 블라우스의 단추를 풀고, 브래지어도 풀었다. 내 손바닥을 비벼 열을 낸 후 언니의 복부를 만졌다. 조목초액으로 몸을 닦아주며 혈을 확장했다. 언니는 초액이 몸에 닿는 것만으로 근육에 힘을 줬다. 나는 놋대야에 능소화와 쑥을 넣어 불을 붙였다. 진한 쑥의 향 사이로 은은한 능소화 향이 번졌다. 나는 연슬 언니에게 인생에서 가장 행복했던 때가 언제인지 물었다. 언니는 한 번도 행복했던 적이 없다고 했다. 언니의 오장을 따뜻하게 만지며 놋대야에 피운 향초가 코와 폐로 스며들게 했다.

나는 연슬 언니를 가능한 짧은 시간에…… 천남성과 초오를 섭취하면 독은 세 시간 정도면 몸에 흡수되어 숨을 멈추게 했다. 그동안 위와 폐가 까뒤집히고 속을 토해내고 손톱을 뽑는 고통과 공포가 따를 거였다. 나는 그 시간을 줄여 언니를 가능한 짧은 시간에 고통 없이 인도하고 싶었다.

언니의 목 뒤에 베개를 받쳤다. 언니의 입을 벌리고 첫 수저를 떠 넣으려 할 때 언니가 손으로 입을 막았다. 나는 수저를 내려놓았다.

"생각났어. 행복했던 때. 학교에 입학하던 날 엄마가 시장에서 새 옷을 사주었고 가슴에 손수건 달린 이름표를 달아주었어. 입학식이 끝나고 교실로 들어가 손을 들고 자기 소개를 했어. 내가 일어섰을 때 아이들과 뒤에 서 있던 부모들이 나를 보앉아. 나는 또박또박 내 이름을 말했고 좋아하는 것, 싫어하는 것, 내 꿈은 뭐다, 라고 말했어. 수군거리는 소리가 들렸어. 너무 예쁘다, 너무 똑똑하다. 그 순간을 잊을 수 없어. 좋아하는 것이 뭐였는지, 꿈이 뭐였는지는 생각나지 않지만 좋고 싫고가 분명했던 거야. 난 그때 정말 예쁘고 똑똑한 아이였어."

화물 열차가 지나간다는 경보음과 호각 소리가 났다.

"언니는 지금도 예쁘고 똑똑해. 언니, 조금 뜨겁고 매운 맛이 날 거야."

나는 최초의 독초 한 숟가락을 연슬 언니의 입 안에 넣었다. 한 숟가락만으로도 입안이 굳어지며 타들어갈 텐데 언니는 눈을 꼭 감았다. 두 주먹을 꼭 쥐고 침대를 내리쳤다. 나는 왼손가락으로 언니의 입을 벌려 한 숟가락, 두 숟가락을 더 넣었다. 언니의 상체가 저절로 벌떡거렸고 언니는 소리를 질렀다. 그 소리는 기차가 지나가는 소리에 묻혔다. 기차가 다 지나가기도 전에 언니의 혀가 굳어 소리가 나오지 않았다. 얼굴이 붉어지며 화상병원에서 수술한 자국이 드러났다. 언니의 피부가 아닌 곳은 비닐처럼 희고 번들거렸다. 해독초를 넣으며 손과 몸의 근육을 만져보았다. 손이 차가워졌지만 근육은 굳어지지 않았다. 반응이 산파보다 느렸다. 순간 나는 언니가 천남성과 부자를 썼던 몸이라는 것이 생각났다. 산파는 유리들의 아이를 떼어낼 때 천남성을, 자궁의 병을 치료할 때 부자를 썼다고 기록해놓았다. 독초의 반응이 느리면 언니의 몸만 힘들어지는 거였다. 언니의 입에서 거품이 끓어 나오기 시작했다. 나는 어쩔 수 없이 해독수를 그릇에 따라 언니의 입에 들이부었다. 골방으로 가 장갑을 벗고 광목자루를 뒤져 비소를 꺼냈다. 골방에 다녀온 사이 언니는 입 안의 것을 토해냈다. 핏방울도 섞여 있었다.

"언니. 얘기 하나 해줄게. 다른 생각 하지 말고 들어. 이 얘기가 끝나면 언니는 고요해질 거야."

나는 계획하지 않았던 비소를 섞었다. 천남성, 부자, 비소를 섞은 것 한 숟가락을 연슬 언니의 입에 떠 넣었다.

"옛날 옛적에 불나국이라는 나라에 오귀대왕님이 있었어. 이웃 나라 길대 공주를 길대비 마마로 맞이해 결혼한 지 이 년 만에 첫 딸을 낳았어."

언니의 사지가 뒤틀리기 시작했고 동공이 풀렸다. 혀가 굳었지만 끊임없이 뭔가를 말하려는 듯 쇳소리가 났다. 나는 입으로는 말하고 왼손으로 언니의 입을 벌리고 숟가락으로 독초를 떠 넣었다. 독초가 닿은 내 왼손이 마비되기 시작했고 그 와중에도 힘을 쓰는 언니의 이빨이 내 손가락을 깨물었다.

상체를 일으키려고 힘을 쓰던 언니가 어느 순간 힘을 뺐다. 맥을 짚었다. 움직임이 없었다. 나는 기운이 빠져 잠시 말을 멈추고 언니의 항문을 살폈지만 변은 나오지 않았다. 언니의 몸이 독초를 모두 흡수해버렸다. 내 왼손이 마비되었고 핏방울이 맺힌 곳이 아렸다. 언니의 눈을 손으로 쓸어 감겨주었다. 나는 계속 이야기를 이어가며 얼굴과 머리카락에 묻은 토사물을 닦았다. 화장이 지워졌고 입술이 붉게 번졌다.

"니가 바로 바리공주구나. 십오 년 전에 너를 아들 왕자 아니라고 버리라고 했더니만 내가 그 죄를 받아서 이렇게 바늘 같은 내 일신이라도 태산 같은 병이 들었구나. 인제 저승 갈 날밖에 안 남았구나. 내 죽기 전에 부녀상봉 했으니 내가 죽어도 한이 없겠구나. 마음속이리도 이렇게 생가할 때 두 눈에서는 노상 소낙비 내리듯이 눈물이 주르르르 옷깃을 다 적시네."

브래지어를 채워주고 단추도 끼웠다. 언니의 핸드백에서 화장품을 꺼냈다. 언니가 하던 대로 순서를 지켜 화장을 시켜주었다. 얼굴이 냉동고에서 꺼낸 밀가루 반죽처럼 차고 찰졌지만 언니 피부가 아닌 곳은 도드라졌고, 번들거렸다. 언니가 집어던진 솔을 찾아 새로 산 빨간 립스틱으로 입술까지 꼼꼼하게 발라주었다. 언니를 반듯하게 눕혔다. 쓰레기봉투에 토사물을 닦은 수건, 독초를 개어놓은 플라스틱 접시, 해독수를 담았던 2리터짜리 생수병, 놋대야에 가라앉은 향초와 재들, 방을 닦은 걸레 등을 집어넣었다.

"은하수 잡구 물도 꺼내들고 오색도화꽃도 꺼내들고 분홍꽃은 살살이꽃 남색꽃은 힘줄살이꽃이요."

나는 놋대야에 번개탄을 놓고 불을 붙였다. 그 위에 연탄을 올려놓았다.

14. 헝클어놓다

　토끼는 가끔 양키시장 청하사에게 갔다. 청하사는 뒤늦게 자유공원에 드나드는 재미에 빠졌다. 자유공원에는 영감 할머니들이 모여 화투도 치고, 내기 장기도 하고, 술도 마시고 카세트를 틀어놓고 춤도 췄다. 청하사는 뜨개방을 드나드는 사람들이 털실로 뜬 옷 안에 속감을 대주는 일만 했다. 그 외에는 일거리도 안 들어왔다. 교복을 줄이는 일감은 언제부터인지 청하사보다 젊은네들이 꽉 잡고 있었고, 옷가게에 줄을 놓았던 수선도 발 빠르고 입 빠른 젊은네들이 차지했다.

　청하사는 청하가 제대 후, 축로기능사 자격증을 따고 연돌수리교체업체에 취직한 뒤로는 양키시장에 있는 시간보다 자유공원에 가 있는 시간이 더 많았다. 청하사는 토끼를 불러내 자유공원에서 함께 놀자고 권했다. 토끼는 몇 번 따라갔지만 취미에 안 맞았다. 할머니들은 모양을 내고 차려입고 영감들을 힐긋거렸고, 영감들은 틈 있으면 자리 잡고 앉으려 했다. 눈과 마음이 맞으면 자유공원 뒤 철학관과 점집이 밀집해 있는 골목 사이에 있는 쪽방으로 갔다. 토끼는 청하사를 만나는 것도 지겨웠다. 청하사는 자유공원에 드나드는 노인네 얘기만 했다. 노인들을 위한 댄스장이 많이 생겼다며 사교춤을 배우라고 했다.

"다 당신 좋으라고 힌트 주는 거요."

청하가 취직했다는 소식을 들은 토끼가 바리와 청하의 일을 의논하기 위해 양키시장에 갔다. 청하사는 미싱 앞에 앉아 작은 거울을 들고 분을 바르고 있었다.

"거, 애들 보기 민망하게 공원 좀 고만 올라가지."

청하사는 콧노래를 불렀다. 한 영감을 만났는데 딱, 인연이다 싶다는 거였다. 그 영감을 만나려고 칠십 평생을 고생한 것 같다며 청하사는 노인과 젊은애들 부럽지 않게 연애를 하고 있다고 말했다.

"됐소."

토끼는 평소와 달리 잔소리를 했다.

"거, 반듯하게 있다가 애들 결혼시키고 명이 다하면 깨끗하게 죽어야지 늙어 무슨 망령이야."

"모르는 소리 작작해. 남 속도 모르고. 언제 죽을지 모르는 몸 시간이 아까워 죽겠는데."

"지금 당장 죽나. 검버섯 돋은 영감이 살 문지르면 좋나."

"당신은 허던 대로 반듯하게 앉아 책이나 읽던지 텔레비전이나 보우."

"이러면 우리 바리, 청하랑 가까이 못 하지."

"내 취미랑 애들이 뭔 상관이야."

"상관있지. 할미와 제 부모 피를 어떻게 속여."

토끼는 후회했지만 이미 쏟아낸 말이었다. 청하사는 못 들은 칙하고 귀 뒤에 향수를 뿌렸다. 토끼는 싸구려 향수 냄새에 골치가 아팠다. 청하사는 일어나 문을 열고 토끼가 일어나길 기다렸다. 토끼가 일어나자 문을 닫고 몸을 굽혀 열쇠로 걸어 잠갔다. 청하사는 허리를 반듯하게 펴고 토끼의 두 눈을 똑바로 쳐다보며 말했다.

"당신 그렇게 안 봤는데. 여태 어떻게 청하를 봐줬어? 바리한테 어떤 피가 섞였는지 내 알 바는 아니지만, 당신 바리나 잘 관리하지. 앞으로 여기 오지 마시게."

청하사는 토끼를 양키시장 골목에 혼자 두고 뛰다시피 걸어갔다. 토끼는 양키시장에서 걸어나와 나무 그늘 아래 앉았다. 다시 일어나 걷다가 앉을 곳을 만나면 앉았고, 쉴 만큼 쉬다가 다시 일어나 걸었다. 길을 걸으면서 입을 찰싹 때렸다. 지나가던 사람들이 뒤돌아 토끼의 모습을 신기한 듯 쳐다보았다. 토끼는 청하사 앞에서 혀를 뽑아내고 싶었다. 청하사가 토끼에게 어렵게 아들 얘기를 했다. 청하에게 비밀이니깐 절대로 알은체를 하지 말아달라고 신신당부했었다. 토끼는 자신의 입을 용서할 수 없었다.

청하가 한 달간 지방에서 공사를 끝낸 뒤 돌아왔을 때, 청하사는 편지를 남겨두고 연탄가스를 마셨다. 토끼가 마지막으로 청하사를 만나고 한 계절도 안 지났다. 마지막에 본 청하사의 모습에서 죽음의 징후를 찾아볼 수 없었다. 오히려 칠십 평생을 기다렸다는 노인과의 사랑으로 생기가 넘쳐났다. 청하사의 죽음을 발견한 사람은 공교롭게도 바리였다.

토끼는 청하사의 죽음을 접하고 난 뒤 바리가 청하사의 죽음에 관여했다는 의심을 하기 시작했다. 장례 때, 청하의 엄마가 설치며 통곡을 했지만 아무도 위로하지 않았다. 청하의 엄마는 장례식이 끝나기가 무섭게 청하사를 정리했다. 청하와 둘이 살 집을 얻겠다고 말했지만 모든 돈거래가 끝났을 때, 그녀는 왔던 곳이 어디인지 모르겠지만 그곳으로 갔다. 청하는 회사 숙직실에 짐을 풀어놓았다.

토끼는 장례가 끝난 후 바리에게 물었다.

"청하사가 죽었는지 어떻게 알았어?"

"어, 약초 가져다주러 갔다가 발견했어."

"청하사가 왜 죽었어?"

"어, 몰라."

"바리는 알 것 같은데?"

"어, 그래."

"왜야?"

"어, 몰라."

바리는 보리를 한주먹 들어 떨어뜨렸지만 떨어지는 보리가 부들부들 떨렸다. 토끼는 바리가 산파와 연슬의 부탁으로 연탄을 피워주고 어디론가 피해 있다가 죽음을 확인했다고 생각했다. 그랬다. 그런데 그것이 아닐지도 모른다는 생각이 들었다.

토끼는 산파의 죽음 이후 바리의 검정고시에 집착했다. 바리가 전문대라도 들어가길 바랐다. 토끼의 바람과는 달리 바리는 대학은커녕 검정고시 준비도 관뒀다. 오히려 산파가 구해놓은 약초가 떨어지자 산과 들을 돌아다녔다. 말없이 나가 온종일 산을 헤매 다니다 녹초가 되어 돌아오기도 했다.

청하사가 죽고 난 뒤, 토끼는 텔레비전 화면조차 희미하게 보일 정도로 시력이 나빠졌다. 그래도 사람이 들고나는 형체를 보아 젊은이인지 늙은이인지 남자인지 여자인지는 구분할 수 있었다. 녹쇠가 와 손짓으로 바리를 데려간 날 토끼는 저절로 입이 떨렸다. 토끼는 녹쇠에 대한 소문을 알고 있었다. 겉으로 보기엔 얼굴도 하얗고 사무원처럼 말끔한 인상이지만 왼손에 감은 녹슨 쇠줄로 숨을 내뱉을 겨를도 없이 상대방의 목을 휘어감는다고 했다. 곡물상가 상인들 중에는 녹쇠에게 사채를 쓰곤 제때에 이자를 갚지 못해 목에 쇠줄이 감겼던 경험을 가진 이들이 있었다. 다른 사채업자들과 달리 처음 몇 개월 동안은 이자를 독촉하지 않다가 이자가 원금을 넘어설 때부터 녹쇠가 단독으로 찾아온다고 했다. 녹쇠는 조용히 상인을 데리고 지하철역 공중 화장실로 데리고 갔다. 화장실에 들어가자마자 목에 쇠줄을 감고 벽에 붙어 있는 광고를 읽게 했다. 광고는 신장, 폐, 간 등의 장기이식을 권하는 내용이었다. 녹내와 쇠줄이 목을 파고드는 것보다 광고에 넋이 나간 상인들은 가게 명의를 녹쇠에게 넘겼다. 곡물상가의 가게가 비워질 때마다 상인들은 수근거렸다.

토끼는 바리에게 내색하지 않았지만 불안했다. 신흥쌀집 노파가 회장이란 영감이 심장마비로 죽었다는 말을 했을 때, 바리는 손을 떨었다. 밥을 푸는 숟가락이 흔들렸고 시력이 나쁜 토끼가 눈치 챌 정도였다. 토끼는 리모컨을 쥐고 고개를 끄덕이며 생각했다. 바리가 함정에 빠졌다면 굴을 파서라도 자기가 건져내야 한다는 생각뿐이었다. 바리는 산파와 연슬, 청하사 앞에서 단지 연탄만 피운 것이 아닌, 다른 작업을 했던 거였다.

토끼는 그냥 하던 대로 텔레비전 앞에 앉아 있어야 했다. 토끼가 열심히 굴을 팠지만 그곳에 이미 뱀이 득실거리면 재치 있게 피했어야 했다. 뱀에게는 찬 기운만 가득한 것이 아니었다. 뱀에게는 치명적인 독이 있다는 것을 토끼는 알면서도 그 순간에는 덤볐다.

토끼는 감자밥을 안쳐놓고 무를 채썰어 소금을 뿌려놓았다. 시금치와 콩나물을 무쳤다. 호박과 양파를 볶았고 무채에 까나리젓을 넣고 고춧가루에 버무렸다. 계란 프라이를 두 개 해놓고 신흥쌀집에 전화를 했다. 신흥쌀집은 커다란 석류 한 알을 들고 왔다. 둘은 나란히 텔레비전 앞에 앉아 감자밥에 나물을 올리고 계란 프라이, 고추장, 참기름을 떨어뜨리고 밥을 비볐다.

"그이 말이야. 심장마비로 죽었다는 부자양반."

"화학약품공장 회장?"

"그이 집이 어딘 줄 알아?"

"내가 어떻게 알아? 집이 한두 채도 아닐 것 같은데."

"모든 집을 다 알아보면 되겠네."

"왜?"

"지난번에 항만공사 옆의 큰 운송회사가 그이네 거였다고 말했지?"

신흥쌀집은 호기심이 가득한 눈으로 그렇다고 고개를 끄덕였다.

"앞서 간 남편이 거기 운송회사에 다녔거든. 항에 하차하는 물건 받으러 갔다가 컨테이너에 깔렸어."

"그 사고는 얘기 들었어. 그런데 그이네 운송회사 다녔구나?"

"그때 그 회사 사장이 보상비를 후하게 줬거든. 그걸 밑천으로 이 가게 차린 거야. 그때는 경황이 없어 인사를 못 했는데 내 죽기 전에 고맙다는 말을 하고 싶어서."

"그 양반 죽었는데 이제 와 인사하면 뭐 해?"

"내가 살았잖아."

신흥쌀집은 석류를 반으로 갈랐다. 붉은 즙이 손목을 타고 흘렀다. 토끼는 건네받은 석류에서 붉은 알을 몇 개 떼어 먹었다.

"자기도 밥 먹으러 올 때, 그냥 오라고 해도 꼭 뭘 사들고 오잖아. 과일 한 박스라도 넣어줘야 내가 편하게 죽을 것 같으니깐 꼭 알아봐줘."

토끼와 신흥쌀집은 나란히 앉아 붉은 즙을 흘리며 석류알을 떼어먹었다. 신흥쌀집은 손으로 입가를 훔치며 묘향쌀집을 나갔다. 토끼가 붉은 즙이 빠진 알을 모아 담고 있을 때 신흥쌀집에서 전화가 걸려왔다.

토끼는 사과 한 상자를 사들고 차이나타운 꼭대기에 있는 하얀대문집으로 갔다. 무작정 찾아갔기에 대문에서부터 막혔다. 정원에 앉아 있던 사내는 돌아가신 회장의 아들을 만나러 왔다는 토끼에게 호락호락 길을 내주지 않았다. 사과상자를 정원 한쪽에 내려놓고 토끼를 정원 귀퉁이에 세워두고 기다리게 했다.

토끼는 계단 초입에 걸터앉아 바닥이 드러난 항을 보았다. 어차피 물이 들어찼다가 빠지는 것을 알고 있어서인지 물이 꽉 차 있는 것을 보면 거북스럽게 여겨졌다. 배의 밑바닥까지 드러낸 바다는 속을 후련하게 했다. 토끼가 바다의 바닥을 보며 고개를 끄덕일 때 얼굴이 하얗고 중키의 남자가 계단을 내려왔다. 녹쇠였다. 녹쇠는 요란한 티셔츠를 입고 있었다. 가까이서 보니 말 그림에 이상한 무늬가 새겨져 있었다. 어떤 말은 안경을 썼고, 어떤 말은 말꼬리 자리에 돼지꼬리가 붙어 있었다. 녹쇠는 토끼에게 사장을 찾아온 용건을 물었다.

"예전에 돌아가신 회장님께 신세를 져서 갚으려고 해서요."
"거짓말은 됐고 편안히 얘기해봐."

요란한 말무늬 티셔츠를 입은 녹쇠는 팔짱을 끼곤 토끼를 보왔다. 토끼는 그가 자신을 알고 있는 바에는 돌려 말할 필요가 없을 것 같았다.

"바리가 여기 왔었지요?"

녹쇠는 팔짱을 풀고 토끼의 팔을 잡고 정원 구석으로 갔다.

"뭔 말이야? 제대로 말해봐."

"바리가 돌아가신 영감님이랑 연관된 것 같은데. 무슨 일이 있으면 모든 것을 제가."

"하! 무슨 일? 어디서 들었어?"

녹쇠의 입은 웃고 있었다. 토끼는 가까이에서 녹쇠의 얼굴을 들여다보았다. 눈한 쪽 끝에서 관자놀이까지 날카로운 상처자국이 있었다. 토끼의 신통치 않은 시력에도 그 상처는 날카롭고 사납게 느껴졌다.

"들은 것은 아니지만 내 생각에."

"생각에? 어떤 생각을 했는지 말해 보라고."

"어, 그러니깐. 뭐부터 얘기를 해야 하나."

녹쇠는 의자가 놓인 계단 위를 손짓하며 올라갔다. 토끼는 계단을 올라가 의자에 앉았다. 녹쇠는 대문 앞에 서 있던 남자에게 음료수를 가져오라고 시켰다.

녹쇠는 오렌지 주스를 받아 뚜껑을 돌려 딴 후, 손으로 병목을 닦고 토끼에게 건네주었다. 토끼는 사과상자를 들고 가파른 언덕을 올라오느라 목이 말랐기에 병을 받아들자마자 주스를 들이켰다. 그 어느 때보다 시원했다. 녹쇠는 토끼가 주스를 다 마시고 숨을 가다듬을 때까지 기다렸다가 담배에 불을 붙였다.

"자, 천천히, 자세히, 얘기해봐."

"산파가 있었는데 바리가 태어난 날 동쪽에서 이리로 데리고 왔어요. 산파도 죽고, 옐로우하우스 유리 연슬이도 죽고, 청하사도 다 죽었어요. 모두 연탄가스를 마시고. 나는 바리가 연탄을 피웠다고 생각했는데 그게 아니고 바리가, 그러니깐 먼저, 산파는 옐로우하우스의 유리들을 위해 유산시키게 하는 독초를 만들었어요."

토끼는 하려던 말이 이런 것이 아니었는데 생각하면서도 말이 저절로 내뱉어졌다.

"계속해봐."

"독초를 생각 못 했는데. 어쩌면 그게 사람 목숨을 끊을 수도 있을 것 같고. 산파가 아니, 바리가 그 독초를 사용한 것 같아요. 무슨 사정인지 아니, 영감님의 딸들이 재산분배 문제로 사장님과 불화가 있어가지고, 그래, 바리가 독초로 영감님을."

녹쇠의 얼굴 윤곽이 일그러졌다.

"그거 동해연탄사장 일곱째 딸, 진바리에게 들었어?"

"아니, 바리는 최바리인데. 어떻게 그런 걸 다."

"일을 비틀어놓는 재주가 있군. 그래서? 뭘 어쩌려고?"

토끼는 제 목소리가 귓속을 쿵쿵 울리며 돌아다니는 것을 느꼈다. 말조심해야 하는데 생각이 들면서도 입에서 말이 새어나왔다.

"바리가 한 일에 대가를 바란다면 바리 대신 제가."

녹쇠가 웃으며 다가와 토끼의 멱살을 잡았다. 토끼는 사내의 팔에 대롱대롱 매달려 발버둥을 쳤다.

"우린 숨이 한 칸도 안 남은 할머니 따윈 관심 없거든."

녹쇠는 왼손을 들어올렸다가 내렸다. 녹슨 쇠줄이 뱀처럼 휘어졌다가 다시 왼손에 감겼다. 녹내가 났다. 녹쇠는 대문을 나서는 토끼의 어깨를 잡고 낮게 소근거렸다.

"앞으로 입을 열면 이 쇠줄로 혀를 뽑아버릴 거야."

토끼는 자신이 무슨 말을 내뱉었는지 기억나지 않았고, 정신과 상관없이 말이 줄줄 흘러나온 것은 주스에 약을 탄 때문임이 분명하다고 생각했다. 토끼는 내리막길을 내려가다 걸음을 멈추고 방금 나온 집을 올려다보았다.

15. 사라진 것은 지금 어디에 있을까

우리는 검은 물에 자리 잡은 조약돌 같은 아기집을 보았다. 청하가 내 머리를 쓰다듬었다. 의사는 청하가 좋아하는 모습을 보며 흐뭇한 미소를 지었다.

"자, 아기 심장 소리를 들어볼까요?"

나보다 훨씬 빠르게 쿵쾅거리는 심장 소리를 들으니 어쩐지 안쓰럽고 슬프게 느껴졌다. 의사가 주의사항을 얘기해주고 예정일을 알려주었다. 예정일이 꼭 맞지 않는대도 청하는 예정일을 반복해 외웠다. 우리는 의사의 방에서 나와 대기실 소파에 나란히 앉았다. 불룩하게 나온 배에 손을 받치고 앉은 여자들을 보니 마음이 편안해졌다. 나도 빨리 배가 나와 임신복을 입고 싶었다. 수납처에서 계산을 끝낸 임산부가 남편과 함께 출입문 쪽에 놓인 정수기 옆에서 무언가를 짜 손에 대고 비볐다. 그들이 나간 뒤, 나는 일어나 정수기 쪽으로 갔다. 물을 마시면서 방금 전 임산부가 손 소독용 액체를 짜서 비볐다는 것을 알게 되었다. 청하는 산모수첩을 펼쳤다. 수첩 첫 페이지에 내 키와 체중, 혈압이 적혀 있었다. 간호사가 내 이름을 불렀고 나는 피검사를 위해 피를 뽑았다.

나는 모든 것이 깔끔하게 정리된 산부인과 병원이 마음에 들었다. 생각해보니 나는 산파가 병원에 입원했을 때도 병실이 깨끗하고 마음에 들어 낮에도 방으로 돌아가지 않고 간이침대에 누워 책을 읽었다. 수첩을 읽고 있던 청하가 내가 솜으로 팔을 누르며 검사실에서 나오자 벌떡 일어나 내 팔을 눌러주었다. 나는 병원을 나가기 전에 정수기 옆에 설치된 손 소독용 액체를 짜 청하의 손에 넣고 비벼주었다. 청하와 내 손에 떨어졌던 액체가 저절로 말라버리고 산뜻한 기분이 들었다. 트럭에 오를 때는 청하가 조심스럽게 내 엉덩이를 받쳐주었다. 트럭에 올라타자마자 청하는 아기 신발을 사러 가자고 했다.

"김씨 아저씨 말이 신발을 미리 사놓으면 아기가 건강하대."
"어, 발이 건강하면 몸도 건강하다는 말도 있어."
우리는 신포시장 안에 있는 유아용품 전문점에 들어갔다. 앙증맞은 신발을 청하의 손바닥에 올려놓고 보다가 우리는 흰 리본이 달린 연분홍색 신발을 골랐다. 가게 주인은 내 배를 보더니 몇 주 되었는지 물었다.

"8주래요."

"그럼 아직 아이 성별 모르겠네요."

가게 주인은 연분홍은 여자아이라고 알려주면 사라며 노란색과 하늘색을 권해주었다. 청하는 여자의 말에 깜짝 놀랐다.

"아기가 태어나기 전에 성별을 알 수도 있나요?"

"그럼요, 요즘은 병원에서 5개월 지나면 미리 출산 준비하라고 알려줘요."

"이, 진짜요? 신기하네. 바리 닮은 딸이 태어나면 예뻐서 머리통을 깨물어버릴 것 같아. 히힛."

청하는 뭐든지 아기에 관한 것이라면 히죽거렸다. 우리는 무지개가 수놓아져 있는 하늘색 신생아용 신발을 샀다. 청하는 하늘색 신발을 조수석 앞 수납공간에 올려놓고 운전하다가 붉은 신호에 걸리면 손으로 신발을 툭, 쳤다.

우리는 살 집을 해오름빌라로 결정했다. 처음 봤을 때부터 마음에 들었던 집이었다. 동향이고 앞이 틔어 채광이 좋은 집이라고 부동산 중개인이 말해줬다. 우리는 제일 작은 방을 아기 방으로 정했다. 들여놓은 가구는 없었지만 벽지를 새로 바르고 해와 달, 별이 있는 띠벽지도 둘러놓았다. 나나진은 병아리색 커튼을 만들어줬다. 커튼 색과 똑같은 천으로 달과 별을 만들어 안에 솜을 넣고 방 천장에 매달아 놓았다. 청하는 그 방을 열어보기만 해도 기분이 좋아진다고 했다. 나도 그랬다. 얼른 시간이 지나 아기를 낳고 싶었다.

우리는 해오름빌라 3층에 커다란 짐을 몇 개 옮겨놓았다. 전에 살던 사람들이 일찍 이사를 간 덕분에 미리 청소를 해놓았고 나나진이 커튼을 만들어 달아놓았다. 청하의 트럭으로 연슬 언니 침대와 소형 냉장고를 옮겨놓았다. 연슬 언니의 침대를 옮겨주기 위해 청하와 함께 일하는 아저씨가 와서 도와주었다. 나나진은 연슬 언니의 침대를 버리고 새로 사라고 했다. 연슬 언니의 나쁜 기운이 나에게 묻어간다는 말까지 했다.

"여태까지 우린 거기서 잘 잤잖아."

나는 연슬 언니의 침대를 안방 창 아래 놓았다. 나나진이 만들어준 꽃무늬 커튼과 잘 어울렸다. 아저씨는 침대와 냉장고를 옮겨주고 난 뒤, 한 팀으로 일하는 아저씨들과 하늘연돌산업 대표가 모았다며 돈 봉투를 주었다.

"짐 정리되면 몸 무거워지기 전에 집들이 한번 하세요."

나는 봉투를 받지 못하고 망설였다. 청하가 기분 좋게 넙죽 받아들었다.

우리는 청하 회사 사람들이 준 돈으로 냉장고를 사기로 했다. 여객터미널 맞은편에 있는 대형 마트에 가서 냉동고가 분리된 냉장고를 선택했다. 냉장고 배달시간을 맞추고 수인곡물시장 앞으로 갔다. 우리가 냉장고를 열어보고 있을 때 토끼 할머니가 전화를 했다. 같이 갈 데가 있다며 할머니를 데리러 오라고 했다.

토끼 할머니는 은행잎이 떨어지고 있는 나무 아래 웅크리고 앉아 있었다. 할머니는 목재단지에 있는 가구공단으로 가자고 했다. 트럭에 올라타기 위해 할머니는 한참을 발버둥쳤다. 청하와 내가 양쪽에서 받쳐줘 겨우 올라탔다. 할머니는 의자에 앉자마자 앞에 놓인 하늘색 아기 신발을 보더니 손바닥에 신발을 올려놓고 아기 만지듯 쓰다듬었다.

"예전에 바리도 이런 하늘색 신발 신었는데."

"우와! 신기하네요. 할머니, 바리 아기 때 엄청 예뻤지요?"

"그럼, 잘 울지도 않고 순하고 예뻤지. 왜? 지금은 안 예뻐?"

"아니요, 지금도 잘 울지도 않고 순하고 예뻐요."

청하는 싱글싱글 웃으며 조수석에 토끼와 비좁게 앉은 내 머리통에 손을 대고 쓰다듬었다. 청하는 산파를 내 친할머니인 것으로 생각했다. 나에게 부모에 대해 물어보지 않았다. 그래서 고마웠다. 목재 단지에는 여러 개의 가구공장이 붙어 있었다.

우리는 그 중 한 곳에 들어갔다. 직원은 우리에게 저렴한 장롱부터 보여줬다.

"이런 시시한 장롱 말고 짱짱한 것으로 보여줘."

할머니는 합판에 칠을 하거나 시트지를 붙인 것이 아닌, 진짜 호두나무 장롱을 보여달라고 했다. 직원은 장롱에 대해 좀 아시네요, 하며 짙은 밤색으로 윤이 도는 장롱 앞으로 우리를 데리고 갔다. 할머니는 호두나무 장롱을 깐깐하게 살펴보더니 그것으로 선택했다. 나는 호두나무 장롱 가격에 기절할 것 같아 거절했다.

"짱짱한 장롱이 집안을 받쳐주지."

나는 장롱을 실은 트럭을 타고 해오름빌라로 가기로 했다. 청하와 할머니가 먼저 도착해서 기다리고 있었다. 할머니는 현관 입구에서 장롱이 들어오자마자 장롱 뒤에다가 한문으로 뭐라고뭐라고 썼다. 할머니는 안방으로 들어갔다가 연슬 언니의 침대를 보곤 기겁했다. 할머니는 장롱을 배달해온 남자들에게 침대를 싣고 가라고 말하고 난 뒤, 침대가 있던 자리에 굵은 소금을 뿌렸다. 어차피 아기 키우려면 침대가 없는 것이 낫다고 했다. 냉장고가 도착해 자리를 잡은 후 토끼 할머니는 우리를 양키시장 앞 포목점으로 데리고 갔다. 목화솜이 들어간 묵직한 금침 요와 이불, 베개를 사주었다. 금침 요와 이불은 나나진이 만들어준 커튼과 어울릴 것 같지 않았지만 푹신해 보였다. 양키시장 골목을 걸어 나가는데 세찬 바람이 불었다.

"양키시장 바람은 여전하구나."

토끼 할머니는 올이 굵은 스웨터를 끌어당겨 얼굴을 가렸다. 나는 청하의 겨드랑이에 매달렸다.

"바리, 춥지? 코트 하나 사줄까?"

"어, 다음에. 우린 요즘 너무 많은 것을 사고 있어."

"바리가 추운 것 싫어. 먼저 사달라고 조르고 그러면 귀여울 텐데."

"그럼, 사내는 여자가 뭔가 사달라고 아양 떨면 좋아하지."

토끼 할머니가 스웨터를 잡아당겨 얼굴을 파묻으며 스웨터 속에서 웃으며 말했다.

"어, 그래? 나 코트 사줘."

토끼 할머니와 청하는 걸음을 멈추고 나를 손짓하며 웃었다. 바람이 입 안으로 가득 몰려 들어갔는지 청하는 웃으며 기침까지 했다.

"지금 사러 갈까?"

"아니, 오늘은 늦었으니 다음에 사줘."

"좋아 아주 비싼 걸로 사줄게. 토끼털이 달린 거 사줄까?"

"어, 아니. 비싼 거 싫어. 털 달린 것도 싫어."

할머니랑 청하는 뭐가 우스운지 내가 말을 할 때마다 둘이 얼굴을 맞대고 웃었다.

산파의 골방과 싱크대를 열어 안이 빈 것을 확인했다. 동산 쪽 문을 열었을 때, 문 바로 아래까지 흙이 밀려와 있었다. 부동산 아저씨는 일곱 가구의 집주인이 각각 다르다고 말했다. 일곱 명의 집주인은 재건축 문제로 오래 전부터 만나왔지만 만날 때마다 의견을 맞추지 못했다고 했다.

옷과 부엌용품이 든 상자를 굴뚝에게 주고 난 뒤, 녹색 광목 자루를 들었다. 마지막으로 방을 휘둘러보았다. 버림받은 아기를 데리고 온 산파는 이 방에 짐을 풀었다. 내가 기억하지 못하는 그 시절의 산파와 토끼 할머니를 떠올려보았다. 둘이 함께 내 기저귀를 갈아 채우고 목욕도 시켰을 거였다. 번갈아 나를 안아주고 먹을 것을 입에 넣어주었을 거였다.

산파가 나를 때렸던 기억이 났다. 걸음을 걷기 시작했을까. 아니면 뛰어다녔을까. 나는 방문을 열고 주위를 살피지 않고 기찻길을 건넜다. 뒤따라 나온 산파가 나를 붙잡고 엉덩이와 어깨를 때렸다. 곧바로 기차가 지나갔다. 내 울음은 기차 바퀴 소리에 파묻혔다. 나는 산파의 매가 무서워 문을 열 때마다 멈춰 서서 좌우를 살피는 습관이 생겼다.

토끼 할머니가 떠준 빨간색 원피스를 입고 화얌에게 배운 중국 노래를 부를 때 토끼 할머니와 산파는 배를 잡고 웃었다. 토끼 할머니는 내 몸이 커지면 몸에 맞춰 새로운 빨간색 원피스를 다시 떠주었다. 마지막 원피스는 나나진에게 물려주었지만 나나진은 까실까실한 느낌이 싫다면서 원피스를 입을 때마다 투덜거렸고, 나에 비해 성장이 빨라 몇 번 입지도 않았다. 빨간 원피스들은 다 어디로 갔을까. 산파의 골방과 침대 밑, 부직포 서랍장을 뒤져도 찾을 수가 없었다.

녹색 광목자루를 펼쳤다. 바리, 라고 적힌 배냇저고리가 들어 있던 사루였다. 조선약제식물, 이라 적힌 책과 토끼가 사다 준 바리공주 이야기, 산파가 불러주는 약초와 법제, 보관방법을 삐뚤빼뚤한 글씨로 받아 적은 공책을 꺼냈다. 공책 제일 앞 장을 펼쳤다.

엄마가 아기에게 자장가를 불러줍니다.
넓고 넓은 밤하늘에 누가누가 잠자나.
하늘나라 애기 별이 깜박깜박 잠자지.
포근포근 엄마 품에 누가누가 잠자나.
우리 아기 예쁜 애기 쌔근쌔근 잠자지.
아기가 웃으며 잠을 잡니다.

반듯한 글씨체였다. 공부를 가르쳐주던 선생님이 써준 거였다. 선생님은 공책에 똑같이 다섯 번 쓰라는 숙제를 내주었다. 노래라고 했는데 어떻게 부르는지는 가르쳐주지 않았다. 아마, 숙제를 다 하면 가르쳐준다고 했던 것 같다. 나는 이 숙제를 오십 번도 넘게 썼다. 오십 번도 넘게 써도 선생님은 오질 않았다.

책과 공책을 가방에 넣고 녹색 광목자루를 들고 동산 쪽 문을 열고 슬리퍼를 신고 나갔다. 며칠 새 흙이 밀려 내려왔다. 녹색 광목자루를 펼쳐 흙을 한 줌, 두 줌, 세 줌 퍼 담았다.

청하가 회사 숙직실에서 가져온 짐은 이미 트럭에 있었다. 나나진은 컴퓨터를 포함한 짐을 청하의 트럭에 옮겨놓았다. 나나진은 할머니가 연슬의 침대를 내다버리고 금침 요를 사줬다는 말에 속이 후련하다 했다. 우리가 묘향쌀집에 들어서자마자 할머니가 청하에게 양키시장에 가서 흰 타래실과 성냥을 사오라고 시켰다. 나나진은 토끼 할머니의 자리에 앉아 리모컨으로 채널을 돌렸다.

할머니는 팥을 삶아 건져놓은 것을 한 수저 떠서 내 입에 넣어주었다. 불려놓은 찹쌀을 넣고 미리 삶아놓은 팥을 넣었다. 주걱으로 팥과 찹쌀이 잘 섞이도록 휘저었다. 이삿짐이라고 해봐야 보따리 몇 개뿐이었지만 할머니는 청하와 나나진과 내 짐이 최종적으로 들어가는 날을 손 없는 날로 정해줬다. 나나진은 미신이라고 말했지만 할머니의 말을 들었다.

"이삿짐을 올려놓고 팥죽부터 한 그릇씩 먹어."

나나진은 텔레비전 앞에 앉아 중국에서도 팥은 악귀를 쫓는다고 말했다. 나나진은 누군가에게 걸려온 전화를 받았다. 나나진이 핸드폰을 닫으며 빌라로 바로 가겠다고 말하고 가게를 나갔다.

토끼 할머니가 좁은 싱크대 앞에서 웅크리고 앉아 팥죽을 휘저었다. 나도 할머니 앞에 웅크리고 앉았다.

"안경 안 써도 잘 보여?"

토끼 할머니는 돋보기를 쓰는데 중요한 일을 할 때는 돋보기를 안 썼다.

"어."

"동생한테는 언제 가?"

"바리가 애 낳는 거 보구."

"그거 알아? 한 5개월이면 아이 성별을 알려준대."

"알아 뭐 하게?"

"딸이라면 말이야. 빨간 원피스 떠줘."

할머니는 주걱을 휘저으며 고개를 끄덕였다. 한참을 끄덕이다 나에게 주걱을 주며 저으라고 말했다. 창고 한쪽에서 뭔가를 부스럭거리더니 상자 하나를 꺼내왔다. 내 손에서 주걱을 가져가 휘저으며 상자를 손짓했다.

나는 상자를 펼쳤다. 상자에는 어렸을 때 내가 사모은 문구용품과 인형이 들어 있었다. 먼지 하나 없는 것으로 봐선 가끔 꺼내 닦아놓은 것 같았다. 옆에 보자기가 있었다. 할머니는 보자기를 펴보라고 했다.

보자기 안에는 크기가 다른 빨간 원피스가 착착 개켜져 있었다. 나는 그중 가장 큰 원피스를 펼쳤다. 오른쪽 소매 올이 풀린 거였다. 남자애들의 장난으로 기차 바퀴에 깔려 죽은 갈매기를 묻어주기 위해 방을 나서다 알루미늄새시 문에 소매 끝이 걸렸다. 올은 팔꿈치까지 풀려 있었다. 갈매기를 약초 밑에 묻어주고 나서야 약초밭과 수돗가, 철길 위에 구불거리며 흩어진 붉은 올을 되감았다. 매듭을 지을 수 없어 둘둘 뭉쳐놓고 원피스를 벗어 장롱에 숨겨뒀었다. 원피스 올이 풀리지 않게 접어놓고 제일 작은 원피스를 집어들었다. 인형 옷처럼 작았다.

"원래는 다섯 벌인데 하나가 없어졌어."

"다섯 개였어? 나는 세 개인 줄 알았어."

"벌, 이야. 옷은 한 벌, 두 벌 이렇게 세는 거야. 그런 거 제대로 알아야 아기한테 가르쳐주지."

"어, 그래. 마지막 것은 나나진 줬잖아."

"바리, 앞으로 니 것과 나나진 것 구분해."

할머니는 빨래를 할 때 나나진 옷과 한 세탁기에 넣더라도 청하와 내 속옷은 세탁망에 따로 넣으라고 일렀다.

"에이, 세탁기 없어. 나나진 거 탈수기는 있지만."

"탈수만 하드래도."

우리 속옷은 베란다에 널지 말고 안방에 작은 건조대에 널라고 했다.

"내 말 허투루 듣지 말고."

"어, 그래."

"장롱에 옷을 넣을 때도 청하의 셔츠 단추는 채우지 말고."

"어, 왜?"

"사내 셔츠의 단추를 풀어놔야 일이 잘 풀려. 속옷이나 양말도 사내 것은 위에 니 것은 아래에 넣어."

"왜 그래야 해?"

"그러는 게 좋아."

"어, 무조건 그럴게."

나는 빨간 원피스를 차곡차곡 개켜서 상자에 담았다.

"그런데. 왜 매번 빨간색으로 똑같은 모양으로 떴어?"

"그거 하나만 뜨는 방법을 겨우 배웠어. 나중에야 모자도 떴지만. 그리고 바리한테 빨강이 제일 잘 어울렸어."

청하가 들어오자 할머니는 타래실로 성냥을 느슨하게 묶었다. 이불장 제일 아래 서랍에 넣어두라고 일러주었다. 할머니가 담아준 팥죽을 들고 우리는 트럭으로 갔다.

옐로우하우스를 지나 고속도로가 시작되는 지점의 고가 아래를 지나 주택가로 들어섰다. 해오름빌라 주차장에 트럭을 세웠다. 나는 가방에서 열쇠를 찾았다. 열쇠로 문을 열고 들어가 할머니가 일러준 대로 장롱 서랍에 타래실과 성냥을 넣었다. 우리는 소파에 나란히 앉아 팥죽을 한 그릇씩 먹었다. 청하가 트럭에서 가져온 옷 보따리와 짐을 풀어놓고 있을 때 나나진이 왔다.

"고속도로가 끝나는 지점이라 골목 들어올 때 조심해야겠어."

나나진의 말에 나는 고개를 갸웃거렸다.

"나는 고속도로가 시작되는 곳이라 생각했었는데."

"하긴, 건너편에서는 고속도로가 시작되는 것 맞아. 그래, 이왕이면 끝나는 것보다 시작이라고 생각하는 것이 좋겠다."

나나진은 팥죽을 두 그릇 먹고 제 방으로 들어갔다. 나는 빨간 원피스 중 제일 작은 것을 들고 나나진의 방으로 갔다.

"너나 정신 차려. 앞으로 전화하지 마."

나나진은 거칠게 핸드폰을 닫고 원피스를 쳐다보았다. 나는 나나진에게 예전에 내가 물려준 빨간 원피스를 가지고 있는지 물었다. 나나진은 몇 번 입지도 않았고 어디로 사라졌는지 모른다고 대답했다.

"사라진 것은 지금 어디에 있을까?"

"옷이 어디로 갔겠어? 어딘가에 있겠지. 근데 토끼답다, 고집스럽게 똑같은 색과 모양으로 몇 개나 뜬 거야?"

"어, 그렇지. 다섯 벌이나 떴대."

나는 나나진이 통화를 한 사람이 양아버지라는 것을 눈치 챘지만 아는 척하지 않았다. 나나진의 방에서 컴퓨터로 맑은 황태국 끓이는 방법을 찾아달래서 공부했다.

"잠이 그리 많은지 몰랐어."

청하는 눈을 뜨자마자 몸을 벌떡 일으켰다.

"아, 여기 이제 우리집이지?"

주위를 두리번거리다 할머니가 사준 장롱을 보더니 금침 요에 다시 누웠다.

"일어나 씻어."

청하는 씨익 웃고는 나를 끌어당기려 했다. 나는 시간에 맞춰 깨웠기에 청하의 손을 피하며 서둘러야 한다고 말했다.

"바리, 나 원래 새벽일 나갈 때는 안 씻어."

"안 씻어? 어, 그럼 밥 먹고 가."

나는 청하에게 새우젓으로 간을 한 맑은 황태국을 퍼주었다. 열 번도 넘게 간을 보느라 국물이 졸았고 계란은 잘게 풀어졌다. 청하는 교자상에 차려놓은 반찬을 보고 감탄을 했지만 생각만큼 많이 먹지는 못했다.

"바리가 자는 거 쳐다보느라 잠을 설쳐서 그래."

청하는 오뎅 볶음, 동태전과 호박전, 미역줄기 무침, 취나물 무침을 한 젓가락씩은 모두 맛을 봤다. 맛있다며 호들갑을 떨었지만 그릇을 비운 것은 황태국밖에 없었다.

"바리, 앞으로 이렇게 차리지 마. 밥이랑 국만 있으면 진수성찬이야. 새벽부터 힘들게 반찬 하느라 바리랑 아기가 피곤해지는 것 싫어."

"어, 그래. 앞으로는 국만."

"그래, 국만으로 충분히 고마워."

청하는 잠옷으로 입었던 옷을 벗었다. 내가 장롱에서 옷을 하나씩 꺼내주면 청하는 옷을 받아들고 입을 때마다 헤헤, 거리며 웃었다.

"바리가 옷을 꺼내주니 좋다. 입혀주면 더 좋을 텐데."

"아기야? 얼른 서둘러."

청하는 현관으로 나가며 교자상 위에 놓인 동태전을 손으로 집어먹었다. 신발을 신으며 손에 묻은 기름을 바지에 비벼 닦은 후, 내 배에 손과 귀를 가져다 대보곤 입을 맞추었다. 그 행동이 나를 웃게 만들었다. 청하를 보내고 난 뒤, 나는 베란다에서 밖을 내다보았다. 청하의 트럭이 골목을 빠져나가 신호를 기다리다 큰 도로에 합류될 때까지 베란다 창틀에 매달려 트럭의 꽁무니를 보았다.

청하가 앉았던 자리에 앉아 밥을 먹었다. 황태국은 간이 짰고 미역줄기 무침에선 마늘 냄새가 심했다. 취나물 무침에선 돌이 씹혔다. 동태전도 짜기는 마찬가지였다. 먹을 만한 것은 호박전뿐이었다. 나는 요리에 실패한 것을 속상해하면서도 밥 한 공기를 말끔히 비웠다.

어질러진 부엌을 정리했다. 씻은 그릇을 물이 빠지는 철제 바구니에 엎어놓았다. 동태전과 호박전 남은 것을 작은 접시에 담아 랩을 씌워 교자상에 놓았다. 남은 반찬들은 냉장고에 넣었다. 냉장고 안에는 노란 등이 켜졌다. 마른 행주로 뽀얀 냉장고 문을 닦았다. 행주가 미끄러지며 냉장고 표면이 반질반질 윤이 났다. 그 느낌이 좋아 계속 계속 행주질을 했다.

교자상을 보자기로 덮어놓고 안방으로 들어가 청하가 벗어놓은 옷을 세탁 바구니에 넣었다. 낡고 후줄근한 청하의 속옷을 새것으로 바꿔야겠다고 생각했다. 세탁기를 사고 싶었다. 안

방에 작은 거울이 달린 화장대도 하나 사고 싶었다. 소파 앞에 과일을 놓을 수 있는 작은 탁자도 사고 싶었고, 욕실에 수납장도 필요했고, 거실과 부엌 사이에 들어갈 수 있는 사인용 식탁도 사고 싶었다. 집이 생기고 공간이 넓어지니 사고 싶은 물건이 생겼고 욕심도 생겼다.

햇살이 비치기 시작한 창을 나나진이 만든 꽃무늬 커튼으로 꼼꼼히 쳤다. 방바닥에 꽃무늬 그림자가 흔들렸다. 앞치마를 벗고 푹신푹신한 금침 이불 속으로 들어갔다. 아주 고된 일을 한 것처럼 몸이 무거웠다. 청하의 자리에 누워 청하의 냄새를 맡으며 잠을 잤다. 나나진이 깨울 때까지. 10분도 안 잔 것 같은데 나나진이 깨웠다.

꿈에서 청하와 함께 아기 목욕통과 거품비누를 골랐다. 청하가 거품비누의 꼭지를 누르자 거품이 계속 생겨났다. 거품은 청하의 손바닥에 가득 쌓이다 내 발에 떨어졌다. 내 발등을 타고 흘러내리던 거품이 청하와 나를 감쌀 정도로 거대해졌다. 내가 샤워기로 거품을 씻어내리는데 누군가 깨웠다. 청하와 나는 여성옷 전문매장에서 외투를 골랐다. 나는 검은색 외투를 사고 싶어 했지만 청하는 자꾸 빨간색 외투를 입어보라고 했다. 내가 빨간색 외투를 입으니 청하가 예쁘다며 나를 빙그르르 돌렸다. 내 몸이 오르골 인형처럼 두세 바퀴 돌았다. 신이 난 청하는 내 몸을 계속 돌렸다. 누군가 빙빙 돌고 있는 내 어깨를 마구 흔들어 깨웠다. 청하와 나는 손을 잡고 자유공원 산책로를 걷고 있는데 얼굴이 없는 사람이 내 팔을 잡아당겼다. 나는 청하와 깍지 낀 손을 잡고 걷고 싶은데 어디서 본 듯한 사람이 내 뺨을 때리며 깨웠다. 모두들 나를 깨웠다. 나는 자꾸자꾸 자고 싶은데 나나진이 소리를 지르며 내 몸을 흔들어 깨웠다.

16. 모든 죄는 사라지리

"그래, 니가 잘났어."

토끼는 텔레비전 앞에 앉아 채널을 돌리며 고개를 끄덕였다.

"니도 편하게 웃는구나. 그래, 나도 좋다."

텔레비전 화면에서 노인 한 명이 이를 드러내며 환하게 웃었다.

"바리는 청하의 아기를 낳을 거래. 애들이 어떻게 아를 낳아 기를지 벌써 웃음이 나와. 니가 엉터리 아니고 잘 맞춘 것은 청하와 바리가 인연이라는 거야."

토끼는 서리태 볶은 것을 한 움큼 집어 한 알씩 입에 넣고 오물거렸다. 토끼는 텔레비전 화면의 모든 사람이 산파로 보였다. 리모컨을 들고 채널을 돌렸다. 감색 정장을 단정하게 입고 일

기예보를 해주는 아나운서가 보였다. 아나운서는 예년보다 기온이 급속하게 떨어졌다고 보도했다. 토끼는 아나운서를 보며 학교 선생님이던 산파의 모습을 떠올렸다. 산파가 지휘봉을 들고 구름의 이동 경로를 따라가고 있었다.

"모르지? 친정엄마 기일 때, 니가 학교 파하고 돌아오는 길이었어."

토끼는 고개를 끄덕이다 리모컨을 내려놓고 서리태를 한 알 입에 넣었다.

"니 신랑 될 남자가 승용차로 너를 신작로 앞에 내려줬어. 나는 숨을 죽이고 약제 보관창고 뒤에 숨었어. 뾰족한 구두를 신고, 폭 좁은 스커트를 입고도 걸음걸이가 흐트러지지 않았던 너는 영화에서 봤던 서양 여자보다도 멋져 보였어."

토끼는 스텐 볼에 남아 있던 서리태를 그러모아 입안에 털어넣었다. 까실까실한 서리태 껍질을 뱉어내며 고개를 끄덕였다.

"숨어서 지켜보는 내가 너무 창피해서 니 앞에 나서지 못하고 걸어가는 뒷모습만 보았어."

아나운서가 사라지자 토끼는 리모컨을 들어 채널을 돌렸다. 여러 번 채널을 돌렸지만 젊은 가수들이 요란한 춤을 추는 화면만 나왔다. 토끼는 마지막 채널까지 돌렸다가 거꾸로 내려왔다. 마음에 드는 화면이 없는지 리모컨을 던져두고 자리에서 일어났다. 스텐 볼을 들고 곡물 함지가 놓인 좌판으로 가 쌀과 차좁쌀을 담았다. 창고 입구 싱크대로 가 스텐 볼에 물을 받아 놓고 감자 한 알을 들고 껍질을 벗겼다. 감자를 반으로 잘라 씻은 쌀과 함께 밥솥에 안쳤다. 호박을 썰어 새우젓으로 간을 해 물을 넣고 익혔다. 텔레비전 앞으로 급하게 걸어가 리모컨을 들고 채널을 돌리다 창고 쪽으로 가 호박 올려놓은 것을 수저로 휘젓고 불을 줄였다. 다시 텔레비전 앞으로 걸어가 리모컨으로 채널을 돌리다 싱크대 쪽으로 가 불을 껐다.

토끼는 밥이 뜸들 동안 신흥쌀집에 갔다. 신흥쌀집에는 며느리가 있었다.

"어디 갔어?"

"아프세요."

며느리는 토끼의 질문에 대수롭지 않게 대답했다.

"그래서 점심때도 안 왔구만. 어디가 어떻게 아픈데?"

며느리는 토끼의 말을 못 들은 척하며 곡물이 담긴 함지를 가게 안으로 옮겼다. 토끼는 희미하게 보이는 윤곽만으로 각져 보이는 며느리에게 고개를 끄덕이곤 묘향쌀집으로 돌아왔다. 골목 대부분의 상인들이 간판 정리를 했고 두세 군데를 제외하고 거의 문이 닫혔다. 토끼는 함지를 하나씩 안으로 옮겼다. 곡물들은 한 되도 빠짐없이 어제와 똑같은 양이었다.

토끼는 양푼에 차좁쌀이 고슬고슬한 밥을 한 주걱 펐다가 도로 밥솥에 담고 텔레비전 앞에 앉았다. 리모컨으로 채널을 돌렸다. 주말 드라마가 나왔다. 두 명의 여자가 남자 한 명을 놓고 싸우는 장면이었다.

"니 말만 믿었어. 진짜, 연탄공장 사장부인이 바리를 찾아다닐 거라 생각했지. 낯선 손님이 가게 안으로 들어오면 불안했어. 주문을 받고 물건을 꺼내주고 그이가 가게를 나가야 안심이 되었어. 수인선이 폐쇄되고 인적이 끊겼을 때 오히려 좋았지. 돈 좀 못 벌면 어때? 풀만 먹고 살면 어때? 그때 우리가 여길 떠났어야 했어."

토끼는 말하느라 정신이 팔려 텔레비전 화면에 삿대질을 했다. 텔레비전 화면에 나오는 사람이 여자인지 남자인지 구분도 할 수 없을 정도로 눈이 어두침침해졌다. 사위가 어두워져 불을 켜야 한다는 것도 알아차리지 못한 채 텔레비전 앞에 앉아 있었다.

"내가 말 안 했지? 연탄공장 사장부인을 만났어. 바리 사진을 보여줬더니, 바로 위의 언니를 똑 닮았대. 그이는 바리를 만나고 싶어 하지도 않았어. 사실 바리를 데려가면 어쩌나 하는 생각에 다방 앞에서 돌아설까 망설였거든. 얼마나 다행인지 속으로 고마워했지. 그런데 눈물이 쏟아지더라. 바리 불쌍해서."

토끼는 일어나 싱크대로 가다가 가게 안이 어두워졌다는 것을 깨닫고 불을 켰다. 나무 덧문을 안쪽에서 끌어당겨 닫았다. 골목 안의 가게들은 모두 불이 꺼졌다. 묘향쌀집의 나무덧문이 닫히자, 골목은 공사장의 지하처럼 어두웠다. 어둠 속에서 차양과 현수막이 그림자 없이 펄럭였다. 토끼는 양푼에 밥을 퍼담고 호박 익힌 것을 넣고 고추장을 한 숟가락 넣어 밥을 비비며 텔레비전 앞으로 와서 앉았다. 한 여자가 울고 있었다. 불을 켜서 텔레비전 화면이 아까보다 잘 보였다.

"울어봐야 소용없지."

토끼는 화면이 못마땅한 듯 채널을 돌려버렸다. 화면에는 암사자가 새끼의 허리를 입에 물고 들판을 달려가는 것이 보였다.

"아니 아냐. 산파, 니가 연탄공장 사장부인에게 아기를 내던지라고 할 거라고 전화한 날, 내가 말렸어야 했어. 오냐, 우리 같이 키우자 하는 게 아니었어. 산파 니를 이곳으로 오라고 하는 게 아니었어. 내가 욕심만 가득 찬 짐승이야."

토끼는 허기진 사람처럼 숟가락으로 밥을 퍼먹으면서도 시선은 텔레비전에 고정되었다.

"햇언나를 봤을 때, 나도 욕심을 누를 수 없었어. 사람들은 바리를 니 손녀로 생각했지만, 나는 내 밑으로 난 자식이라 여겼어."

토끼는 양푼 바닥이 긁히자 양푼을 내려놓고 리모컨을 들어 채널을 돌렸다.

"진짜 내 밑에서 빼낸 자식이라면 눈앞에 두고도 그래 모를 리 없었을 거야. 내가 헛살았어."

텔레비전 화면에는 장례조합을 광고하는 검은 양복을 입은 남자가 잡혔다.

"그래그래, 나도 참 어리석어. 산파, 니가 연탄불을 피웠을 리가 없지."

검은 양복을 입은 남자 뒤로 영정사진과 소복을 입은 사람들이 보였다.

"그런데 왜 하필 바리야. 이 못나고 독한 사람아. 왜 바리에게 시켰어? 나한테 하라 그러지. 내가 못 할 줄 알고?"

토끼는 텔레비전 화면에 삿대질을 하며 성을 냈다. 멀리서 보면 텔레비전을 통해 상대방과 화상통화라도 하다가 싸우는 것처럼 보였다. 장례조합 광고가 끝나자 옥매트 광고가 나왔다. 화물 열차가 지나가는 소리가 들렸다. 곧이어 바닥이 흔들거렸다. 토끼는 엉덩이를 바닥에서 들어올리고 채널을 돌렸다. 초록색 수술가운을 입은 여의사의 얼굴이 클로즈업 되었다. 토끼는 큰 소리로 화를 냈다.

"니가 그래 못난 사람인지 몰랐어. 뭔 욕심에 유리들 아랫도리에 붙어 살았나. 유리들한테 빠져 사는 사내놈들이랑 똑같아. 아니, 산파 니가 더 나빠."

토끼는 리모컨을 내던지고 일어나 싱크대로 가 수돗물을 한 컵 받아 들이켰다. 사람이라도 기다리고 있는 듯 컵을 들고 빠른 걸음으로 텔레비전 앞에 앉았다.

"시원하게 말 좀 해봐. 어? 왜 그랬어? 니 하나로 끝날 거라 생각했어? 연슬년, 청하사에 이어 얼마 전에는."

토끼는 물을 한 컵 다시 들이켰다. 텔레비전 화면에는 화이트보드 판 앞에서 수학문제를 풀고 있는 여교사가 잡혔다.

"내 잘못이야. 죽은 영감의 집에 찾아가는 게 아니었어. 영감의 아들 만나지도 못했어. 녹쇠가 나한테 약을 탄 주스를 마시게 한 게 틀림없어. 약 먹은 병아리처럼 고개를 까닥이며 조잘댔어. 내가, 내 입이 또 헝클어 놓았어. 내 행동이 뱉어낸 말이 죄인 줄도 모르고 쏟아냈어."

토끼는 채널을 돌리다 리모컨으로 소리를 키웠다.

"이제까지 지은 죄를 지금 모두 참회하고."

토끼는 두 손으로 바닥을 짚고 얼굴을 텔레비전에 바짝 가져갔다.

"살생하여 지은 죄를 지금 모두 참회하고."

화면에는 작은 연못에 분홍 연꽃이 떠 있었다. 시력이 나쁜 토끼의 눈에 연꽃에서 막 봉우리가 피어오르는 것이 선명하게 보였다.

"악한 말로 지은 죄를 지금 모두 참회하고,
욕심으로 지은 죄를 지금 모두 참회하고."

토끼는 고개를 끄덕였다. 회색 장삼을 입고 적갈색 가사를 수한 스님이 우리말 천수경을 독경했다.

"어리석어 지은 죄를 지금 모두 참회하고,
크고 작게 지은 죄를 지금 모두 참회하고."

토끼는 네 발 달린 짐승처럼 엉덩이를 바닥에 붙이고 두 팔도 바닥을 짚고 앉아 고개를 끄덕였다.

"백겁천겁 쌓인 죄 한순간에 없어져서
마른 풀을 태우듯이 남김없이 사라지고
마음에서 일어나는 본래 없는 모든 죄업
이 마음만 없어지면 모든 죄는 사라지리
죄와 마음 모두 없애 두 가지가 공해지며
이 경지를 이름하여 진참회라 이른다네."

토끼는 고개를 끄덕였다. 나나진이 나무덧문을 열고 들어와 토끼에게 뭐라고 말을 할 때도, 토끼는 텔레비전만 쳐다보며 고개를 끄덕였다. 나나진이 토끼의 겨드랑이를 잡고 일으켜도 고개만 끄덕였다.

17. 다시 굴뚝으로

걸음을 멈춘다. 굴뚝을 본다. 걸어간다. 굴뚝이다. 걸어간다. 굴뚝을 올려다본다. 이 공단지역에 자리 잡은 공장은 수십 개가 넘었다. 티타늄공장, 알루미늄공장, 스티로폼공장, 유리공장, 화학약품공장, 비료공장, 파이프공장, 공업용전선공장, 고무공장, 제철공장, 스티커공장, 비닐공장, 제빙공장, 커피공장, 밀가루공장, 화장품공장, 과자공장, 아이스크림공장, 설탕공장. 알려진 공장, 알려지지 않은 공장, 이름이 있는 공장, 이름이 없는 공장, 문이 닫힌 공장, 굴뚝에 연기가 나며 돌아가는 공장. 공장에는 굴뚝이 있다. 굴뚝이 없는 곳은 수상하다. 조사해봐야 한다. 굴뚝이 있는 공장도 수상하다. 모든 굴뚝을 조사해봐야 한다. 걸어간다, 공장이다, 굴뚝이다. 나는 굴뚝을 바라본다.

나는 아랫배에 손을 대고 걸었다. 외장을 파란 바다 위의 흰 구름과 날아가는 갈매기를 그려놓은 굴뚝 앞에 섰다. 청하는 하던 대로 똑같이 굴뚝 안으로 들어갔다. 아니, 어쩌면 다른 날과 달랐다. 내가 열 번도 넘게 간을 보며 끓여준 황태국에 밥을 말아 먹었으니까. 신발을 신기 전, 손으로 동태전을 집어먹고 내 배에 입을 맞추고 나갔으니까.

멀리서 보면 굴뚝은 하늘에서 뚝 떨어져 공장에 박힌 것처럼 보였다. 굴뚝은 올라가야 하는 것이 아닌, 굴뚝의 입구에서 안으로 떨어지는 것처럼 여겨졌다. 청하와 일하는 아저씨들은 32년이 된 나후된 연돌이었다고 했다. 굴뚝을 세우고 난 뒤 한 번도 손을 안 된 것이었다고 했다. 내부 부식 탈락이 심했고, 균형도 엉망이었고, 굴뚝 내부 콘크리트 사이에 철근 노출이 심했다고 했다. 철거를 하고 다시 세워야 한다는 청하와 하늘연돌산업 대표의 의견을 공장 측은 거절했다.

공장건물을 한 바퀴 돌았다. 출입문이 닫혀 있어 안으로 들어갈 수 없었다. 굴뚝의 하단에서 상단까지, 전체가 보이는 곳에 자리를 잡고 앉았다. 가까이서 보면 굴뚝은 하늘을 향해 솟아오른 것처럼 보였다. 무언가를 다 태우고 끊임없이 연기를 흘러 내보내도 어김없이 굴뚝은 남겨졌다.

청하는 안전벨트를 매고 사다리를 내려갔다고 한다. 김씨 아저씨는 마치 방금 전에 일어난 일인 듯 자세히 말했다. 연돌 내부 안전점검만 하고 곧바로 올라오면 되는 거랬다.

"저 얼른 끝내고 집에 가야 해요. 마누라가 기다려요. 마누라가."

청하가 마누라, 라고 말해 팀 아저씨들은 모두 킬킬거리며 웃었다고 했다. 청하는 산소 마스크를 목에 걸었지만 말하느라 입에 끼우지는 않았다. 설사 산소 마스크를 끼웠다고 해도 소용없을 거랬다.

청하는 내부 안전점검을 끝냈다고 무전기로 굴뚝 밖에 있는 팀원에게 말했다. 세 명의 팀원들은 연장을 정리해 트럭에 옮겨놨다. 청하가 안전벨트를 손으로 만지며 사다리를 타고 올라가려 할 때, 벽돌 하나가 떨어졌을 거다. 무엇이 떨어졌는지 파악하지 못한 채 주먹만 한 하늘 구멍을 올려다보았을 때, 두 번째 세 번째 벽돌이 와르륵 무너진 거다.

팀원들은 굴뚝 외벽에 놓인 안전지대에서 연장을 정리하며 개운하게 담배를 피웠다고 했다. 얼핏 청하의 목소리를 들은 것 같아, 김씨 아저씨가 담배를 입에 물고 굴뚝 안을 들여다봤다. 검은 굴뚝 깊은 곳에서 천천히 흰 연기가 올라왔다고 했다.

플래쉬를 비춰보니 굴뚝 안이 막혀 있었다. 청하의 구조는 더디게 진행되었다. 구조원들은 무너진 벽돌을 하나씩 걷어내며 굴뚝 안으로 들어갔다. 조각으로 부서진 벽돌과 분진들을 걷어냈을 때, 분진에 파묻혀 있었던 청하는 검은 형체로 굳어 있었다고 했다. 처음 청하의 몸을 들어올린 사람은 청하가 입을 벌리고 있었다고 했다. 너무 놀라 소리치느라고 벌린 입이 아니라 입꼬리를 올리며 웃고 있는 것 같았다고.

장례를 치르는 동안에도 청하를 제외한 나머지 팀원들은 작업하던 굴뚝에서 깨진 벽돌과 분진을 거둬냈다. 하늘연돌산업 대표는 오래된 연돌이었지만 내부 공사가 끝 난 상태였고 벽돌이 무너지는 일은 불가능하다고 주장했다. 누군가 고의적으로 벽돌을 뜯어내 슬며시 끼워둔 것이 아니라면 하늘의 저주라고 했다. 아무리 3D직업이라 보험 가입도 힘들다지만, 이런 어처구니없는 사고는 처음이라고 했다. 나는 녹쇠가 굴뚝 위에서 녹슨 쇠줄로 굴뚝을 후려치는 것을 상상했다.

청하의 엄마는 입술에서 립스틱을 지웠는데도 빨간 자국이 밭인 날까지 남아 있었다. 청하의 엄마는 나에게 핸드폰을 빌려달래서 누군가에게 하소연을 하며, 울음 섞인 목소리로 사정을 했다. 토끼 할머니는 한쪽에 앉아 고개를 끄덕이며 중얼거렸다.

"이 마음만 없어지면 모든 죄는 사라지리. 죄와 마음 모두 없애 두 가지가 공해지며."

나는 토끼 할머니를 쳐다보았다.

"어, 나는 할머니가 하라는 대로 다 했어. 손 없는 날에 이사를 했고, 연슬 언니의 침대를 버렸어."

"그래, 나 때문이야. 내가 일을 헝클어 놓았어. 내 입이 죄야."

토끼 할머니는 자신의 입과 뺨을 찰싹찰싹 때렸다.

"어, 이사 하는 날 팥죽도 먹었고 타래실과 성냥을 장롱에 넣었어. 청하의 셔츠 단추는 모두 풀어놓았고, 청하의 옷은 위에 내 옷은 아래에 넣었어."

나나진이 나를 잡아당겨 안았다.

"내가 굴뚝을 몰아붙였어. 굴뚝은 내 말을 듣고 거기 찾아간 거야. 바리가 스폰에게서 돈 천만원을 받았다고 말했거든."

청하의 엄마가 핸드폰을 돌려주며 말했다.

"청하를 죽인 것은 걔 아버지야, 진짜야. 내가 걔 아버지가 죽지 않았다고 말했거든. 걔 아버지의 죄를 말해줬거든. 그래서 그 일을 밝혀내려고 거기에 간 거야."

청하의 아버지는 건드려서는 안 되는 여자를 안았다. 청하의 아버지는 자신이 죽이지도 않은 두 명의 사내를 살해한 죄를 뒤집어쓰고 교도소에 갇혔다. 평생 그곳에서 나오지 못한다고 했다. 여자의 남편은 이 도시에서 여러 개의 공장을 소유하고 있다고 했다. 청하의 엄마는 여자의 남편을 본 적이 있는데 검은 늑대 같은 사내였다고 말했다.

"그 자의 짓이야. 그 늑대 같은 남자가 청하를 죽인 거야."

청하의 엄마는 나에게 정신 차리라고 말했다.

"나는 그때 미련하고 무지해서 무죄가 밝혀질 거라고, 풀려나올 거라 여기고 청하를 낳았어. 그래서 내 인생이 조졌어."

청하의 엄마는 문상객들이 쳐다보는 것도 신경 안 쓰고 담배를 꺼내 물었다.

"너는 젊으니깐 아이를 떼내버리고 정신 차리고 살아."

나나진은 청하의 엄마에게 헛소리 집어치우라고 소리를 질렀다. 청하의 엄마는 화장터에서 유골함을 잡고 울었다. 니니진이 유골함을 달라고 했다. 청하의 엄마는 유골함을 안고 청하와 같이 일한 아저씨에게 받은 핸드폰을 펼쳤다.

"이 핸드폰은 내가 쓸게. 무슨 일 있으면 이리로 연락해."

그녀는 청하가 찍어놓은 빌라 사진을 나에게 보였다.

"청하가 아파트 전세를 얻은 것 같은데 전셋값을 돌려줘."

"아파트 아니고 빌라 거든요. 혼자 얻은 것도 아니고."

나나진이 나서서 대답했다.

"그럼, 청하가 보탠 금액을 돌려줘."

나나진은 전세금이 나오면 주겠다고 말하며 유골함을 뺏었다. 청하의 엄마는 나나진을 상대하기 싫다는 듯 내 어깨를 잡고 화장터 뒤로 갔다.

"난 지금 곧바로 떠날 거야. 전세금 나올 때까지 기다릴 수 없어. 전세금이 나오면 여기로 보내줘."

그녀는 미리 적어둔 것인지 계좌번호가 적힌 종이를 내밀었다. 나는 종이를 받아들었다. 화장터 앞쪽으로 걸어가다가 그녀는 다시 내 어깨를 잡고 멈춰 세웠다.

"급해서 그러는데 혹시, 청하가 남긴 통장이나 여윳돈이 있으면 빌려줘. 한판 크게 건지면 두 배로 쳐 갚아줄게."

나나진이 운전하는 차에 모두 함께 타고 은행으로 갔다. 토끼 할머니의 통장에서 돈을 꺼내 청하가 보탠 금액을 주었다. 나는 청하의 월급이 들어왔던 통장은 주지 않았다. 청하의 월급이 들어왔던 통장은 매달 금액이 고대로 쌓였다. 청하는 통장에서 매일매일 돈을 꺼내 썼는데, 만원 이상을 찾은 적이 단 한 번도 없었다. 청하의 엄마는 돈을 받고 터미널까지 태워달라며 뒷자석에 탔다. 나나진은 운전석에서 내려 차 뒷문을 열었다.

"내려요. 택시 타고 가. 다신 바리한테 연락하지 마."

청하의 엄마는 차에서 내리며 나에게 아기를 낳게 되면 청하의 핸드폰으로 전화 하라고 말했다. 나는 청하가 가루가 되어 담겨 있는 유골함을 안고만 있었다.

공장의 쪽문이 열렸다. 문을 열고 나온 공장 경비원은 곧바로 나에게 다가왔다. 제발 그만 찾아오라고 말했다. 나는 아랫배를 손으로 감싸고 그에게 말했다.

"아저씨, 저기 굴뚝 보이죠?"

"그래, 보여. 보인다고."

"저기 굴뚝 보이잖아요. 한 번만. 한 번만 들어가게 해줘요."

"이봐, 이제 그만 와. 몸도 많이 무거워진 것 같은데."

나나진의 빨간 소형차가 다가와 섰다. 경비원이 나나진의 차를 보며 손짓했다. 나나진은 경비원에게 인사를 하고 내 팔을 잡았다.

"나나진, 나 좀 들어가봐야 해. 저기 굴뚝 보이지? 나나진 저기 굴뚝이잖아."

"가자, 바리야. 집으로 가자."

"어, 나나진 청하는 아직 저기 있어. 가봐야 해. 얼마나 놀랐을까. 더 늦기 전에 내가 청하를 인도해줘야 해."

나나진이 손으로 허공을 휘젓는 나를 껴안았다. 나나진의 말랑거리는 가슴과 배 그리고 불룩한 내 배 사이에서 뭔가 꿈틀거렸다. 배가 단단하게 뭉쳐졌고 단단한 덩어리가 배 안쪽 깊숙한 곳에서 천천히 움직였다. 나는 얌전히 나나진이 이끄는 대로 차에 올라탔다. 나나진의 차가 검은 하늘에 흰 연기를 내뿜고 있는 공단지역을 지나갔다.

"나나진. 부모가 지은 죄를 자식이 물려받는 거라면 그런 저주가 정해진 거라면, 나는 청하의 아기를 낳을 수 없어."

"굴뚝은 죄 없잖아."

"어, 없어. 나한테 있어. 청하는 내가 죽인 거야."

"그런 저주 같은 거 없어. 그런 것이 있다면 내 양아버지의 아이들은 벌써 열 번은 죽었어야 했어."

"그런데 청하는 왜 죽은 거야. 죄도 없고 착하고 예쁜 사람인데."

"내 말이. 죽어야 할 사람은 철면피처럼 잘 살고들 있지."

나나진의 차가 홍등을 달아놓은 차이나타운의 외곽으로 다가갔다. 붉은 신호등이 켜져 나나진은 차를 멈춰 세웠다. 나는 창문을 내리고 차이나타운 꼭대기 쪽을 보았다. 그 집이 보였다. 산 속에 파묻힌 것 같았지만 내 눈에는 뚜렷하게 흰 외벽을 가진 집이 도드라져 보였다. 칼날처럼 예리한 바람이 차 안으로 들어왔다.

"나나진, 죽어야 할 사람은 죽어야겠지?"

"죽어버렸으면 좋겠어. 아니, 누군가 죽여줬으면 좋겠어."

"나나진 저기 공화춘으로 가줄래?"

나나진의 차가 좌회전을 해 가파른 골목으로 올라갔다. 공화춘 앞에 멈췄다. 나나진은 사이드 브레이크를 잡아당기고 내 손을 잡았다.

"잠깐만 기다려줘."

나는 하얀대문집으로 갔다. 대문 어디에도 초인종으로 보이는 것이 없었다. 나는 주먹을 쥐고 대문을 두드렸다. 집의 왼쪽 끝에서 개 짖는 소리가 들렸다. 정원과 대문에 달린 외등이 켜졌다. 탁탁탁. 쇠줄이 뭔가를 치는 소리가 들렸고 대문이 열렸다. 녹쇠가 서 있었다. 나는 대문 안으로 들어갔다.

"시장님을 만나러 왔어요."

"그냥 가."

녹쇠는 내 어깨를 잡아 대문 밖으로 밀었다. 나는 한 손을 대문 안으로 집어넣었다.

"당신이 그랬어요?"

"뭘?"

"굴뚝, 왜 그랬어요? 청하는, 착한 청하는 죄 없는데."

녹쇠는 내 손을 잡고 대문 밖으로 나왔다.

"그 말라깽이? 겁도 없이 제 발로 여길 찾아왔다더군. 하필 내가 없을 때 왔어. 자기 여자랑 무슨 관계냐고 사장한테 물었대. 스폰? 웃기네. 적반하장도 유분수지. 지 아비의 죄를 누구에게 덮어씌우는 거야?"

녹쇠는 담배를 꺼내 불을 붙였다.

"너 영상 봤지? 그거 그 아비가 찍은 거야. 놈과 사모가 숲에서 그 짓 할 때, 다섯 살 여자아이가 들개한테 물려 죽었어. 하얀 원피스가 피범벅이 되도록. 다섯 살 아이는 무슨 죄가 있어? 어? 말해봐."

나는 후들거리는 손으로 배를 감쌌다.

"또, 니가 입조심을 하지 않았든가 니 주변 인간들이 상상하는 재주가 뛰어나거나. 암튼, 나는 그 말라깽이 얼굴도 못 봤어."

녹쇠는 왼손을 휘둘렀다. 녹슨 쇠줄이 내 둥그런 배를 후려쳤다. 순간 배가 뭉쳤고 뱃속의 아기가 발길질을 했다.

"또 한 번 시끄럽게들 굴면 그때는. 알지?"

나는 두 손으로 배를 움켜쥐었다. 녹쇠는 쇠줄로 배를 움켜쥔 내 손을 다시 후려쳤다. 녹쇠는 왼손으로 허공을 후려치며 나를 노려보았다. 뱀이 움직이는 것처럼 녹내 나는 쇠줄이 허공에서 나선형을 그렸다. 쇠줄이 치고 간 손등이 쓰라렸지만 나는 배에서 손을 떼지 않았다. 발을 움직이지도 않고 녹쇠를 바라보았다. 녹쇠도 나를 쏘아보았다.

"가라."

녹쇠가 먼저 내 눈을 피해 대문 안으로 들어갔다. 대문 안에서 탁탁탁 쇠줄이 무언가를 치는 소리가 들렸다. 나는 천천히 가파른 길을 내려갔다.

나나진은 차 앞에서 담배를 피우고 있다가 나를 보곤 운전석으로 들어갔다.

"빨리 왔네?"

"어."

내가 차에 올라타자마자 나나진은 시동을 걸고 브레이크를 밟지 않고 가파른 언덕을 내려갔다. 차가 여객선 터미널 앞에서 붉은 신호에 걸리자, 나나진은 차를 급정기했다. 나나진이 팔을 뻗어 내 몸이 앞으로 밀리지 않게 막았다.

"괜찮아?"

"어, 나나진. 나 혼자 청하의 아기 잘 키울 수 있을까? 지켜줄 수 있을까?"

나나진은 녹색 신호를 받아 차의 속력을 내면서 창문을 열었다. 찬바람이 안으로 들어왔다.

"왜 혼자야. 쌀집 할머니도 있고, 나도 있고. 음, 빨간 입술 싸가지 할머니도 있잖아."

나나진의 차가 수인곡물시장과 옐로우하우스 사이 길을 지났다. 고속도로가 시작되는 지점 아래에 있는 고가 밑을 지나쳤다. 굴뚝이 보였다. 언젠가 청하가 이 지역에서 꽤 큰 공장인데 망했다고 말했던 공장의 굴뚝이었다. 하필 굴뚝 설비를 끝내자마자 공장 문을 닫게 되어 청하는 새로 단장한 굴뚝이 아깝다고 했다.

"나나진 나 코트 하나 만들어줘."

"코트?"

"어, 만들어줘. 청하가 사준다고 약속했는데."

"그랬구나. 어떤 걸로 만들어줄까? 린넨과 스판, 레이스로는 안 되고 니트, 아니 토끼털?"

"토끼가 만든 원피스처럼 줄어들지 않고 떨어지지도 않는 단단하고 강력한 외투를 만들어줘."

"단단하고 강력한? 그래 만들어보자."

"나나진, 청하가 보고 싶어."

"그렇지?"

"어, 나나진. 청하는 죽은 게 아니야. 하늘로 승천했어."

의사는 그동안 왜 오지 않았냐며 초음파로 태아의 손가락과 발가락 개수를 헤아렸다. 머리의 크기를 쟀고 가슴과 배, 엉덩이 위치를 확인시켜주었다. 태아는 탈 없이 잘 자라고 있었다. 의사는 이제부턴 반드시 정기적으로 검진을 받으러 와야 한다고 했다.

"아빠는 안 오셨나요? 이것은 탯줄이고요. 여기 보이죠? 아빠를 안 닮았네요."

나나진과 나는 말없이 서로를 바라보기만 했다. 우리가 반응을 보이질 않자 의사는 멋쩍은 듯 웃으며 말했다.

"모르시겠어요? 유아용품을 분홍색으로 준비하라는 말입니다."

"네."

나나진이 대답하자 의사는 내 표정을 살폈다. 나는 이를 악물고 자리에서 일어났다. 입을 벌리면 말보다 먼저 울음이 터질 것 같았다. 그동안 병원에 가지 않아 받지 못한 여러 가지 검사를 받았다. 간호사는 검사 결과를 핸드폰으로 문자 보내겠다고 했다. 별 이상이 없으면 다음 검진 때 오라고 했다. 나는 출입구 쪽 벽에 매달려 있는 손 소독용 액체를 손바닥에 떨어뜨리고 손을 비볐다. 손바닥에 닿았던 액체는 금세 사라졌다. 나는 손을 코에 가져가 냄새를 맡았다. 아무 냄새가 나지 않았다. 다시 액체를 손바닥에 떨어뜨렸다. 손에 있는 세균을 죽이고 액체는 흔적도 없이 사라졌다. 완벽했다.

나나진의 차를 타고 수인곡물시장으로 갔다. 토끼 할머니의 짐은 가방 하나가 다였다. 창고에 쌓아두었던 소설책들은 미리 배다리에 있는 헌책방에 가져다주었다. 헌책방 주인은 책장에 꽂아놔도 안 팔릴 소설이지만 섭섭하니깐 종이값이라도 준다며 만원짜리 한 장을 줬다.

나나진은 차 트렁크에 컴퓨터와 스케치북 여러 권과 천을 담은 상자를 담았다. 나나진이 만든 옷과 택배 상자도 차곡차곡 개켜서 틈에 끼웠다. 나는 방과 거실에서 커튼을 뜯어내고 토끼가 사준 원앙금침 이불을 챙겼다. 청하와 나는 처음이자 마지막으로 그 이불에서 잤다. 서로의 몸을 만지지는 않았다. 청하가 잠들었을 때는 내가, 내가 잠들었을 때는 청하가 서로 번갈아 잠든 모습을 보았던 이불이었다.

토끼 할머니는 앞자리에 앉았다. 나나진은 할머니에게 발 밑에 있는 컴퓨터 모니터를 조심하라고 말했다. 할머니는 고개를 끄덕였다. 나는 뒷자리에 앉아 청하의 유골함을 옆에 놓고 사이에 원앙금침 이불을 놓았다.

트럭 운전석 앞에 놓아뒀던, 무지개가 그려진 하늘색 아기 신발이 문득 생각나, 청하의 회사에 갔다. 김씨 아저씨는 트럭이 열려 있을 거라 했다. 나는 디딤쇠를 딛고 쉽게 트럭에 올라갔다. 신발을 보는 순간 울컥, 하며 무엇인가 치올라왔다. 신발을 움켜쥐고 내리려다 고장나서 열려 있는 수납장을 보았다. 엉켜 있는 전선과 목장갑 사이에 끼어 있는 종이가 보였다. 나는 트럭 조수석에 다시 앉아 종이를 펼쳤다.

바리야, 나랑 결혼하자. 바리야, 사랑해. 아니, 바리야 오래 전부터 좋아했어. 아니, 한 집에서 살까. 너, 어른이지. 내 아이 낳아줄래. 공책 한 장에 빼곡히 말 연습을 해놓은 거였다. 마지막 문장에는 동그라미가 쳐져 있었다.

차곡차곡 누르고 있던 단단한 울음이 터져 나왔다. 나는 청하처럼 바짝 마르게 느껴지는 낡은 트럭에 엎드려 속이 뒤집힐 때까지 소리 내며 울었다. 그 시간을 보내고 나서야 나는 청하의 죽음을 인정했다. 청하의 유골함을 열어 비닐을 펼쳤다. 가루 속에 손을 넣었다. 미지근한 가루가 내 손을 감쌌다. 청하의 몸이 불에 타고 헤쳐지고 뒤섞여 어디가 얼굴인지 손인지 구분이 되지 않았지만, 내 손을 깍지 끼는 청하를 만지는 것 같았다. 청하의 몸 전체를 느꼈다. 손에 묻은 가루를 천천히 털고 유골함에 아기 신발을 넣었다. 가루이며 몸 전체인 청하가 아기의 신발을 품고 있게 됐다.

나나진의 차가 수인곡물시장 팻말을 지나쳐 항만공사를 지났다. 차가 북항을 지나치고 공단지역으로 들어설 때, 뱃속에서 청하의 아기가 발길질을 했다. 나는 원앙금침 이불에 기댔다. 나나진의 차가 굴뚝을 지나쳤다. 빨갛고 하얀 줄무늬가 그려진 굴뚝. 공장 이름을 크게 써놓은 굴뚝. 흰 굴뚝. 시멘트 굴뚝. 분진으로 검게 그을린 굴뚝. 한눈에 봐도 낡아 무너져 내릴 것 같은 굴뚝. 흰 연기가 끊임없이 뿜어져 나오는 굴뚝. 커피공장을 지나칠 때는 커피 냄새가 났다. 공업용전선공장을 지날 때에는 전선이 불에 타는 냄새가 났다. 과자공장을 지날 때에는 달콤한 냄새가 났다. 공장이 무리지어 있는 곳을 지날 때에는 모든 것이 뒤섞여 그냥, 공장 냄새가 났다.

"난 어디든 상관없어. 컴퓨터만 있으면 되니깐."

나나진이 말했다. 토끼 할머니가 고개를 끄덕였다.

"어, 나는 지금 당장은 굴뚝이 보이지 않는 곳."

내 말에 할머니가 또 고개를 끄덕였다.

"나는 해가 뜨는 곳."

토끼 할머니가 말했다.

"해는 어디서든 뜨거든요?"

나나진이 말대답하자 토끼 할머니가 씨익 웃으며 고개를 끄덕였다. 나나진의 차가 파란 바다 위로 흰 구름과 날아가는 갈매기가 그려진 굴뚝을 지나 고속도로 입구로 들어섰다. 나나진과 나는 아기를 낳을 때까지 토끼 할머니가 원하는 곳에서 살기로 했다. 나나진은 돈을 모을 것이라 했다.

나는 독초를 찾으러 다닐 것이다. 나는 토끼 할머니가 내뱉는 숨이 얼마 남지 않았다는 것을 알았다. 나는 나만의 방법으로 독초를 법제할 것이다. 식도와 위, 창자를 빠르게 훑고 지나는 순간, 신속하게 숨을 끊을 수 있도록 강력한 독초를 찾아낼 것이다. 산을 파헤치고 찾아낸 독초를 법제해 제일 먼저 토끼 할머니에게 쓸 것이다.

할머니는 청하의 죽음 이후 깊은 잠을 못 잤고 엉뚱한 소리를 중얼거리며 자신의 뺨을 때렸다. 아침부터 손발이 퉁퉁 부어올랐다. 길을 건널 때는 주위를 살피지 않았고 칼을 사용할 때는 칼이 손등을 베고 있는 것도 몰랐다. 할머니가 원한다면 나는 할머니를 통증 없이 편안하게 죽음으로 인도할 것이다. 토끼 할머니에게 쓸 독초와는 다른 독초도 재취할 것이다. 편안하게 죽음으로 인도하는 절차 따윈 없이 신속하게 사용할 수 있는 강력한 독초를 법제할 것이다. 그리고 돌아올 것이다. 청하의 아이를 데리고, 굴뚝이 있는 이곳으로. 나나진의 차가 고속도로 양쪽에 무리지어 있는 굴뚝을 지나쳤다. 굴뚝에서 연기가 끊임없이 하늘로 솟구쳤다.

심사평
작가의 말

심사평

반복과 차이

'혼불'이 '흔불'처럼 타올라시인가 최명희의 『혼불』의 정신을 기리고 계승하기 위한 '혼불문학상'의 기세가 아무래도 심상찮다. 2011년 제1회 '혼불문학상'의 응모작과 당선작의 수준이 만만치 않더니 2012년 제2회 응모작들의 수준도 결코 1회의 응모작에 뒤지지 않는다. '혼불문학상'이 지방에서 주최하고 운영하는 문학상이라는 점을 감안하면 '혼불문학상'의 이 기세는 놀라운 일임에 틀림없다. 물론 지방이라고 해서 다 같은 지방도 아니고 채만식, 고은, 최일남, 서정인, 윤흥길, 박범신, 양귀자, 이병천, 신경숙, 은희경, 백가흠 등의 문학을, 그리고 특히 최명희의 『혼불』을 잉태한 곳에서 벌어지는 문학적 향연임을 고려한다면, '혼불문학상'의 기세는 오히려 당연한 것 아니냐고 말할 분들도 있을 수 있겠다. 하지만 거의 모든 문학적 역량이 중심부에 집중되어 있는 오늘날의 문학적 현실에 비추어볼 때 '혼불문학상'의 선전은 놀랍다고 부르는 것은 문제가 있는지 몰라도 하여튼 반갑고 고마운 일인 것만은 분명하다.

제2회 혼불문학상의 최종 무대에 초대된 작품은 모두 5편이었다. 그중 신은수씨의 『한데 우물』은 어느 작품보다 최명희의 『혼불』의 정신과 소설적 문법을 충실히 계승한 작품이어서 인상적이었다. 시대적 배경도 그러했고 공간적 배경도 그러했다. 자족적이고도 원환적인 통일성과 역사를 지닌 한 지역을 중심으로 한국 더 나아가 세계의 보편적인 역사를 포괄하려는 소설적 방법이나 특정 지역에서 벌어지는 신성한 디테일들의 사실적이고도 생생한 묘사는 『혼불』을 방불케 했다. 하지만 『한데 우물』은 『혼불』의 결정적인 요소를 계승하지는 못했다고 보아야 한다. 『혼불』이 문제적인 것은 『혼불』이 한 지역의 역사를 복원하되 그것을 『혼불』 고유의 역사철학적 맥락 속에서 되살려냈다는 점에 있는 터, 『한데 우물』은 그 역사철학적 맥락을 찾아보기 힘들었다. 말하자면 『한데 우물』은 한 지역에서 벌어지는 파란만장한 역사적 사건들을 묘사하고 배열하되 그것을 자신만의 고유한 역사지리지로 맥락화하고 서사화하는 데 실패했고, 그 결과 아쉽게도 한 많고 사연 많은 사람의 후일담 수준에 멈추고 말았다.

한지수씨의 『미스터리 빌라』는 『혼불』과 그 분위기나 어조 등에서 같은 점을 찾기는 힘들었으나 그 소설적 착상은 역시 『혼불』과 다르지 않았다. 『미스터리 빌라』는 근본적으로는 한 지역의 구체적인 역사를 통해 세계의 보편적인 역사를 재현하고자 한 소설로, 그럼에도 불구하고 외형적으로 『혼불』과 거의 다른 형식의 소설처럼 다가오는 것은 『미스터리 빌라』가 선택하고 묘사한 지역의 특이성 탓이다. 『미스터리 빌라』는 특이하게 '폼페이'의 역사를 집요하게 되살리고자 한다. 아마도 그곳의 역사가, 그곳의 멸망의 역사가, 그 멸망 속에서 싹튼 희망의 징후가 지금 이곳의 역사를 되비칠 '현재적 의미로 충만한 시간'이라는 『미스터리 빌라』의 고유한 역사철학 덕분이리라. 이러한 역사철학 탓인지 아니면 자신의 소수자의 시각을 공인받기 위해서인지 『미스터리 빌라』는 저 역사 속에 묻혀버린 '폼페이'의 역사를 놀라울 정도로 섬세하게 묘사하며 그를 통해 그때 그곳 '폼페이'에 대한 충분히 개연성 있는 역사상을 만들어낸다. 이 대목까지 놓고 보자면 『미스터리 빌라』의 치열한 문제의식, 그리고 묘사력, 진술력, 문장은 단연 돋보인다. 하지만 『미스터리 빌라』는 아쉽게도 이 작품이 궁극적으로 의도했을 그것, 그러니까 '폼페이의 현재성 혹은 현대성'에 대한 깊은 성찰을 느끼기 힘들었다. '폼페이'를 복원하는 데 치중한 나머지 그것을 왜 오늘날 되살려야 하는지에 대한 각을 세우고 그것을 작품 세부 속에 흩뜨려놓는 것을 잊고 말았다고나 할까. 소설을 시작했을 때 가졌을 문제의식 그것을 좀 더 밀고 나갔더라면 우리 시대에 보기 힘든 개성 있는 돌연변이를 만날 수 있었으련만 하는 아쉬움이 진하게 남는 소설이었다.

본심의 무대에 오른 5편 중 심사위원들을 오랫동안 붙잡고 놓아주지 않은 작품은 3편이었다. 이 3편 사이에서 심사위원들은 갈팡질팡했다. 완성도에 초점을 맞추었다가 참신함(혹은 혁신성)에 무게를 두었다가를 반복했건만 논의는 쉽게 모아지지 않았다. 3편 모두가 이미 자신만의 완결된 소설 스타일을 구축하고 있는 탓이었다.

우선 최미희씨의 『설백』은 소설을 소설답게 하는 매력적인 요소가 많은 소설이었다. 한국의 전통적이면서 독특한 예술형식인 판소리를 집대성하는 역사적 존재이지만 중인이었을 뿐만 아니라 아내들과의 연이은 사별로 결코 행복한 삶을 살지는 못했던 신재효가 나오는가 하면, '금녀(禁女)'의 장벽이 유별나던 명창의 길에 전혀 새로운 역사를 스스로 열어 끝내 조선 최초의 여류명창이 되었으나 흥선대원군이 쳐놓은 감옥에 갇혀 살았던 진채선도 등장한다. 그런가 하면 이 둘 사이의 애절한 사랑도 펼쳐진다. 연이은 사별로 사랑할수록 사랑하는 사람에게 가까이 하지 못하는 신재효와 스승이기에 차마 범접하지 못하는 진채선 사이의 사랑이니, 이 사랑 이야기를 서사화한 것만으로『설백』은 충분히 매력적인 소설이기는 하다. 그러나 아무래도『설백』을 밀도 높은 문제적인 작품이라 하긴 힘들다. 우선 첫번째 아쉬움은 과거의 시간을 다룬 소설이 갖추어야 할 가장 중요한 그것, 그 시대의 현실적 조건과 그 시대에 대한 현재적 관점을 읽어내고 찾아보기 힘들다는 것이다. 만약『설백』이 사랑의 가능성과 불가능성에 대해 말하고자 한 것이라면 그들의 사랑을 (불)가능하게 하는 당시의 현실적 규정성에 좀 더 세심한 배려가 필요했고 그래야만 이들 사랑의 혁신성과 시대적 의미를 드러낼 수 있었을 터이나 아쉽게도『설백』은 작중인물이 발딛고 있는 현실에 대한 관심이 크지 않다. 그리고『설백』의 또 하나의 아쉬운 점은 기시감이다. 자신할 수 없지만, 신재효와 진채선, 그리고 그들을 둘러싼 시대적 정황을 보다 치밀하게 탐사했더라면 이들 사랑의 (불)가능성과 비극성을 고양시킬 수많은 에피소드들을 발굴하는 것이 가능했을 터,『설백』은 그런 독자의 신성한 디테일을 찾아내는 대신 그간 역사드라마나 역사소설에서 봤음직한 사건들이나 정황들을 단순히 반복하고 만다. 모든 소설의 위대함은 자신이 다루고자 하는 대상이나 인물에 대한 편집증적인 사랑에서 촉발된다고 한다면,『설백』은 자신이 다루고자 하는 대상에 대한 애정의 결여 때문에 모처럼의 매혹적인 소설을 위대한 소설로 끌어올리는 데 실패한 소설이 되고 말았다.

김용태씨의『뒤꿈치로 걷는 사람들』은 올해 응모작 중 가장 완성도가 높은 소설이었다. 부분과 부분 사이의 유기적 연관성, 그리고 부분과 전체 사이의 조화가 흠잡을 데 없는 잘 짜여진 소설이었고 '잘 빚어진 항아리'였다. 공동체와의 균열, 방황, 공동체와의 새로운 조화 등으로 이루어지는 성장소설 특유의 서사 전개 과정에 집을 허물어 다시 완성하고 어머니가 나갔다가 돌아오는 과정을 같이 결합시켜 물 흐르듯 소설을 자연스럽게 서술해가는 한편 그를 통해 의식하지 못하는 사이에 소설의 주제를 전달하는 대목은 특히『뒤꿈치로 걷는 사람들』의 내공을 확인하기에 충분했다. 여기에『뒤꿈치로 걷는 사람들』특유의 냉소적이면서도 독특한 시선과 어조는 이 소설의 유일무이성을 형성하는 데 중요한 역능을 행사한다. 한마디로 『뒤꿈치로 걷는 사람들』은 모범적이면서도 개성적인 성장소설이라 할 만했다. 하지만 『뒤꿈치로 걷는 사람들』이 안고 있는 문제는 『뒤꿈치로 걷는 사람들』이 그간의 성장소설의 전통을 고스란히 이어받고 있고, 이 소설이 충실하게 계승한 성장소설은 그간 한국소설사에서 가장 집중적으로 시험된 형식이라는 점이었다. 풀어 말하자면 성장소설의 경우 그것이 여간 혁신적이 아니거나 우리 상상 너머의 돌연변이종이 아니고서는 문제성을 획득하기 힘들다는 것이다. 모든 소설들이 다 그래야 한다고 말할 수도 있겠지만, 성장소설의 경우는 특히 그간 쌓인 성과로 인해 어떤 소설 형식보다도 더 근본적으로 전에 없던 성장소설의 계보를 발명하거나 아니면 이전의 성장소설의 형식을 강력하게 해체했을 때 비로소 그 의미를 인정받을 수 있다. 그런 점에서 보자면 『뒤꿈치로 걷는 사람들』은 나머지 작품들에 비해 훨씬 더 정교한 것은 사실이지만 그간 성장소설이 쌓아온 업적을 넘어설 만한 혁신성을 가지고 있다고 보기 힘들었다. 그러기엔 진술하는 방법에 새로움도 없었고 또 다른 세계상을 발명했다고 할 만한 깊은 성찰도 부족해 보였다. 게다가 이 소설이 이 모든 것을 달성하기 위해서는 무엇보다 표제로 내세운 '뒤꿈치로 걷는 사람들'이 충분한 상징성을 확보

했어야 하나 그것이 선명하질 않았다.

오랜 논의 끝에 제2회 '혼불문학상' 수상작으로 결정된 박정윤씨의 『프린세스 바리』는 매력적이면서도 신성한 디테일들이 작품 곳곳에 넘쳐나게 흩어져 있는 소설이었다. 기차 덕분으로 최대의 호황을 누리다가 그 노선의 폐지 덕분에 한순간에 몰락해버린, 그러나 다시 재개발의 붐이 일자 득달같이 자본이라는 괴물이 귀환하는 곳으로 그려진 매력적인 공간이 전경화로 깔려 있는 데다 그곳에 밀물처럼 밀려들어왔다가 또 썰물처럼 쫓겨나가는 모더니티의 추방자들의 비극적인 생활상은 '바로 이것'이라 할 정도로 생생하면서도 보편적이다. 그뿐이 아니다. 『프린세스 바리』에는 앞서 말한 것 외에 주인공 바리를 필두로 현실원칙에 매어 있으면서도 어느 순간에 현실 너머의 윤리를 구현해가는 수많은 개성적인 인물들과 그들의 실재적이면서도 매혹적인 행동들이 흩어져 있는바, 이는 『프린세스 바리』를 전에 볼 수 없었던 기묘하면서도 혁신적인 소설로 만든 또 하나의 핵심적인 요소이다. 물론, 이미 다른 소설들에서 본 듯한 몇몇 요소들, 예컨대 바리데기-설화적 요소라든가 '자살안내자'라는 바리의 캐릭터 등등이 『프린세스 바리』의 혁신성에 의문을 품게 하는 것이 사실이기는 하다. 하지만 겉모양이 같다고 해서 『프린세스 바리』가 이전 소설들의 단순 반복인 것은 아니다. 오히려 『프린세스 바리』는 이전의 소설적 형식들을 끌고 들어와 전혀 새롭게 문맥화할 뿐만 아니라 그것을 통해 독자의 세계상을 구현한다. 『프린세스 바리』에 따르면 생명마저도 교환되는 이 지독한 사회를 견디고 그것을 치유할 수 있는 유일한 길은 '바리'와 같은 실재적인 행동, 그러니까 모든 사람으로부터 버림받고 이용당하나 그럼에도 불구하고 타자의 실존을 위해 다른 사람이 차마 할 수 없는 자살마저도 선뜻 돕는 증여적 윤리뿐이라는 것이다. 어떤가. 이런 점에서 보자면 『프린세스 바리』는 이전의 소설을 반복했다기보다는 이선 작품의 의미 있는 발견들을 모아 전혀 새로운 미래의 길을 제시했다고 보아야 할 것이다. 한마디로 『프린세스 바리』는 어떤 뚜렷한 역사철학적 맥락도 없이 서서히 우리 소설사의 중심에서 사라져간 변두리 지역의 밑바닥 삶을 성공적으로 귀환시켰다는 점에서, 그것도 그들에 대한 단순한 관심을 촉구하는 정도가 아니라 그들의 삶 속에 바로 우리 모두가 지향해야 할 윤리적 좌표가 깃들어 있다는 점을 역사철학적으로 맥락화하면서 귀환시켰다는 점에서 중요한 성과라 할 만하다. 『프린세스 바리』가 행한 이 값진 성찰은 곧 최명희의 『혼불』에 깃들어 있는 바로 그것이라 할 수 있으며, 『프린세스 바리』가 2012년 제2회 '혼불문학상'의 수상작이 된 것도 바로 이 때문이다.

수상자에게 축하를 보내며, 모든 응모자들의 다음 작품을 기대해본다.

제2회 혼불문학상 심사위원:
박범신(심사위원장), 류보선, 이병천, 전경린, 하성란
(대표집필 류보선)

작가의 말

 모래사장 위였다. 소박한 한복을 입은 무당은 긴 시간 소리를 했다. 차양막 없는 땡볕에서 나는 이마를 찡그렸다. 마지막 굿거리를 남겨두고 할머니는 내게 막걸리와 감자전을 사오라고 했다. 나는 서커스장 입구에서 호객 행위를 하는 원숭이와 난쟁이, 피에로를 쳐다보지 않고 재빨리 지나쳤다. 난쟁이가 어린아이들을 잡아가 식초를 먹이며 서커스를 가르친다는 소문을 들었다. 할머니는 막걸리를 아껴 마신 후, 어두워져서야 휘적휘적 모래사장을 나섰다. 바리, 엄마한테 할미 술 마셨다고 일러바치지 마라. 가끔 할머니는 딸 아홉 중 일곱째인 나를 바리라고 불렀는데 그 소리가 듣기 싫었다. 실제로 나는 열아홉 살까지 자매들과 다른 피가 섞였을 것이라 여겼고 증거를 찾아

내려 했고, 예민하게 구느라 밤잠을 못 잤다. 잠이 부족해 낮에는 늘 까칠했다.

엄마는 내 태몽으로 용이 엄마 허리를 칭칭 감는 꿈을 꿨다고 했다. 그래서 스님에게 미리 이름으로 맏아들 윤胤을 받았다. 낳고 보니 또 딸이었다. 나는 초등학교 입학식 날, 운동장에 마지막까지 남아 있었다. 모든 아이들이 교실로 들어간 후 조회대에 가 남은 이름을 보고 엄마가 내 이름이라고 했다. 나는 그때 처음 내 이름을 알았다. 그때부터 나는 이중자아를 만들어 노는 것에 익숙했다. 교복을 벗을 때까지 친구들을 사귀지 않았고 혼자 있어도 둘이 있는 것 같았고 그것만으로도 골치 아팠다.

소설을 공부하면서 황루시 교수님 덕분에 단오굿 보유자이며 세습 무당들과 양중, 그들의 삶을 알게 되었다. 또 지역마다 구술자에 따라 내용이 변하는 바리공주와 무속, 설화에 관심을 갖게 되었다. 굿당에 앉아 있으면, 할머니와 땡볕의 모래사장에 앉았던 일고여덟 살, 어렸던 내가 저절로 되살아났다.
어느 결에 바리가 내 안으로 들어왔다. 일고여덟 살의 나와 바리가 만나 철길 앞에 앉았다. 공단 지역, 차이나타운, 양키시장, 화평동을 쏘다녔다. 더 이상 다닐 곳이 없고 몸에 물이 차오르듯 바리가 내 속에 꽉 들어찼다. 그래서 나는 바리를 끄집어 낼 수밖에 없었다. 일단 꺼내기 시작하자 막힘이 없었고 쓰는 내내 즐거웠다.

열심히 썼고, 포기하고 싶고, 울고 싶을 즈음 '혼불문학상'에서 연락이 왔다. 제일 먼저 아버지, 오규원 선생님, 지종스님, 삼촌, 문창과 동기 안범진. 모두 저쪽 세상에 있는 사람부터 떠올랐다. 나는 그들이 저쪽으로 건너가지 않고 내 주위를 떠돌며 나를 안쓰럽게 생각할 것이라 여겼다. 이제 그들이 내 곁을 좀 떠났으면 좋겠다. 아버지 마음 편히 저쪽으로 가세요, 지종스님도요.

가지가 많아서 바람 잘 날이 없었다. 나는 바람 숲에서 태어났고, 바람과 함께 자랐다. 바람이 나를 내몰았고, 바람이 나를 따스하게 안아 키웠다. 나는 바람을 즐길 줄 알았고 바람을 다스릴 줄 알게 되었다. 까칠한 성정의 나에게도 고마운 사람들이 많이 있다.

꼬들꼬들 말려진 생선만 보면 떠올려지는 팔순 엄마 정숙씨, 파주 시어른, 메롱 아버님, 물미역 같은 자매들, 바다 친구인 소피들, 번개 같은 박기동 선생님과 글쟁이 친구들, 소설 초고를 읽어주는 랑과 안, 기다림에 익숙한 여섯 살 어린이 희관, 바쁜 일정 속에서 덩어리 시간을 만들어 내게 주는 류, 40년 넘게 굿당에 드나든 무당들이 가장 좋아하는 민속학자 황루시 교수님.

무엇보다 부족한 소설을 읽어주시고 격려해주신 심사위원 선생님들께 고개 숙여 깊은 감사를 드립니다.

더 단단하게 중심을 잡고 배를 띄우기 위해 물을 모으겠습니다. 반성하지 않는 문장을 쓰겠습니다.

2012년 10월

박정윤

초판 1쇄 인쇄 2012년 10월 4일
초판 3쇄 발행 2012년 12월 7일

지은이 박정윤
펴낸이 김선식

Chief editing creator 김현정
Editing creator 백상웅
Design creator 조혜상

2nd Creative Story Dept. 김현정, 박여영, 최선혜, 유희성, 백상웅
Creative Design Dept. 손은숙, 박효영, 이나정, 조혜상
Creative Marketing Dept. 이주화, 원종필, 백미숙
　　　　　　Communication Team 서선행
　　　　　　Online Team 김선준, 박혜원, 전아름
　　　　　　Contents Rights Team 김미영
Creative Management Team 김성자, 송현주, 권송이, 윤이경, 김민아, 한선미

펴낸곳 다산북스
주소 경기도 파주시 문발동 파주출판도시 529-2번지
전화 02-702-1724(기획편집) 02-703-1725(마케팅) 02-704-1724(경영지원)
팩스 02-703-2219
이메일 dasanbooks@hanmail.net
홈페이지 www.dasanbooks.com
출판등록 2005년 12월 23일 제313-2005-00277호

종이 월드페이퍼(주)
인쇄·제본 (주)현문

ISBN 978-89-6370-038-0 (03810)

· 책값은 뒤표지에 있습니다.
· 파본은 본사와 구입하신 서점에서 교환해드립니다.
· 이 책은 저작권법에 의하여 보호를 받는 저작물이므로 무단 전재와 복제를 금합니다.